Diogenes Taschenbuch 21386

detebe

Andrea De Carlo

Vögel in Käfigen und Volieren

Roman

Aus dem Italienischen von
Burkhart Kroeber

Diogenes

Titel der Originalausgabe:
›Uccelli da gabbia e da voliera‹

Die deutsche Erstausgabe erschien 1984 im Diogenes Verlag
Umschlagillustration von Andrea De Carlo

Für Alessandra G. R.

Veröffentlicht als Diogenes Taschenbuch, 1986

60/93/8/4
ISBN 3 257 21386 7

Eins

Um drei Uhr nachmittags bin ich in meinem weißen MG auf der Goldfinch Avenue, Richtung Hills, mit einer Stones-Cassette im voll aufgedrehten Stereoapparat, und überfahre ein Stopplicht, ohne es zu bemerken. Von rechts kommt ein hellgrüner Chevrolet, gleitet heran wie ein kleiner Wal unter Wasser. Ich mache keinen Versuch zu bremsen oder das Steuer herumzureißen oder so. Ich sehe das Hellgrün auf mich zukommen, ohne den Fuß vom Gas zu nehmen.

Es macht ein volles, sattes Geräusch: eine Art hochkonzentriertes *ptrac,* bei dem die verschiedenen Laute sich in- und übereinanderschieben, statt sich in alle Richtungen auszubreiten, wie es normal wäre. Einen Klang, der viele Klänge in sich enthält, sie vereinfacht und zugleich mit Nuancen anreichert.

Der MG hat keine Knautschzonen, keinen Platz für die Beine; er wirbelt blitzschnell herum. Ich sehe die Kreuzung aus mehreren Blickwinkeln gleichzeitig; aus dem Stand in umgekehrter Perspektive zur Fahrtrichtung.

Diese Bilder sind nicht klar voneinander getrennt, nicht aneinandergereiht zu einer Sequenz; sie komprimieren sich im Zeitraum eines Sekundenbruchteils. Infolge der Kompression, oder um sie möglich zu machen, verliert jedes Einzelbild seine Schärfe, fließt mit den vorausgegangenen und nachfolgenden zusammen.

Der MG steht, fest und endgültig: komprimiert wie die Bilder der Sequenz, wie die Töne des Aufpralls.

Ich ziehe langsam die Beine raus. Stehe auf dem Asphalt und betrachte das verbogene Lenkrad, die zerknautschte Motorhaube.

Aber komisch, ich habe irgendwie gar kein unangenehmes Gefühl. Vielleicht sollte ich das nicht sagen, aber es *ist* so. Ich habe nur dieses Gequirl von mechanischen Vorgängen im Kopf: den Aufprall und die Drehung und den plötzlichen Halt, der mich gegen die Scheibe wirft und in den Sitz zurückschleudert. Keine unangenehmen Gefühle; ich habe nichts gebrochen.

Ich drehe mich um und sehe den Chevrolet mitten auf der Kreuzung stehen: ein bißchen zur Seite geneigt, abgesunken auf zwei platten Reifen. Ich setze mich in Bewegung, gehe mit schleppenden Schritten zur Fahrerseite. Am Steuer sitzt eine dicke Frau: sitzt einfach da und macht nicht mal einen Versuch herauszukommen. Ihr Kopf ist nach hinten gekippt. Ich denke »O Scheiße!«

Ich ziehe am Türgriff; er geht nicht auf, aber ich habe wohl auch nicht allzuviel Kraft in den Armen. Ich spähe durchs Fenster: kein Blut zu sehen, auch sonst keine Schweinerei. Die dicke Frau kippt den Kopf nach vorn, dann wieder nach hinten. Ich sehe mich um; ein paar Leute betrachten die Szene, reglos auf Gehsteigen in der Ferne. Alles ist ruhig, keine anderen Autos fahren vorbei, die Luft steht still. Ich probiere nochmal den Türgriff: nichts.

Ein älterer Typ kommt näher, die Hände in die Hüften gestützt. Er sagt: »Ich hab alles mitangesehen, vom Garten vor meinem Haus.« Er zeigt auf den Garten vor seinem Haus, an einer Ecke der Kreuzung. »Ihr seid alle Verbrecher, ihr mit euren verdammten Sportwagen.«

Jetzt beunruhigt mich sein Ton; irgendwie ist die Situation auf einmal viel schlechter als noch vor zwei Sekunden. Ich schaue erneut in den Chevrolet. Die Frau scheint nicht ernsthaft verletzt zu sein; sie scheint überhaupt nicht verletzt zu sein. Ich klopfe ein paarmal ans Fenster, aber sie rührt sich nicht.

Ich sage zu dem älteren Typ: »Tut mir leid, ich hab das Stopplicht übersehen.«

Er sagt: »Ihr gehört alle ins Gefängnis.« Sein Ton ist so dumpf, so fugenlos dicht: Alle meine Erklärungen würden an ihm abgleiten, ohne irgendwas zu verändern.

Ich sage: »Was haben denn Sie für 'ne Ahnung? Was glauben denn Sie für 'ne Meinung zu haben?«

Er macht einen Schritt zurück und sagt: »Wenn Sie so mit mir reden, zeig ich Sie an.« Er hat ein häßliches graues Hemd an: so eins mit langen Kragenspitzen, die an den Enden geknöpft sind. Er hat eine häßliche Art zu reden: mit kaum geöffneten Lippen und plinkernden Augenlidern. Er ist sehr viel unangenehmer als der Zusammenstoß.

Ein Polizeiauto kommt und gleich hinterher eine Ambulanz. Ein Polizist und zwei Sanitäter treten ins helle Licht des frühen Nachmittags, gehen zum Chevrolet, machen sich an der Tür zu schaffen. Der andere Polizist kommt zu mir und fragt, ob das mein MG ist. Ich sage ja. Der ältere Typ mit dem grauen Hemd bleibt in der Nähe, sieht mißtrauisch zu. Der Polizist verlangt meine Papiere. Sagt: »Warten Sie hier.« Geht zum Streifenwagen, um meine Personalien per Funk zu überprüfen.

Ich betrachte die Palmen und Eukalyptusbäume hinter meinem einstigen weißen MG. Ein Knie tut mir weh, nicht sehr. Meine Hose hat einen kleinen Riß, die Haut darunter ist leicht aufgeschürft. Ich schüttle das rechte Bein.

Die beiden Sanitäter und der Polizist reden mit der Frau durch die Scheibe; sagen zu ihr: »Bleiben Sie ganz ruhig.« Einer der Sanitäter geht um den Wagen, öffnet die Tür auf der Beifahrerseite und zwängt sich in das deformierte Innere. Der andere Sanitäter und der Polizist gehen ebenfalls rüber und helfen, die Frau herauszuziehen. Sie zerren die Frau aus dem Wagen, fassen sie unter die Achseln und um die Hüften. Sie läßt sich tragen, schleift die Füße nach. Die drei Männer bringen sie vorsichtig an den Straßenrand, sie gleitet aus ihren Armen und sinkt auf den Bordstein. Sie hat ein rosa Hosenkostüm aus satiniertem Acrylstoff an und weiße Schuhe mit Schmetterlingsschnallen. Sie biegt noch immer den Kopf nach hinten mit Bewegungen wie ein Pelikan. Nach einer Weile sagt sie zu einem der Sanitäter: »Mir blutet die Nase.« Er betrachtet sie mit gebeugtem Hals, die Hände in die Hüften gestützt, und sagt: »Nein, ich sehe nichts.« Sie richtet den Kopf auf, legt sich die Hände auf die Knie und starrt geradeaus ins Leere.

Der eine Sanitäter meint zu dem anderen: »Vielleicht hat sie einen Schädelbruch oder sowas?« Der andere schüttelt zweifelnd den Kopf. Der Polizist hockt sich vor die Frau, um den Sachverhalt aus der Nähe zu untersuchen.

Ich gehe zu der Frau und sage: »Es tut mir sehr leid.«

Sie dreht ruckartig den Kopf zu mir und schreit: »Sie Verbrecher, nicht mal gebremst haben Sie!«

Der andere Polizist, der meine Personalien per Funk überprüft, ruft aus dem Streifenwagen herüber: »Ich hab doch gesagt, Sie sollten da warten, wo Sie waren!«

Ich sage »Okay, okay« und gehe wieder dahin zurück, wo ich war.

Die beiden Sanitäter helfen der Frau auf die Beine, verfrachten sie in die Ambulanz. Der freie Polizist geht zu dem Polizisten im Streifenwagen, läßt sich von ihm meine Personalien diktieren, schreibt sie auf ein schmales längliches Blatt und übergibt es einem der Sanitäter. Er stellt sich mitten auf die Kreuzung, schaut in alle vier Richtungen, macht Bewegungen wie ein Schutzmann. Die Ambulanz fährt davon, mit eingeschaltetem Blaulicht, ohne Sirene. Fünf oder sechs Kinder mit Fahrrädern stehen neugierig am Straßenrand, dazwischen Hausfrauen und ältere Typen, die aus den nahen Gärten gekommen sind.

Der Polizist mit meinen Papieren steigt aus dem Streifenwagen, kommt langsam zu mir und fragt: »Haben Sie denn gar keine Versicherung?«

»Nein«, sage ich. Mir scheint, sein metallener Armschutz drückt ihn ein bißchen am Handgelenk.

Er sagt: »Sie sitzen *dick* in der Tinte.« Schaut nachlässig auf die Papiere in seiner Hand. »Das kostet Sie mindestens fünfzigtausend Dollar Schadenersatz.« Er läßt mich ein paar Blätter unterschreiben und sagt, ich könnte jetzt erstmal gehen.

Vor dem Haus liegt Maggie in einem weißrot gestreiften Liegestuhl, um sich zu sonnen, mit einem Buch von Harold Robbins in der Hand. Sie hat einen braunen Bauch, braune Arme, blonde, zu einem Pferdeschwanz gebundene Haare und Sonnencreme auf Nase und Stirn. Kaum sieht sie mich, sagt sie: »Fjodor, da ist ein Telegramm für dich, auf dem Tisch im Wohnzimmer.« Sie hebt kaum eben den Kopf, um mir das zu sagen, ohne den Hals oder Rücken auch nur einen Zentimeter zu krümmen. Sie hat einen engen blauen Bikini an, der ihre Beine verlängert und Teile der Hinterbacken freiläßt.

Ich gehe ins Haus, nehme das Telegramm vom Tisch und trete damit ans Fenster. Es kommt aus San José in Costa Rica. Ich mache es auf. Es lautet: »Möchte dich sehen. Dein Vater.« Ich zerknülle es in der Hand, rolle es zwischen den Fingern, bis es ein leichtes Papierbällchen ist, schnipse es in eine Zimmerecke und gehe wieder hinaus.

Ich erzähle Maggie den Unfall. Sie hört mir zu und sagt: »Ach du Scheiße!« Legt das Buch ins Gras, dreht sich unendlich langsam zur Seite, um mich anzusehen, stützt sich auf einen Ellenbogen und erklärt mir, ich sei ein verantwortungsloser Idiot; bei dem, was ich mit der Musik verdiente, bräuchte ich fünfzig Jahre, um den Schaden abzubezahlen, wahrscheinlich würde ich im Gefängnis landen, sie habe jedenfalls keine Lust und keine Absicht und sowieso keine Möglichkeit, mir zu helfen. Sie faucht: »Wie oft hab ich dir schon gesagt, du sollst nicht so irre fahren!« Sie schließt die Augen zu einem Schlitz, um das Sonnenlicht abzuschirmen und ihre Worte schneidend zu machen.

Ich bleibe fünf Minuten lang auf dem Rasen und höre ihr zu: so verblüfft über ihren Ton, daß mir keine passende Antwort einfällt, nicht mal ein passender Gesichtsausdruck.

Dann gehe ich ins Haus, und plötzlich kommt mir die Wut, und ich gehe gleich wieder raus und schreie zu Maggie, sie soll sich zum Teufel scheren, und ich knalle die Tür zu und mache sie wieder auf und knalle sie nochmal zu, noch lauter als beim erstenmal. Ich gehe ins Wohnzimmer, schnipse mit den Fingern an ein Browallia-Pflänzchen in einem kleinen blauen Keramiktopf auf dem Fensterbrett.

Ich muß sagen, normalerweise passe ich ganz gut auf, wie die fließenden Elemente einer Situation sich verschieben und allmählich verdichten, bis sie schließlich das Ganze aus dem Gleichgewicht bringen oder zum Kippen oder zum Kentern oder zum Wegrutschen, um sich eigene

Wege zu suchen. Nicht daß ich *dasitze* und dauernd warte, bis was passiert, um es dann zu beobachten, wenn es passiert; ich passe nur auf. Und wenn ich sehe, daß eine Situation zu sehr ins Kippen gerät, springe ich lieber rasch ab, statt mich daran zu machen, sie wieder mühsam auszubalancieren.

Ich schaue durchs Fenster auf Maggie, die wieder ausgestreckt daliegt mit ihrem Harold Robbins vor Augen, und mir scheint, diesmal bin ich ziemlich zerstreut und langsam gewesen.

So trete ich rasch wieder raus und sage zu Maggie, daß ich gehe. Ich sage ihr, daß sie den Fernseher und die Möbel und die Bücher und Magazine behalten kann. Auch meine Stratocaster und den Verstärker und die Noten und die Platten und den Plattenspieler und das Tonbandgerät und die Landkarten und die Handbücher zur Vogelzucht.

Sie betrachtet mich durch die Wimpern, mit leicht verdrehtem Hals, flach und reglos auf dem gestreiften Liegestuhl. Sagt nichts.

Ich renne wieder ins Haus, die Treppe rauf in den Oberstock, schnappe mir einen Plastiksack für den Müll, stopfe die Kleider rein, die mich nicht mehr interessieren, schmeiße ihn in eine Ecke. Packe die Kleider, die mich interessieren, in einen alten, seit einem Augustgewitter ruinierten Schweinslederkoffer, schleppe ihn über die Stufen runter und bestelle mir ein Taxi zum Flughafen.

Maggie muß in der Küche sein oder sonstwo im Haus, denn als ich rausgehe, ist der Liegestuhl auf dem Rasen leer.

Ich fliege von Santa Barbara nach Los Angeles.

Ich fliege von Los Angeles nach San José in Costa Rica.

Zwei

Aus San José schicke ich meinem Vater ein Telegramm, neutral und vage, wie die Telegramme sind, die wir uns schicken. Ich nehme das erste Flugzeug nach Cañas, in Cañas das erste nach Tualsín. Wir folgen einem halbkreisförmigen Kurs in einer alten, vermutlich bei irgendeiner Geschäftsauflösung ersteigerten Fokker. Ich schaue hinunter auf die Waldgebiete, die hellen und rötlichen Flekken der Kahlschläge, die Kakaopflanzungen auf den Hochebenen, die Bananenplantagen. Die Tür zum Cockpit schlägt bei jeder Schwankung; der Pilot ist, scheint mir, jung und zerstreut.

Schließlich landen wir in Tualsín, auf einer Piste, die aussieht wie ein stillgelegtes und eingezäuntes Stück Straße. Ein gewisser Mario Sotas erwartet mich in einem gelben Jeep, von meinem Vater geschickt. Er redet kaum, fährt zügig. Nach einer Stunde auf ungepflasterter Straße durch halbhohen Buschwald erreichen wir den Besitz meines Vaters. Mario Sotas hält, steigt aus, nimmt meinen Koffer, stellt ihn gleich hinter die Eingangstür. Ich folge ihm, laufe quer durch das Haus auf die Rückseite, trete hinaus in den großen Garten, wo die Volieren sind.

Ich gehe im Schatten einer doppelten Reihe von Jacarandas, deren Blätter sich oben zu einem zartgrünen Filter verflechten. Hier werden fünfzehn verschiedene Kolibri-Arten gehalten, jede mit ihren bevorzugten Pflanzen und Blumen in einer eigenen kleinen Voliere. Ich betrachte die zuckenden Blitze von Smaragd und Rubin und Topas durch den feinen Maschendraht: Tupfer von reiner Farbe, die fast zu schnell für das Auge vorbeihuschen und hinter Laubvorhängen verschwinden. Weiter hinten kommen die Paradiesvögel in großen Kuppelvolieren, so dicht voller Vegetation, daß sie dem Blick fast undurchdringlich erscheinen. Ich gehe langsam, verfolge mit den Augen die Bahn der Sonnenstrahlen, die schräg durch das Laubdach einfallen, von Blatt zu Blatt hin- und herspringen und plötzlich die goldgrünen Zierpunkte auf den Schwanzfedern einer Königsparadisea enthüllen. Ich trete vor, und bei der geringsten Verschiebung des Blickwinkels läßt ein Lichtstrahl das Purpurschwarz, das Malachitgrün, das Hyazinthrot und das Smaragdgold einer Paradieselster aufleuchten, läßt die Farbtöne in extremen Frequenzen vibrieren. Weiter hinten kommen aschgraue Papageien und Aras und Kakadus in robusten, weniger kostbaren Stahldrahtvolieren.

Auf halbem Weg steht mein Vater vor einem verzinkten, stellenweise funkelnden Drahtgeflecht. Er dreht sich kurz zu mir um, sieht mich an und macht mir ein Zeichen, daß ich leise sein soll.

Ich gehe zu ihm und sage »Hallo«.

Er bringt mich mit einer raschen Geste zum Schweigen und deutet durch das Volierengitter. Die Papageien hinter mir kreischen so laut, daß ich nicht begreife, welchen Schaden meine Stimme anrichten könnte.

Ich schaue ebenfalls durch die Maschen: dichtes Blattwerk, ein Ipecacuanha-Strauch voll blaßorangener Beeren; ein Vogelpaar, groß wie Junghühner, sitzt in den Zweigen und schaut uns an mit zur Seite geneigten Köpfen. Ich sage zu meinem Vater: »Sind das zwei Takahes?« Ich betrachte seinen Hut aus weißem Segeltuch mit der einseitig aufgeschlagenen und durch einen Knopf gesicherten Krempe, betrachte den Schatten unter seinen blauen Augen.

Er nickt wortlos, ohne sich umzudrehen.

Ich frage ihn: »Und wo hast du sie her?« Nicht daß ich es wirklich wissen möchte, es ist nur so eine Art automatische Frage.

Er zuckt die Achseln, dreht mir den Rücken zu und macht ein paar Schritte zu einer anderen Voliere, in der zwei Quetzals scharlachrote und grünbraune Kleckse ablassen.

»Die Takahes sind doch praktisch ausgestorben, es gibt kaum noch welche«, sage ich.

Er betrachtet die Quetzals ein paar Minuten, folgt mit den Augen ihrem Gekletter von Zweig zu Zweig und sagt dann: »Mindestens zwei gibt es noch, wie du siehst.« Er redet zwischen den Zähnen, um die Vögel nicht aufzuregen.

Ich folge ihm zwischen den Volieren und denke die ganze Zeit, daß ich am liebsten gleich wieder zum Flugplatz möchte. Ich folge ihm ins Haus.

Das Wohnzimmer ist weit und niedrig; Jalousien aus rohen Palisanderleisten schirmen das Tageslicht ab. Ein Steinway-Flügel steht an einem der Fenster; überall an den Wänden sind Bücherregale; auf dem Fußboden helle Matten.

Mein Vater macht einen als Möbel verkleideten Eisschrank auf, nimmt zwei Bierdosen raus, behält eine für sich und reicht mir die andere. Zeigt mir, wo die Gläser sind, setzt sich in einen alten Thonet-Schaukelstuhl, stemmt sich mit den Füßen zurück. Ich setze mich vor ihn, gieße das Bier ins Glas; es schäumt sehr.

Mein Vater trinkt ein paar Schlucke, betrachtet sein Glas im Gegenlicht und sagt: »Also interessiert dich jetzt auch die Musik nicht mehr.«

Ich suche nach einer passenden Antwort, und während ich suche, sage ich »Nein«.

»Tatsache ist«, sagt er, »daß ich mich allmählich frage, *was* dich eigentlich interessiert.« Sein Englisch ist unpersönlich und knapp, er könnte ein Theaterkritiker sein, der von einer Aufführung spricht, die er so belanglos findet, daß sie nicht mal mehr einen Verriß verdient. »Scheint mir immerhin sonderbar, daß du mit einundzwanzig Jahren …«

»Ich versuch's ja dauernd herauszufinden«, sage ich. In Wirklichkeit betrachte ich gerade sein Hemd: die Art, wie die Ärmel hochgekrempelt sind, über den Ellenbogen mit einem dünnen Gummi befestigt zu einer kleinen akkuraten Rüsche.

Er trinkt einen Schluck Bier und stellt die Füße auf den Boden, um das Schaukeln zu stoppen. Sein Haar ist ziemlich lang und dicht, weiß mit bläulichem Schimmer. Er sieht mich starr an, seine Augen glänzen. Er sagt auf Italienisch: »Fjodor, ich glaube nicht, daß du auf diese Weise viel herausfinden wirst.« Komisch, wie ihm sofort wieder dieses kehlige R des gutsituierten Mailänders auf die Zunge kommt; wenn er eine andere Sprache spricht, bleibt ihm davon keine Spur. Er schaut aus dem Fenster.

Von draußen hört man das Kreischen und Flöten der Turakos, Milvulos, Tokos, Parasolvögel, Kolkraben: ein gemischtes Konzert in verschieden hohen Frequenzen. Es ist schwül, aber zum Glück nicht allzu heiß.

Ich sage zu meinem Vater: »Morgen früh fahre ich.«

Er wartet eine Minute oder zwei, schaut weiter aus dem Fenster. Fragt dann: »Und wohin willst du?«

»Weiß ich noch nicht.«

Er sieht mich an. »Wenn du nicht bis morgen früh deinen Bruder in New York anrufst und ihn aufforderst, dir eine Arbeit anzubieten, dann tu mir den allerletzten Gefallen und laß dich hier nie wieder blicken.«

Ich bleibe ein paar Sekunden lang still, um über den Ton seiner Worte nachzudenken, über ihre lautliche Konsistenz im Verhältnis zu dem Gekreisch der Tukane und der Schizoros und der Trichoglossas, das durch die Ritzen der Jalousien hereindringt. Dann stehe ich auf und sage: »Da brauchen wir gar nicht bis morgen zu warten, für Leo arbeiten werde ich nicht.«

Mein Vater steht ebenfalls auf, stellt sein Glas auf den Eisschrank und sagt: »Die Entscheidung ist unwiderruflich. Ich hoffe, das ist dir klar.«

»Okay, alles klar.« Ich mache Anstalten, ihm die Hand zu geben, aber er dreht sich schroff um und geht aus dem Zimmer.

Ich hole meinen Koffer.

Mario Sotas erwartet mich vor dem Haus, sitzt schon am Steuer des gelben Jeep mit einem Anflug von Lächeln auf den Lippen. Wir fahren schnell auf der ungepflasterten Straße davon.

Drei

In New York passiere ich den Zoll, gehe in einen der Wartesäle und setze mich. An einer Säule sind zwei Telefone, überdacht mit blauen Plexiglashauben; ich betrachte sie ungefähr eine halbe Stunde lang, die Hände in den Taschen, die Füße auf dem Schweinslederkoffer. Ein paarmal stehe ich auf, öffne mein Notizbuch beim Buchstaben L und setze mich wieder. Ich versuche mir einen Satz auszudenken, mit dem ich meinen Bruder ansprechen kann, aber mir fällt keiner ein; ich glaube nicht, daß ich ihm nichts zu sagen habe.

Endlich springe ich auf, gehe zu einem der Telefone, nehme den Hörer ab, drücke rasch nacheinander die Tasten in der Hoffnung, daß niemand antwortet. Es antwortet eine Sekretärin. Ich sage ihr, daß ich mit Leo sprechen möchte. Sie fragt, wer ich bin; es klingt, als hätte ich kaum viel Chancen, an ihn heranzukommen. Ich sage ihr, wer ich bin. Sie sagt: »Er ist in einer Besprechung, aber ich will versuchen, ihm gleich Bescheid zu sagen.« Ich schaue auf meinen sechs Meter entfernten Koffer.

Leo kommt ans Telefon und sagt »Ja?« Er redet mit einer Sekretärin oder sonstwem in seiner Nähe. »Fjodor, entschuldige, aber ich bin im Augenblick sehr beschäftigt.« Er redet weiter mit irgendwem, hält die Hand über die Muschel. »Entschuldige nochmals. Also, wie geht's? Papa hat mir schon gesagt, daß du kommen würdest.«

»Woher hat der denn gewußt, daß ich kommen würde?« frage ich.

»Was?« Im Hintergrund ist lautes Stimmengewirr zu hören; vermutlich steht er halb umgedreht zu irgendeinem aufgeregten Mitarbeiter, ohne groß auf den Hörer in seiner Hand zu achten. »Entschuldige, ich hab dich nicht verstanden.«

»Macht nichts.«

»Na bestens. Also hör zu. Wenn du ein Taxi nimmst und herkommst, gehn wir zusammen was essen.« Die Stimmen im Hintergrund schwellen an, übertönen seine letzten Worte.

»Aber ich würd gern erstmal duschen, wenigstens. Bin eben grad angekommen.«

»Gut, gut. Kannst du hier machen, während ich noch was erledige. Bis gleich.« Er legt auf.

Ich setze mich wieder und denke einen Moment lang darüber nach, wie sich sein Oxford-Englisch nach sechs Jahren New York verflüssigt hat, abgestumpft auf dem T und gedehnt auf dem R, ohne dabei im geringsten an Arroganz zu verlieren.

Ich gehe hinaus und nehme ein Taxi.

An der Ecke Fifth Avenue und 42. Straße steige ich aus, trete auf den Gehsteig und schaue am Gebäude der MultiCo Enterprises hoch. Die Gebäude auf der anderen Straßenseite spiegeln sich in den Scheiben. Ein eisiger Wind bläst mir durch die Baumwollkleider.

Ich betrete die Halle und sage zum Pförtner hinter dem breiten Empfangstresen, daß ich eine Verabredung mit Leo Barna habe. Er mustert mich von unten bis oben, schließt die Augen zu einem Schlitz und sagt: »Würde es Ihnen was ausmachen, mir Ihren Namen zu nennen?«

»Ich heiße Fjodor Barna.« Ich habe nicht die geringste Lust, in diesem Augenblick hier zu sein; ich habe nicht die geringste Lust, mich irgendwie zu verrenken, um Leo zu sehen.

Der Pförtner legt den Kopf schräg, ohne seinen Gesichtsausdruck zu verändern. Ich glaube, er mustert meinen Zweitagebart, meine windzerzausten Haare, mein Baumwollhemd und die Jeans. Er drückt eine Taste am Haustelefon und sagt in zweifelndem Ton: »Da ist ein Herr Fjodor Barna.« Die Sekretärin am anderen Ende gibt die Meldung weiter. Der Pförtner schaut mit einem befriedigten Grinsen vor sich hin. Ich beuge mich über den Tresen, um einen Blick auf die Monitore der Überwachungsanlage zu werfen, und er erstarrt. Mir scheint, seine Hand tastet nach einer Schublade mit einer Pistole oder nach einem Alarmknopf. Die Stimme der Sekretärin am anderen Ende sagt »Geht in Ordnung«. Der Pförtner entspannt sich, zeigt mit der Hand auf die Fahrstühle und sagt: »Entschuldigen Sie, aber wir müssen immer erst kontrollieren.« Viel Aufhebens macht er jedenfalls nicht. Ich gehe mir einen Fahrstuhl holen.

Auf dem einundzwanzigsten Stock erwartet mich eine junge Sekretärin. Sagt »Guten Tag, Herr Barna«, führt mich einen Gang hinunter, öffnet eine Tür, hinter der eine Art Hotelzimmer ist, mit einem großen Bett und einem Sofa, deutet kurz in das Zimmer und sagt: »Herr Barna läßt Ihnen ausrichten, Sie können sich ruhig Zeit lassen. Er kommt Sie in einer halben Stunde abholen.« Sie verabschiedet sich und schließt die Tür.

Ich drehe den Schlüssel um. Auf dem Bett liegt ein Anzug aus grauem Kaschmir, ein Kamelhaarmantel, ein Schal im gleichen Grau wie der Anzug. Auf einem Kärtchen steht in langgezogener Handschrift: »Falls du vergessen hast, daß du in N. Y. bist.«

Ich dusche eine Viertelstunde lang, rasiere mich, ziehe

den grauen Anzug an. Gehe zum Fenster, schiebe den weißen Vorhang beiseite und schaue hinunter: auf das Gewimmel der Leute, das Gewimmel der Taxis, Busse und schwarzen Limousinen. Der eisige Wind bleibt draußen vor den geschlossenen Doppelscheiben, man hört nur das leise Summen der Aircondition. Mir dröhnen ein bißchen die Ohren; ich habe mich beim Rasieren am Kinn geschnitten; ich habe Hunger. Ich gehe zurück, um das Handtuch zu holen, rubble mir die Haare und schaue hinab auf die Straße.

Es klopft an der Tür. Ich gehe aufmachen, und da steht Leo in einem nachtblauen Anzug.

Er reicht mir die Hand, gibt mir mit der Linken einen Klaps auf die Schulter. Seine Zähne sind weißer, als ich sie in Erinnerung hatte; er hat eine neue Art, die Lippen auseinanderzuziehen, um sie zu zeigen, ohne daß es wie ein richtiges Lächeln wirkt. Er tritt ins Zimmer, betrachtet mich erst von der einen Seite, dann von der anderen und sagt: »Paßt dir ja bestens, mein Anzug.«

»Vielen Dank.« Es stimmt nicht, daß mir sein Anzug besonders gut paßt; er ist an den Schultern zu eng, er ist an den Ärmeln und Beinen zu lang.

Leo umkreist mich auf der Suche nach neuen Blickwinkeln. »Papa hat mir schon gesagt, daß es dir gut geht, aber ich dachte nicht, daß es dir *so gut* geht.« Er dreht sich und schaut kurz im Zimmer umher. »Dagegen dein armer Bruder, sieh ihn dir an, wie er vom Streß ruiniert ist.«

Ich sehe ihn an, aber ich finde ihn gar nicht sehr ruiniert; ich finde, er wirkt elastisch, voller Spannkraft und mechanischer Energie. Ich weiß nicht, was ich sagen soll.

Er gibt mir einen Klaps auf den Arm und sagt: »Warum gehn wir nicht was essen, statt hier herumzustehn wie zwei Stiesel?« Ich folge ihm aus dem Zimmer, den Gang hinunter zum Fahrstuhl. Auf halbem Weg kommt die junge Sekretärin aus einer Tür, geht neben Leo her, stellt ihm rasch nacheinander eine Reihe von Fragen und notiert sich die Antworten auf einem Stenoblock. Wir betreten zu dritt den Fahrstuhl.

Leo und ich stehen nebeneinander vor dem Spiegel. Er betrachtet sich flüchtig, wendet den Blick zur Anzeigetafel. Er ist nicht der Typ, der sich lange im Spiegel betrachten muß, um ein Bild von sich zu haben.

Ich versuche herauszufinden, ob wir uns ähnlich sehen. Nicht sehr, scheint mir. Vielleicht ein bißchen im Schnitt der Augenbrauen, im Ansatz der Backenknochen, kann sein. Aber Leo ist blond und blauäugig, er ist sieben Jahre älter als ich, er hat eine andere Art zu stehen und den Kopf zu bewegen. Ich glaube nicht, daß man uns für Brüder halten würde, wenn man uns nebeneinander sieht, nicht einmal jetzt, wo wir gleich gekleidet sind. Ich komme mir lächerlich vor in diesem Kamelhaarmantel, gehemmt in den Bewegungen. Ich frage die Sekretärin: »Finden Sie, daß wir uns ähnlich sehen?« Ich deute auf Leo und mich im Spiegel.

Sie kichert verlegen, schaut kurz zu Leo hinüber, ohne im geringsten sein Äußeres mit meinem vergleichen zu wollen. Streicht sich mit einer kurzen nervösen Bewegung ein Haar aus der Stirn und sagt: »Ich denke schon.« Die Fahrstuhltür öffnet sich.

Wir sind unten in der Privatgarage. Leo öffnet die Tür eines bronzefarbenen Corniche Cabrio, das Ding ist zweieinhalbmal so lang wie mein verflossener MG. Ich gebe der Sekretärin durch einen Wink zu verstehen, daß sie ruhig vorn sitzen kann, aber sie rutscht sofort auf den Rücksitz, ohne mir viele Alternativen zu lassen. Leo startet den Wagen. Ich frage ihn: »Seit wann hast du den?«

Er sagt: »Schon länger.« Er hatte schon immer diese Art, meine Fragen nicht zu beantworten, wegzusehen und mich mit zwei oder drei Worten abzuspeisen.

Wir fahren eine Rampe hinauf, erreichen die 42. Straße. Im Wagen herrscht die gleiche Temperatur wie im Gebäude der MultiCo, was den Kamelhaarmantel und den grauen Kaschmirschal ziemlich überflüssig macht. Auch hier ist nur das leise Summen der Aircondition zu hören, aber noch leiser.

Leo fährt konzentriert, beobachtet den Verkehr. Wir gleiten zwischen den Autos dahin wie in einem Stummfilm. Nach einer Weile sagt er zu mir: »Ich hab dir immer gesagt, du wirst nie ein großer Rockgitarrist.« Er wirft mir zwei oder drei Blicke zu, in Abständen von Sekundenbruchteilen, um zu sehen, wie ich reagiere.

Ich sage nichts. Ich drehe mich um zu der Sekretärin; sie beobachtet den Verkehr mit neutralen Augen.

Leo lacht. »Mein Gott, ich dachte, du hättest wenigstens noch ein *bißchen* Sinn für Humor.«

Ich sehe aus dem Fenster.

Im Oberstock bei Tedro's ist ein Tisch für uns reserviert; wir werden in fünf Minuten bedient. Leo und ich essen jeder ein großes Grillsteak und eine Schüssel Salat; die Sekretärin knabbert an einem Schnitzel, garniert mit kleinen weißlichen Pilzen und Ananasscheiben. Die Kellner sind sehr aufmerksam und zuvorkommend.

Nach einer Weile sieht Leo mich an und fragt: »Also. Was hast du vor?«

»Nichts«, sage ich.

Er schneidet sich ein großes Stück Fleisch ab, schiebt es sich auf der Gabelspitze in den Mund und kaut es sorgfältig. »Wenn du nach New York gekommen bist, mußt du doch irgendwas vorhaben.« Er wischt sich mit der Serviette über den Mund, fixiert mich.

»Ich weiß nicht recht, warum ich gekommen bin«, sage ich.

Er wendet sich an die Sekretärin: »Heut nachmittag wird Tillson Ihnen zwei oder drei Vorschläge unterbreiten. Ich habe ihm gestern gesagt, er soll mal ein bißchen überlegen, wo ein guter Einstieg sein könnte. Prüfen Sie's nach, der Tillson ist ein Holzkopf.« Die Sekretärin notiert sich diese Informationen, nickt mit dem Kopf. Leo hebt zwei Finger und bestellt den Kaffee.

Kaum daß wir ihn getrunken haben, stehen wir auf. Ein Kellner läuft, unsere Mäntel zu holen. Der Oberkellner verbeugt sich noch auf der Treppe, während wir schon fast in der Garage sind.

Wir gleiten wieder durch den Verkehr. Leo sagt: »Entschuldige, aber ich muß mich beeilen. Es ist schon sehr spät.« Er schaut auf eine sehr flache Armbanduhr. »Du gehst am besten in meine Wohnung und schläfst dich erstmal gut aus, wir können dann morgen reden.« Er hält am Bordstein in der Park Avenue, läßt mich aussteigen, fährt davon.

Ich nehme den Fahrstuhl zum obersten Stock und klingle an der Tür. Ein Hausmädchen macht mir auf, ein philippinisches, glaube ich; nimmt mir den Mantel ab, führt mich ins Wohnzimmer und zieht sich zurück.

Es ist ein sehr helles Wohnzimmer mit einer breiten Glastür, die auf eine Terrasse führt. Es enthält Sessel und Möbel im Italian Design, ein paar Warhols und Lichtensteins an den Wänden, die Bestseller der letzten vier Jahre in der Reihenfolge ihres Erscheinens auf einem langen Bücherregal, fünf oder sechs Fotobände mit Landschaftsbildern auf einem flachen Kristalltisch. Alles blitzsauber und reglos und unbenutzt. Ein leichter Geruch von Polsterschaum liegt in der Luft.

Ich öffne die Glastür, trete auf die Terrasse, schaue hinunter auf die Straße, bis ich vor Kälte ganz blau bin. Es scheint mir lächerlich, nach New York gekommen zu sein, hier auf Leos Terrasse zu stehen und hinunterzuschauen.

Ich gehe wieder ins Zimmer und mache einen Rundgang durch den Rest der Wohnung. Gleich neben dem Wohnzimmer ist ein Gymnastikraum mit Trimmgeräten: Tretrad, Rudersitz, Hanteln, Schaumgummimatratzen und all dem Zeug. Sogar ein elektrisches Rollband ist da, auf dem man Jogging machen kann, ohne das Haus zu verlassen. Ich ziehe mir die Jacke aus, drücke auf ein paar Knöpfe und laufe gegen das Band. Ich habe nicht die geringste Idee, was ich hier soll, jetzt, wo ich in New York bin. Ich erhöhe die Bandgeschwindigkeit, laufe so schnell ich kann.

Ich verlasse den Gymnastikraum mit klopfendem Herzen und fliegendem Puls. Ich gehe in die Küche und meine, vor Hitze gleich zu ersticken. Ich versuche, das Fenster aufzumachen, aber es geht nicht. Das Hausmädchen schaut durch die Tür und fragt, ob ich irgendwas möchte. Ich sage ja, einen Milkshake mit Schokolade. Sie holt sofort Milch, holländisches Kakaopulver und Zucker und tut alles in den Mixer.

Ich frage sie: »Wohnt Leo hier allein, oder hat er eine Freundin?«

Sie lächelt verlegen, schaut zur Wand, schaut auf den Milchkarton in ihrer Hand und sagt leise: »Weiß ich nicht.« Sie schraubt den Deckel fest und setzt den Mixer in Gang.

Ich kann jetzt vor Müdigkeit kaum noch sehen; mir

dröhnen die Ohren. Ich setze mich auf einen Hocker, trinke den Milkshake, lasse mir zeigen, wo mein Zimmer ist.

Ich nehme ein Buch von einem Regal, es heißt *Großansichten von Arizona.* Ich streife die Schuhe ab, setze mich auf das Bett und blättere langsam die großen Farbseiten durch. Nicht daß ich die Fotos wirklich ansehe, ich gleite nur mit den Augen über das Hochglanzpapier. Ich lege mich auf die Seite, ziehe das aufgeschlagene Buch mitten auf das Bett. Ich drehe mich auf den Rücken und schlafe ein.

Um sieben Uhr morgens stehe ich auf und ziehe mich an. Ich gehe in die Küche, um mir eine Tasse Milch heiß zu machen, gehe ins Wohnzimmer, um sie zu trinken. Durch die Wand ist das Rattern des Rollbands zu hören, laut wie das Schleudern einer Waschmaschine. Kaum hat es aufgehört, stelle ich die Tasse hin und gehe in den Gymnastikraum.

Leo macht gerade Kniebeugen; er sieht kurz auf und macht gleich weiter. Er hat eine kurze Hose aus weißem Frotteestoff an, dazu ein Band aus weißem Frotteestoff um die Stirn.

»Wie geht's?« sage ich.

Er beugt weiter die Knie mit gestreckten Armen, ohne den Kopf zu drehen oder seine Bewegungen zu verlangsamen. Er ist ganz schön kräftig geworden durch all diese Übungen, seit ich ihn das letzte Mal gesehen habe: straffer, mit festen Muskeln an Armen und Beinen und Brust. Dafür haben sich seine Augen ein wenig verengt, vielleicht entsprechend der Verengung seiner Interessen. Er muß eine Art Teleskopsicht entwickelt haben, wie eine Zwergohreule oder ein Sperberkäuzchen, um wenige Einzelheiten scharf anzuvisieren.

Jetzt hört er auf, nimmt ein Handtuch, rubbelt sich Brust und Rücken ab. Setzt sich auf das Rudergerät, zieht die Ruder zurück und sagt: »Gestern abend. Hast du. Ein gutes französisches. Dinner verpaßt.« Er redet stoßweise, während er den Oberkörper vorbeugt; er schnauft und rudert.

»Tut mir leid. Ich glaub, ich hab sechzehn Stunden durchgeschlafen.«

Er rudert ein paar Minuten lang wortlos, die Augen starr geradeaus gerichtet, die Muskeln gespannt, das Gesicht schweißüberströmt. Sagt dann: »Da war auch. Die Freundin. Einer Freundin von mir. Nettes Mädchen. Fotomodell.«

Ich sage nochmal: »Tut mir leid.« Es stimmt nicht, daß es mir leid tut; ich stelle mir vor, wie wohl die Freundinnen der Freundinnen von Leo sein müssen.

Er steht auf, macht ein paar Lockerungsübungen, schüttelt die Beine aus. Nimmt zwei Fünf-Kilo-Hanteln vom Boden und stemmt sie in schnellem Rhythmus vor und zurück. Sagt dabei: »Hab gestern abend. Mit Tillson gesprochen. Es gibt zwei Möglichkeiten.« Er sieht geradeaus vor sich hin, ganz auf seine Muskeln konzentriert mit geblähten Halsadern. »Schließlich weißt du. Noch gar nichts. Mußt erstmal. Sowas wie 'ne Lehre machen. Wir können dir nicht gleich. Einen Job mit Verantwortung geben.« Ich glaube, er läßt den Bizeps jetzt nur noch schwellen, um mir zu zeigen, wie stark er geworden ist. Er atmet tief durch, stößt die Hanteln vor und zurück, strengt sich mächtig an, um das Tempo zu halten, aber jetzt muß er jeden Augenblick aufhören.

Er hört auf. Läßt die Hanteln auf eine Schaumgummimatte fallen, schüttelt die Arme aus, macht ein paar Schritte im Kreis. Läuft durch den Raum, schlüpft in einen

Bademantel aus weißem Frotteestoff mit einem schmalen senkrechten blauen Streifen, dreht sich zu mir und sagt: »Du kannst entweder hier arbeiten, wo ich und Tillson dich anleiten, oder in Mailand, wo Bob Lowell ist.« Er rubbelt sich mit einer rasenden Fingerbewegung die Haare. Macht zwei Schritte zur Tür.

»Dann geh ich nach Mailand.«

Er sieht mich an, sagt mit einem fast unmerklichen Zucken in den Augen: »Okay, wie du willst« und geht rasch hinaus.

Vier

Wer schon mal an einem Wintertag über Mailand geflogen ist, kennt das: Eine Art riesige graue Kuppel wölbt sich über die ganze Fläche der breit hingelagerten Stadt. Eine Kuppel aus demselben Material wie das, was sie umschließt: ein rundum fugenloses Massiv, gebildet aus Schichten und Schichten von Grau, so dicht und dick übereinander, daß sie nichts durchscheinen lassen von dem, was darunter ist.

Wir landen nachmittags um vier. Ich warte zwanzig Minuten lang auf meinen Koffer, die Luft im Wartesaal ist zum Schneiden vom Qualm der anderen Reisenden. Ich passiere den Zoll, passiere die Carabinieri am Ausgang, passiere die Absperrketten. In der Halle zwischen den Wartenden steht ein großer dicker Typ, der eine Visitenkarte mit dem Markenzeichen der MultiCo in der Hand hält. Ich gehe auf ihn zu und sage: »Ich bin Fjodor Barna.« Er sagt »Ah, wunderbar!« und drückt mir die Hand. »Sehr erfreut. Bob Lowell.« Er strahlt mich an.

Wir gehen zum Ausgang. Er will meinen Koffer tragen, ich nehme ihn rasch in die andere Hand, damit er ihn nicht erreichen kann, aber er insistiert, greift hinüber und faßt nach dem Griff. Ich lasse ihm seinen Willen. Ist sowieso kein schwerer Koffer.

Wir treten auf den Vorplatz, und schlagartig kommen mir wieder die alten Gefühle, die ich früher hier hatte, dicht ineinander verquickt wie die grauen Schichten der Kuppel. Eigenartig, daß sie die ganzen Jahre lebendig geblieben sind, irgendwo hinten in meinem Kopf, ohne an Schärfe zu verlieren. Der Geruch der Luft kommt mir wieder; und das Licht, gefiltert durch den Staub und den Dunst der feuchtfauligen Felder und den Rauch der Fabriken. Leo muß ganz schön verwundert gewesen sein, als er hörte, daß ich nach Mailand wollte. Jetzt bin ich selber verwundert.

Ich steige in Lowells Volvo, wir verlassen den Parkplatz. Wir fahren schnell über eine Landstraße. Lowell zeigt auf den Tacho und sagt: »Er macht's nicht mehr so wie früher.« Er duftet stark nach Rasierwasser, er hat einen sandfarbenen, bis zum Hals zugeknöpften Mantel an. »Seit ich ihn habe panzern lassen, ist er zu schwer. Als ob man dauernd sechs Personen zusätzlich mitschleppt.« Er zeigt mit dem Daumen nach hinten: auf die sechs Personen zusätzlich.

»Und wieso haben Sie ihn panzern lassen?« Ich sehe hinaus auf die dunklen Felder neben der Straße, auf die langgestreckten und flachen Fabrikgebäude.

Er dreht kurz den Kopf zu mir. »Na ja, hier muß man sich vorsehen. Sie wissen doch, wie dieses Land ist.« Er lacht kurz und verlegen.

»Besonders gut weiß ich das nicht«, sage ich. »Das letzte Mal war ich hier vor fünfzehn Jahren, und da war ich ein ziemlich zerstreutes Kind.«

Er lacht nochmal. Er sieht auf den Tacho, den Drehzahlmesser. Er muß um die dreiundvierzig sein, oder vielleicht einundvierzig; er hat ein rosiges, glattes Gesicht, die Haare tief in der Stirn, kurz gehalten im Kochtopfschnitt. Er muß sehr kräftig gewesen sein, als er noch Baseball spielte an der Universität und sich viel bewegte oder auch nur weniger regelmäßig aß, bevor er heiratete und hierherkam, um die Leitung der MultiCo Italiana zu übernehmen. Sein ursprünglicher Körperbau ist noch erkennbar unter den Wülsten am Hals und am Bauch und am Hintern, der kaum in den Sitz des gepanzerten Volvo paßt; aber seine physischen Reflexe sind abgestorben, untergegangen in seiner gewaltigen Körperfülle. Seine geistigen Reflexe müssen dagegen noch ziemlich lebhaft sein, wenn auch extrem spezialisiert und gefiltert durch die wäßrige Mattigkeit seiner Augen.

Während wir über die Autobahn fahren, vorbei an langen Reihen von Lastwagen, sagt er: »Find ich prima, daß du nach Mailand gekommen bist. Sicher wird es dir hier gefallen, ganz sicher.« Ich glaube zwar, daß er an Leo denkt, aber jedenfalls gibt er sich alle Mühe, nett zu sein. Er sagt: »Meine Frau hat gesagt, ich soll dir sagen, sie würde sich freuen, wenn du morgen abend bei uns zum Dinner bist.«

Wir fahren nach Mailand rein, durch breite Alleen voller dichtem, brüllendem Verkehr. Wir quälen uns im Schrittempo voran, halten, fahren ein paar Meter, halten wieder; spurten bei Ampeln los, um noch beim letzten Gelb rüberzukommen. Lowell fragt, ob ich mich an die Straßen erinnere oder an eins der Gebäude. Ich sage nein.

Er hält vor einem Hotel im Zentrum, parkt mit zwei Rädern auf dem Gehsteig. Zieht einen Umschlag aus der Tasche, reicht ihn mir und sagt: »Für die ersten Ausgaben.« Der Umschlag enthält zwei Kreditkarten auf meinen Namen und ein paar blanke, nagelneue Hunderttausendlirescheine. »Wenn du irgendein Problem hast, ruf mich zu Hause an, jederzeit.« Er erklärt mir, wo die MultiCo ist und wie man vom Hotel aus hingelangt. »Also, bis morgen früh.« Er gibt mir die Hand und schaut mir nach, während ich aussteige und die Wagentür zuschlage und ins Hotel gehe.

Kaum bin ich allein, erscheint es mir komisch, in ein Hotel wie dieses zu gehen, gekleidet wie ein Kunde von Hotels wie diesem. Meine Gesten erscheinen mir komisch, wie ich den Paß auf den Tresen lege und den Schlüssel entgegennehme und dem Portier zulächle, der sich lächelnd verbeugt.

Im Zimmer schaue ich in den Spiegel und bin beeindruckt von meiner Kleidung. Seit ich das Internat verlassen habe, war ich nicht mehr so angezogen. Ich mache ein paar Bewegungen vor dem Spiegel, und es ist komisch, wie der Schnitt des Jacketts und der Anzughosen den Charakter meiner Gesten verändert, wie der Geist dieser Stoffe und Nähte an mir hochsteigt bis zum Hals und die Gesichtsmuskeln erreicht und sie zu passenden Ausdrükken animiert.

Ich dusche, ziehe mir Jeans und einen dicken Pullover an. Schalte den Fernseher ein, aber es gibt bloß amerikanische Serials von vor zwei, drei Jahren, einen Dokumentarfilm über die Vatikanischen Museen und ein kaum verständliches Quiz. Ich ziehe die Jacke über und gehe hinaus, um ein paar Schritte zu machen.

Draußen ist es schon dunkel; es ist kalt wie in New York, aber viel feuchter. Die Kälte und Feuchtigkeit und der Smog machen die Luft so dick, daß man sie mit einer gewissen Heftigkeit einsaugen muß, um sie bis in die Lungen zu kriegen. Ich gehe langsam, werde rechts und links angestoßen von Menschenströmen, die mit starrem Blick und hastigen Schritten über die Gehsteige drängen. Ich bleibe vor einem Schaufenster stehen und betrachte die ausgestellten Gegenstände, die Reflexe der Autos, die sich vor den Ampeln zu dröhnenden Schlangen stauen.

Ich gelange zum Domplatz. Das Licht der Straßenlampen wird von den Wasserpartikeln so stark gefiltert und aufgesogen, daß die Luft genauso massiv erscheint wie die Gebäude. Es gibt keinen Freiraum mehr um die Mauern des Doms, um das Denkmal oder um die Gestalten, die den Platz überqueren. Es gibt keine Farben mehr, keine Kontraste. Es gibt nicht mal mehr viele Grautöne, höchstens noch zwei oder drei. Jetzt macht es mir Eindruck, daß mein Vater an einem Ort wie diesem geboren und aufgewachsen ist, daß er hier angefangen hat, die ersten Grundzüge seines Charakters auszubilden.

Ich gehe unter die Bögen der Galerie. Hier sind die Lichter noch gelb und warm. Ich betrachte Schaufenster voller bunter Schachteln mit Biscuit und Karamelbonbons und Schokolade, garniert mit goldenen Bändern und rosa und lila und malvenfarbenen Schleifen. Im großen Achteck, wo sich die beiden Arme der Galerie überkreuzen, stehen Gruppen von älteren Typen in Mänteln und Hüten, die gestikulieren und reden, alle sehr nah beieinander. Einige haben Hunde an der Leine, die an den Rändern der Gespräche sitzen und die Passanten beobachten. Einige schneuzen sich laut die Nase.

Ich trete in ein Café und bestelle mir einen Cappuccino. Zwei oder drei mit großer Sorgfalt gekleidete Paare sitzen an Tischchen vor Aperitifs in hohen dünnen Gläsern. Am Tresen stehen mehrere Typen um die vierzig, alle in eng taillierten und schulterwattierten Mänteln, in Hosen, die ziemlich weit über die Schuhe fallen, und Schuhen mit glänzend polierten Spitzen. Sie trinken irgendwas, stellen dann plötzlich ihr Glas auf den Tresen, laufen mit dem Portemonnaie in der Hand zur Kasse, zahlen, gehen hinaus und verfallen sofort in den gleichen hastigen Schritt wie die Ströme der heimwärts strebenden Menschen.

Ich trinke den Cappuccino und sehe durchs Fenster. Mir scheint, das ist keine Stadt, in der man sich viel im Freien aufhält. Ich will zurück ins Hotel.

Auf dem Platz vor der Scala haben sich Gruppen von Arbeitern in blauen Overalls vor einem großen dunklen Gebäude versammelt. Sie rufen Parolen. Einige schütteln Kuhglocken, andere halten rot beschriftete Spruchbänder hoch. Die Parolen und das Glockengeläut und die Spruchbänder werden sofort verschluckt, aufgesogen vom Dunkel des dichten Abends. Es ist keine fröhliche Szene, obwohl ein paar Arbeiter lachen und sich eingehakt haben. Auch die Umgebung ist alles andere als fröhlich. Ich haste jetzt auch.

Ich haste zurück zum Hotel, und kaum bin ich drinnen, fühle ich mich schon besser. Die Lichter sind warm, die Luft ist warm; der Portier und der Typ hinter dem Tresen begrüßen mich. Ich steige ins Zimmer hinauf, ich gehe ohne zu essen ins Bett.

Fünf

Am Morgen führt mich Bob Lowell durch die Flure der MultiCo. Alle naselang bleibt er vor einer Türe stehen, klopft, geht rein, zeigt mit der Hand auf mich und sagt: »Doktor Barna.« Er spricht Italienisch mit einem häßlichen, breiten Akzent, aber er kann sich recht gut verständlich machen. Die Typen, die er mir vorstellt, erheben sich, drücken mir die Hand, bleiben stehen und sehen mich an, ohne zu wissen, was sie sagen sollen, bis wir wieder draußen sind. Ich weiß auch nicht, was ich sagen soll; ich lasse mich einfach herumführen, drücke Hände und lächle so gut ich kann.

Schließlich zeigt mir Lowell ein Zimmer mit großem Fenster, mit großem Schreibtisch und zwei Telefonen in verschiedenen Farben, mit kleinem Schreibtisch und Schreibmaschine für eine Sekretärin. »Dies kann fürs erste dein Büro sein, wenn's dir recht ist.« Eine Sekretärin erscheint und reicht ihm ein paar Blätter zum Unterschreiben. Er unterschreibt und fragt mich: »Ist dir das recht?«

Ich zucke die Achseln und betrachte die Decke, die Telefone auf dem Schreibtisch.

Er erklärt mir, daß meine Arbeit fürs erste darin besteht, eine Reihe von Berichten aus verschiedenen Teilen der Welt zu prüfen, sie mit den in Mailand verfügbaren Daten zu vergleichen und einen Gesamtbericht für die Zentrale in New York zusammenzustellen.

»Scheint mir ja keine große Arbeit«, sage ich und betrachte seine Manschettenknöpfe.

Er sieht mich verlegen an. »Doch, doch, das ist sehr wichtig, bestimmt.« Er dreht sich zu einer anderen Sekretärin an der Tür, die ihn etwas fragen will, und winkt ihr zu warten. Sagt nochmal: »Bestimmt, Fjodor.« Ich stelle ihn mir am Telefon vor, wie er von Leo Instruktionen empfängt, detaillierte Anweisungen.

Er sagt mir, wie hoch mein Gehalt sein wird, und ich bin sehr beeindruckt, denn es ist zwanzigmal mehr als das, was ich in Santa Barbara mit der Musik verdiente. Er läßt sich ein paar Akten bringen, studiert sie einen Moment am Fenster, legt sie dann auf den Schreibtisch und erläutert sie mir mit großer Sorgfalt. Er wünscht mir »Gute Arbeit« und geht hinaus.

Ich nehme den Hörer des ersten Telefons ab, den Hörer des zweiten Telefons. Ich setze mich, probiere die verstellbare Rücklehne, lehne mich weit zurück. Ich stelle die Füße auf den Boden, lasse den Sessel herumrollen, erst nach links, dann nach rechts. Ich gehe zum Tisch der Sekretärin, schalte die Schreibmaschine ein und drücke auf ein paar Tasten, um das Ticken zu hören. Ich gehe zum Fenster und sehe hinaus. Mir ist zum Lachen, ich lache.

Die Situation kommt mir lächerlich vor, amüsant wie eine komische TV-Serial-Episode, und im nächsten Augenblick macht sie mir Angst. Ich habe nicht die geringste Ahnung, was ich hier soll, was ich zu schaffen habe mit diesem Raum und diesen Möbeln und diesen Kleidern. Ich laufe ziellos umher und habe den Eindruck, daß gar nicht ich es bin, der da läuft, sondern jemand anders, den ich von außen betrachte, kühl und ohne ein Fünkchen von Sympathie.

Ich gehe jeden Morgen zur MultiCo und finde die Akten schon auf dem Schreibtisch. Ich habe eine persönliche

Sekretärin namens Lina, sie ist klein und spitznasig und jedesmal ganz verlegen, wenn ich ihr etwas von meiner allgemeinen Verwunderung und Ratlosigkeit erzähle. Sie braucht immer nur ein paar Minuten, um meine Berichte zu tippen, was mir meine Arbeit noch bedeutungsloser erscheinen läßt.

Leo ruft mich alle drei Tage an, ohne was Bestimmtes zu wollen. Er fragt: »Wie geht's denn so?« Ich sage: »Ganz gut.« Er sagt: »Na bestens. Entschuldige, aber ich wollte dich nur mal grüßen. Wenn du irgendwelche Probleme hast, besprich sie mit Lowell.«

Ich bin zweimal abends bei Lowell zum Essen; es ist nicht amüsant. Seine Frau ist hübscher und eleganter, als ich erwartet hatte, aber sie lebt in dieser Stadt quasi wie eine Schiffbrüchige auf einer fremden Insel, gehemmt von allerlei Ängsten und Sprachschwierigkeiten. Lowell kann von nichts anderem reden als von der MultiCo oder der italienischen Innenpolitik oder den Energieproblemen der Welt. Wir sitzen alle drei wie die Stiesel am Tisch und beugen uns abwechselnd über das fünfjährige Töchterchen des Hauses, um den Mangel an Gesprächsthemen zu überbrücken. Am zweiten Abend gehe ich um zehn nach elf, und mir ist, als wäre ich schon zu lange geblieben.

Ich miete mir eine Wohnung im Zentrum, sie ist zehnmal so groß wie ich sie brauche, niedrig und leer und überheizt, mit schwer zu öffnenden Fenstern und einer zu reich ausgestatteten Küche.

Ich kaufe mir eine Stratocaster wie die, die ich in Santa Barbara hatte, dazu einen 100-Watt-Verstärker, den ich mitten in eins der leeren Zimmer stelle. Ich kaufe mir eine große Stereoanlage und fünfzig Platten. Ich spiele die Gitarre oder die Platten am späten Abend, so daß es vermutlich die Nachbarn stört.

Ich kaufe mir einen fast neuen blauen Fiat vom Typ, wie ihn gewöhnlich Taxichauffeure fahren. Es ist kein großer Schlitten, aber er erinnert mich wenigstens nicht an meinen verflossenen weißen MG; er ist das genaue Gegenteil in der Autowelt.

Sechs

Samstagnachmittag mache ich einen Rundgang durchs Zentrum. Ich sehe die Schaufenster an, die Ströme von samstagnachmittäglich angezogenen Menschen, die vorbeilaufen mit dem Blick auf die Schaufenster. Ich beobachte die Maroniverkäufer unter den Arkaden, die Spielzeugverkäufer, die in die Hände klatschen und Kindern wie Erwachsenen zweideutig zulächeln, die blinden Losverkäufer, die mit Glöckchen klingeln, um die Aufmerksamkeit anzuziehen. In einem Glaskasten hockt ein Trüffelverkäufer; der intensive Geruch verbreitet sich unter den Passanten, folgt ihnen ein Stück weit nach. Auf den Gehsteigen patrouillieren Carabinieri mit dicken kugelsicheren Westen und leichten Maschinenpistolen in der Hand. An den Ecken und Kreuzungen stehen gepanzerte Mannschaftswagen mit Polizisten, die durch Schlitze unter dem Dach herausschauen, um die Bewegungen der Fußgänger und der Autos zu überwachen.

Ich habe die Hände tief in den Taschen der zugeknöpften Jacke, bewege die Finger, damit sie nicht kalt werden, ziehe dauernd die Nase hoch. Die Kälte beißt mir in die Zehen, die Ohren, die Nasenspitze. Auf dem Kopf habe ich eine blaue Wollmütze aus New York, die mir wenigstens die Stirn ein bißchen warm hält. Ich trete in eine Buchhandlung, um mir ein paar Musikzeitschriften anzusehen, aber die Nachrichten sind drei bis vier Monate alt und die Artikel zusammengefaßt oder zweifelhaft übersetzt aus amerikanischen Zeitschriften, die ich schon längst gelesen habe. Ich gehe wieder hinaus und laufe rasch durch die Kälte.

Ich gelange zu einem schmutziggelben Palazzo und lese auf einem roten Transparent über dem Portal: KUNST UND KOMMUNIKATION: DIE POST-TRANSGRESSION. Scharen von Menschen drängen sich durch den Eingang an zwei schwarz uniformierten Wächtern vorbei. Ich gehe weiter bis zur Ecke, kehre um und gehe hinein. Ich folge den anderen Besuchern eine breite Treppe mit flachen Stufen hinauf.

Oben herrscht ein dichtes Gedränge von schwatzenden Leuten mit Broschüren und zusammengerollten Plakaten und Hüten und Handschuhen in der Hand: Familiengruppen in verschiedenen Grau- und Brauntönen, Gruppen von lauter gleich aussehenden Bart- und Brillenträgern, bleiche und schmächtige Pärchen, geräuschvolle Damen mit Fuchsschwanzkragen und rötlichen Stiefeln, Mittdreißiger in grünen Lodenmänteln und grauen glattgebügelten Hosen, Jugendliche, die still an den Wänden stehen oder in Rudeln mitten im Gang.

Ich versuche voranzukommen, bahne mir mit sanftem Schulterdruck einen Weg. Es riecht nach feuchtem Filz und feuchtem Tabak, Maiglöckchenparfum und Rasierwasser, feuchtem Gummi und feuchtem Sägemehl. Nach fünf Minuten ruft jemand: »Es geht los.« Alle setzen sich in Bewegung, schniefen und husten, bilden Schlangen, drängeln sich mit Ellbogenstößen und Tritten gegen die Knöchel in einen Saal. Ich lasse mich mittreiben.

Am oberen Saalende steht ein weißer Tisch, beleuchtet von vier Scheinwerfern. Ein dicker graugekleideter Typ spricht in ein Mikrofon, das seine Stimme aufbläht und als dröhnendes Rauschen verbreitet. Die Leute füllen allmählich den Saal, bis sie eine dichte Masse von Schultern und

Köpfen bilden, die von der hinteren Wand bis kurz vor den weißen Tisch reicht. Nach ein paar Minuten sind alle still, recken die Hälse und stellen sich auf die Zehenspitzen, um etwas zu sehen, aber die aufgeblähte Stimme bleibt unverständlich. Das Dröhnen bricht sich an Wänden und Decke, hallt wider und wird von den feuchten Mänteln und feuchten Pelzen und feuchten Hüten der Menge verschluckt.

Der Dicke löst sich vom Mikrofon mit einer Art parodiertem Tanzschritt. Jemand klatscht, ich weiß nicht, ob aus Beflissenheit oder aus Ironie. Ein anderer Typ, dünner, mit Brille und Schnauzbart, tritt an den Tisch und nimmt mit fahrigen Gesten das Mikrofon in die Hand. Er beginnt zu sprechen, bringt aber nur ein flaches Gebrabbel hervor, stumpfe Töne ohne Kanten oder Konturen, an denen man sie unterscheiden könnte. Er wiegt sich in den Hüften, gestikuliert mechanisch mit der linken Hand, seine Brillengläser funkeln im Scheinwerferlicht. Ich verstehe kein Wort von dem, was er sagt. Nach zehn Minuten hört er auf, tritt mit gesenktem Kopf zurück, stolpert über ein Scheinwerferkabel, verliert das Gleichgewicht und wird von einem uniformierten Wächter aufgefangen.

Eine Stimme neben mir sagt: »Jetzt müßte Canestrelli dran sein.« Ein Typ mit schütterem Haar und Vollbart tritt in den Lichtkegel, stellt ein altes Radio auf den Tisch und daneben ein kugelförmiges Goldfischbecken, in dem ein paar hellrote Fische schwimmen. Ich schiebe mich vor, dränge mich zwischen den Leuten durch bis in die vorderste Reihe. Ein struppiges Mädchen an einem Stativ winkt mich rasch aus dem Blickfeld einer Fernsehkamera zu meiner Rechten.

Ich trete nach links und stoße mit dem Ellbogen an einen welken weißhaarigen Typ, der sich zu mir umdreht und mich mit wahren Schildkrötenaugen anglotzt. Ich bitte ihn um Entschuldigung, frage ihn: »Ist das Canestrelli?« und zeige auf den Vollbart hinter dem Tisch. Er faucht: »Bitte Ruhe!« Ich sage: »Ich habe gefragt, ob das Canestrelli ist.« Er flüstert: »Natürlich, wer sonst?« und rückt zwei, drei Typen weiter nach links. Die zwei, drei Typen protestieren leise und stellen sich wieder in die Reihe. Von hinten kommt Gezischel, Geschnief und Gehüstel. Links neben mir steht jetzt ein langer Knabe mit grauschwarz kariertem Mantel und eckigen asymmetrischen Zügen.

Canestrelli stellt das Radio an, das einen Cassettenrecorder enthalten muß, denn sofort ertönt eine quäkende Stimme: »Ich spreche. Ich spreche. Ich spreche.« Er wirkt ziemlich nervös, seine Stirn ist ein bißchen zu glänzend, sein Blick ein bißchen zu starr. Er nimmt das Radio vom Tisch, hält es hoch und dreht es mit gemessenen Bewegungen zum Publikum.

Das Publikum ist mucksmäuschenstill, man hört nur ab und zu ein Gehüstel. Allmählich wird es sehr warm hier zwischen den Scheinwerfern und den Heizkörpern und den Hunderten von leise atmenden Menschen. Die beiden Typen, die vorher am Mikrofon gesprochen haben, stehen jetzt links an der Wand vor der ersten Reihe, noch ganz erschöpft von ihren Reden. Sie lächeln den Nächststehenden zu, werfen kurze Blicke zur Seite.

Canestrelli nimmt das Goldfischbecken in beide Hände und stemmt es hoch über den Kopf. Das struppige Mädchen winkt ihm, es etwas tiefer zu senken, damit es im Blickfeld der Kamera bleibt. Er senkt es etwa zehn Zentimeter tiefer, die Arme zittern ihm leicht. Auf dem Becken steht in großen gelben Temperabuchstaben: IN/FORMATION – DE/PRESSION. Canestrelli hält es fünf Minuten lang hoch; dann senkt er die Arme und kippt es langsam nach vorn. Das Wasser beginnt auf das Radio zu tropfen, durchtränkt den Stoff der Lautsprecherabdekkung, färbt ihn allmählich dunkel. Die Stimme aus dem Radio quäkt: »Ich informiere. Ich informiere. Ich informiere.« Mit einem Ruck kippt Canestrelli das Becken um, das Wasser stürzt in einem Schwall heraus und reißt die Goldfische mit, so daß sie auf das Radio fallen und vom Radio auf den Tisch und vom Tisch auf den Boden. Das Radio zischt und verstummt. Die Zuschauer applaudieren, die vorderen Reihen am stärksten. Die beiden Typen, die vorher gesprochen haben, klatschen laut in die Hände, nicken zustimmend, lächeln. Canestrelli macht eine Art Verbeugung, ziemlich linkisch.

Wieder erhebt sich Applaus, da tritt auf einmal der asymmetrische Lange neben mir vor und schreit: »Schweine! Einen *Scheiß* macht ihr da!« Schreit so laut, daß der ganze Saal für ein paar Sekunden erstarrt.

Alle drehen die Köpfe zu ihm und glotzen ihn fassungslos an. Das struppige Mädchen glotzt am Stativ der Fernsehkamera. Canestrelli glotzt aus knapp zwei Metern Entfernung. Der Typ mit Brille und Schnurrbart, der vorher gesprochen hatte, sagt etwas Unverständliches. Canestrelli erwidert: »Nein, nein. Ist doch wunderbar. Geht schon in Ordnung.« Aber er spricht mit belegter Stimme, und sein Gesicht verrät, daß er es gar nicht so wunderbar findet.

Der asymmetrische Lange beugt sich nieder, kauert sich auf den feuchten grauen Teppichboden und schreit: »Verdammte Schweine! Die krepieren doch!« Er starrt auf die Goldfische, die nach Luft schnappen und mit den Schwänzen schlagen. Springt wieder auf, schaut umher und ruft: »Tut doch was, Himmelherrgott! Holt doch irgendwo

Wasser!« Niemand rührt sich, niemand sagt etwas. Canestrelli beobachtet ihn, die Hände in die Hüften gestützt, auf den Lippen ein starres Lächeln. Die Goldfische öffnen und schließen die Kiemen.

Der asymmetrische Lange gerät in Fahrt, schnappt sich das leere Becken und stürzt damit in den Saal. Die Leute springen zur Seite, noch bevor er sie wegstoßen kann, drängen sich eng zusammen, um eine Gasse zu bilden. Der Lange rennt durch die Gasse, stolpert, fällt hin; das Becken gleitet ihm aus den Händen, fliegt zwei Meter weiter, landet zwischen den Füßen der zusammengedrängten Leute und bricht in Stücke. Der Lange steht auf, hält sich eine Hand an die Hüfte und starrt auf die verstreuten Scherben. Die Leute weichen zurück und beobachten ihn, ohne recht zu begreifen, ob er ein Teil der Performance ist oder nicht.

Er rennt zurück zu den Fischen, die kaum noch zucken. Sammelt drei davon auf und schreit: »So helft mir doch, die anderen aufzulesen!« Niemand rührt sich; Canestrelli kreuzt die Arme, sein Gesicht ist jetzt schweißüberströmt und rot. Ich beuge mich nieder und sammle die beiden restlichen Fische auf. Der Lange sagt: »Schnell raus hier!« Wir laufen durch die Gasse zwischen den Leuten.

Wir hasten die Treppe runter und raus auf die Straße, wir rennen um eine Ecke und stürzen in ein Café. Der Lange ruft: »Schnell eine Schüssel mit Wasser!« Der Wirt hinter der Theke weicht einen Schritt zurück. Der Lange beugt sich über die Theke, läßt die Fische ins Spülbecken fallen und dreht den Wasserhahn auf. Die Fische rühren sich nicht. Auch die beiden in meiner Hand sind tot: fühlen sich nicht mehr glitschig an.

Wir sehen uns in die Augen, ich und der asymmetrische Lange. Er sagt: »Herrgottnochmal, wie schade!« Seine

Augen sind verschiedenfarbig, das eine ist blau, das andere hellbraun.

»Ich heiße Fjodor Barna«, sage ich.

»Ich heiße Mario Oltena«, sagt er.

Ich werfe die beiden Fische in einen Abfallkorb, nehme mir zwei Papierservietten und putze mir die Hände ab. Die Kassiererin sieht mich feindselig an. Der Wirt fragt: »Was ist hier eigentlich los?«

»Wir hätten gern zwei Tassen Kaffee«, sagt Mario Oltena. Er faßt sich mit einer Hand an die Stirn, dreht sich zu mir und lacht. Ich lache auch, die Ellbogen auf die Theke gestützt. Er sagt: »Ich wußte, ich hätte da gar nicht reingehen dürfen. Ich hab so eine Manie, mich immer in Situationen zu bringen, von denen ich vorher schon weiß, daß sie mich rasend machen werden.« Er schüttelt den Kopf und lacht.

Der Wirt gießt den Kaffee ein. Fischt die Goldfische mit einer Eiszange aus dem Spülbecken, läßt sie einen nach dem anderen in den Mülleimer fallen. Sieht uns böse an und grummelt irgendwas vor sich hin. Wir trinken den Kaffee. Ich zahle und lasse dem Wirt ein Trinkgeld, aber sein Blick wird nicht freundlicher.

Wir treten hinaus, wir gehen durch die dunkle Kälte, umgeben vom Lärm des dichten, beinahe stehenden Verkehrs. Marios Gang ist ebenso asymmetrisch wie sein Gesicht. »Nicht daß mir viel an den Goldfischen liegt«, sagt er. »Ich meine, es tut mir schon leid um sie, aber was soll's? Es ist die ganze Situation, die ich zum Kotzen finde: dieser Zirkus, den die Kritiker mit Canestrelli machen, diese schleimige Art, wie sie ihn mit Superlativen überschütten und von allen Seiten her absichern und komplizenhaft decken und dieses ganze ekelhafte erpresserische Klima erzeugen, damit alle die Schnauze halten und voller

Andacht zuhören wie in der Kirche, und hinterher rausgehen und sagen, es war interessant, aus Angst, man könnte sie für Banausen halten, man könnte meinen, sie hätten irgendwas Fundamentales nicht kapiert.«

Er redet so laut und heftig und überartikuliert, daß die Passanten sich umdrehen und uns lange nachschauen. Er gestikuliert erregt, lehnt sich beim Gehen zu mir herüber, drängt mich fast an die Schaufensterscheiben, so daß ich dauernd gegensteuern muß, um einigermaßen den Kurs zu halten. Wir gehen schnell, die Hände tief in den Manteltaschen, das Kinn auf die Brust gedrückt.

Während wir eine Kreuzung voller Autos überqueren, frage ich ihn: »Was machst du so?«

Er sieht mich kurz an und sagt: »Ich bin Maler.« Nimmt plötzlich eine wachsame Haltung ein: verlangsamt den Gang, legt den Kopf schräg und verengt die Augen zu einem Schlitz.

»Was für eine Art Maler?« frage ich. Wir kommen an einem hell erleuchteten Wurstwarenladen vorbei, im Schaufenster liegen Schinken, garniert mit silbernen Bändern und kleinen goldenen Sternen.

»Ich weiß nicht, wie soll ich dir das erklären?« Er macht ein paar vage Gesten, schaut in den letzten Winkel des Fensters, wo eine Languste auf einer flachen Schale liegt, mit Majonnaise und Butterkringeln. »Warum kommst du nicht einfach zu mir und schaust es dir an?«

»Okay«, sage ich. Er zeigt mit dem Arm in die Richtung. Wir gehen durch eine Straße mit vielen Geschäften, die gerade eins nach dem anderen geschlossen werden. Wir biegen in Seitenstraßen ein, überqueren breite Alleen mit überfüllten Bussen, drängen uns auf schmalen Gehsteigen an frenetisch hupenden Autoschlangen vorbei.

Wir kommen zu einem alten gelben Mietshaus, steigen

fünf dunkle rußgeschwärzte Treppen hinauf. Auf dem obersten Treppenabsatz bleiben wir stehen und verschnaufen. Aus den Stockwerken unter uns dringen Gerüche von Kohl- und Gemüsesuppen herauf, Geräusche von laufenden Fernsehern. Mario öffnet eine Tür und führt mich hinein. Wir betreten ein Zimmer, das sehr viel sauberer und geräumiger ist, als ich es hier erwartet hätte. Zwei Sofas mit hellen Bezügen stehen mitten im Raum, ein Kokosteppich bedeckt einen Großteil des dünnen Dielenbodens, der leicht unter unseren Schritten bebt. An einer Wand lehnen fünf oder sechs große Ölbilder. Auf einem Tisch drängen sich Farbtuben und -dosen in großer Zahl neben Gläsern mit Pinseln, Fläschchen mit Lösungsmitteln, Lappen und alten Zeitungen.

Ich bleibe vor einem der Ölbilder stehen und werfe einen flüchtigen Blick darauf.

Mario dreht sich zum Fenster und sagt: »Hab schon verstanden, du findest sie fürchterlich.«

»Aber ich hab sie doch überhaupt noch nicht angesehen«, sage ich und hocke mich vor die Bilder, um sie aus der Nähe zu betrachten. Durch die Wand hört man ein elektrisches Piano spielen: ein erregendes, schwebendes Motiv.

Mario knipst eine Klemmlampe an und richtet sie jeweils auf das Bild, das ich gerade betrachte. Ich gehe langsam von einem zum anderen. Es sind eigenartige Kombinationen von Linien und Kurven, ineinander verflochten zu einem Farbengewebe, das man aus zwei Metern Entfernung unabhängig von den Einzelfiguren wahrnimmt.

»Nicht schlecht«, sage ich.

Mario sieht mich an, die Klemmlampe in der Hand, und fragt: »Wirklich?«

»Wirklich«, sage ich und trete zwei bis drei Schritte zurück, um einen Gesamteindruck zu bekommen, trete näher, um die Einzelheiten zu untersuchen. Es ist kalt hier.

Mario setzt sich auf ein Sofa, steht wieder auf, läuft um das Sofa herum, zupft nervös an der Rückenlehne und sagt: »Na gut, danke.« Zupft an der Rückenlehne und sagt: »Herrgott, mir schlägt das Herz bis zum Hals. Auch so eine Manie von mir, daß ich die Leute immer frage, was sie von meinen Bildern halten. Stell dir vor, sie hätten dir nicht gefallen!« Er streicht sich mit der Hand über die Stirn.

»Wer spielt da drüben das E-Piano?« frage ich. Das schwebende Motiv gewinnt an Konsistenz und verliert sie wieder, folgt elliptischen Bahnen und löst sich auf.

»Muß meine Schwester sein«, sagt er, zieht eine Schublade auf, holt eine Künstlermappe heraus, legt sie auf den Boden, bindet sie auf, entnimmt ihr zwei Dutzend Aquarelle und verteilt sie wie große Spielkarten über den Teppich. »Schau dir diese mal an.«

Ich betrachte die Aquarelle und horche dabei mit einem Ohr auf das E-Piano. Mit mehr als bloß einem Ohr. Eine sehr eigenartige Spielweise ist das, eine sehr eigenartige Melodie, weitab von der Realität. Immer wieder gleiten die Finger leicht über eine Taste und erzeugen eine seltsame Dissonanz, die den Lauf der Musik verändert, sie im ungewissen schweben läßt.

Ich betrachte das dichte Liniengeflecht der Aquarelle, das Ineinander von kaum erkennbar kleinen Figuren. Ich sage: »Da bräuchte man ein Vergrößerungsglas.«

»Ja, vielleicht«, sagt er, läuft im Kreis um seine Aquarelle, betrachtet sie und versucht, mir vom Gesicht abzulesen, wie ich sie finde. Wirklich, es macht ihn sehr nervös, sie zu zeigen.

Ich nehme ein Blatt in die Hand und reibe eine Ecke

zwischen Daumen und Zeigefinger, um die Papierkonsistenz zu fühlen und Interesse zu zeigen. Ich stehe auf und trete mit dem Blatt in der Hand zurück an die Tür, hinter der die eigenartigen Töne erklingen. Ich sage: »Diese Farben gefallen mir.« Mario sagt: »Ja?«

Ich lehne das Blatt an die Armlehne eines Sofas und trete zwei bis drei Schritte zurück. Ich mache die Augen halb zu und trete noch weiter zurück. Ich berühre mit dem Rücken die Tür und lege die Hand auf die Klinke. Die Töne schwellen an und verklingen, aber ohne sich soweit aufzulösen wie vorhin. Die Lautsprechermembrane klirrt bei den tiefen Bässen und läßt die Fensterscheiben vibrieren. Die hohen Töne berühren mir das Trommelfell. Ich drehe mich auf den Fersen, öffne die Tür und schaue ins Nebenzimmer.

Es hat eine Kassettendecke. Es hat zwei oder drei Stühle und Hocker an einem hellen Holztisch, an der Wand einen Verstärker, ein elektrisches Piano. An dem Piano sitzt eine Mädchengestalt, aber sie ist so schön, daß mir alles vor den Augen verschwimmt.

Wenn ich jetzt anfangen wollte, nach Adjektiven zu suchen, um sie zu beschreiben, müßte ich hinterher alle, die ich vielleicht finden würde, so eng und dicht miteinander verflechten, daß ein konfuses und überladenes Bild entstünde. Ein konfuses ginge ja noch, denn es würde ganz gut meine Sinnestrübung bei ihrem Anblick wiedergeben; aber ein überladenes könnte ich nie ertragen.

Da ist so eine Art Licht, ein vollkommenes Licht, das aus der Klarheit ihrer Augen kommt, sich über die Stirn verbreitet, über die Nasenlinie absteigt, auf der Lippenoberfläche verweilt, die Kurve des kleinen Kinns unterstreicht, zu den zarten Schläfen wieder hinaufsteigt, um sich im hellen Haargeflecht zu verlieren, in ihrem klaren, aber weder blonden noch nußbraunen Haar, das in kleinen Wellen auf die wohlgeformten Schultern fällt, auf die Gestalt, die da leicht hinter der Linie des flachen Pianos sitzt.

Aber egal welche Worte ich wähle, welches Bild sich aus ihnen ergeben mag, ich habe keinerlei Hoffnung, sie je mit der gleichen Blitzartigkeit beschreiben zu können, mit der sie vor meinen Augen erscheint, als ich mich auf der Schwelle drehe und in das Zimmer schaue. Man bräuchte ein einziges Wort, das Dutzende von gleichzeitigen Bedeutungen, von gleichzeitig in verschiedene Richtungen weisenden Signifikaten in sich enthielte. Man bräuchte eine Art *tac* oder sowas, wenn es nur lesbar wäre, wie ich es meine.

Wie auch immer, jedenfalls stehe ich in der Tür, mit einer Hand an den Rahmen gelehnt, und starre wortlos auf das Mädchen am anderen Ende des Zimmers. Ich mache zwei oder drei Schritte auf sie zu, mit offenem Mund und einem vermutlich nicht sehr intelligenten Ausdruck. Sie betrachtet mich ebenfalls, mit grauen Augen, die mir durch und durch gehen und mir das Blut nicht nur stocken, sondern verkehrt herum kreisen lassen. Ich kann nicht mehr richtig gehen; ich bleibe stehen, lasse die Arme schlaff an den Seiten herunterhängen.

Mario tritt ins Zimmer, durchquert es mit Bewegungen, die tausendmal schneller als meine Gedanken sind und tausendmal lauter. Ich bleibe einen Moment in der Schwebe, während er sich dem Mädchen nähert, dann fängt mein Blut wieder an, in der richtigen Richtung zu kreisen.

Mario deutet vage auf mich und sagt: »Ich hab ihn im Museum für Moderne Kunst getroffen. Er heißt Fjodor Barma.«

»Bar*na*«, sage ich mit schwacher Stimme. Ich gehe

vorwärts, schaffe es bis ganz nahe an das Piano. Das Mädchen beugt sich vor und reicht mir die Hand. Ich drücke ihre Finger zwischen den meinen, ich sehe ihr in die Augen, und wieder dreht sich mir alles im Kopf.

»Malaidina«, sagt sie.

»Meine Schwester Malaidina«, sagt Mario.

»Ah«, sage ich.

Wir sind eine Weile stumm und reglos im Zimmer mit der Kassettendecke.

Endlich sage ich zu Malaidina: »Du spielst ganz *außergewöhnlich.«* So akzentuiert klingt es wie ein ironisches Kompliment oder eine Übertreibung. Tatsache ist, daß ich unfähig bin, den Ton meiner Stimme zu kontrollieren; unfähig auch, die Worte zu wählen, bevor sie mir über die Lippen kommen.

Sie wendet sich an ihren Bruder. »Ihr habt mir doch wohl nicht zugehört?« Sie lächelt, es ist ein eigenartiges Lächeln, schüchtern und unsicher.

Ich sage zu ihr: »Aber es war *fantastisch!«* Wieder klingt es nicht richtig. Die Wörter kommen flach und ausdruckslos hervor, und ich betone sie auch noch in der blödesten Weise. Ich sage: »Wirklich!«

Sie wendet sich erneut an ihren Bruder und fragt ihn: »Weißt du, wie spät es ist?« Ich wünschte, sie hätte was anderes gefragt. Er sagt, er wüßte es nicht.

Sie dreht sich zu mir. Ich hebe den Arm, noch ehe ihr Blick auf mir ruht, und sage: »Es ist gleich acht.«

Sie steht auf und sagt: »Ich muß gehen.«

Ich sehe sie an und suche nach einem Satz oder Wort, um sie aufzuhalten, wenigstens für ein paar Minuten; mir fällt nichts ein. Ich sehe Mario an, aber mir scheint, er hat nicht die geringste Absicht, seine Schwester zurückzuhalten. Sie geht durchs Zimmer, rasch und mit einer unwirklichen Leichtigkeit. Am anderen Ende dreht sie sich um, sagt »Ciao«, macht eine kurze grüßende Geste, halb schon verdeckt vom Türrahmen, und verschwindet.

Ich stehe da und starre wie blind auf die Stelle, wo sie verschwunden ist. Ich drehe mich rasch zu Mario, voller Wut, daß er sie nicht aufgehalten hat.

Er dreht an den Knöpfen des E-Pianos und fragt: »Gefällt dir Malaidina?«

»Sie ist dir aber nicht ähnlich.«

»Vielen Dank!« Er lacht. »Sie ist auch nicht eigentlich meine Schwester. Sie ist die Tochter meiner Mutter und ihres zweiten Mannes.« Er greift in die Tasten, schlägt rhythmisch einen Akkord und fragt mich: »Willst du hier essen?« Ich sage ja.

Wir gehen in die Küche, wo es kalt ist wie überall in der Wohnung. Mario zündet einen Gasofen an; es faucht, eine trockene Wärme breitet sich aus. Er sagt: »Ich benutze ihn fast nie, weil er die Luft so trocken macht.« Ich sage: »Mach ihn wieder aus, mach ihn wieder aus.« Er macht den Gasofen wieder aus. Holt Eier, Mozzarella und eine Avocado aus dem Kühlschrank; teilt die Avocado, löffelt das Fruchtfleisch heraus, schneidet den Mozzarella in Stücke, schlägt die Eier in eine Schale; reicht mir eine Flasche Wein zum öffnen und zeigt mir, wo die Gläser sind.

Ich gieße den Wein in die Gläser und reiche ihm eins; er nimmt es mit der Linken und schlägt mit der Rechten die Eier. Ich möchte ihn gern etwas über Malaidina fragen, weiß aber nicht, wie ich's anfangen soll. Ich möchte wenigstens wissen, ob sie auch hier wohnt. Ich sage: »Ist aber gut, dieser Wein.«

»Es geht«, sagt er, gießt die geschlagenen Eier in eine Pfanne, tut die Mozzarellastückchen hinein und das Avocadofleisch darüber.

Ich frage: »Wohnt sie hier, Malaidina?« Mir stockt die Stimme, mir stockt jedes einzelne Wort.

»Wer?« fragt er und reibt eine Muskatnuß auf einer kleinen Reibe, seine Bewegungen sind rasch und sicher.

»Malaidina«, sage ich.

»Nein«, sagt er. »Sie hat eine eigene Wohnung. Sie wohnt mit einem gewissen Attilio Ata zusammen, einem Regisseur.« Er stellt die Herdflamme klein, rührt mit einer hölzernen Gabel in der Pfanne.

Ich denke »Scheiße«, trinke mein Glas aus, beuge den Kopf nach hinten und sage: »Aber sie kommt oft her, Malaidina.« Ich stelle das Glas auf den Tisch.

»Ab und zu«, sagt er, streut eine Prise Salz in die Pfanne und löscht die Flamme; nimmt zwei Teller aus einem Wandbord, stellt sie auf den Tisch und verteilt die Avocado-Eier gleichmäßig auf beide.

Wir setzen uns und essen mit großem Appetit. Ich sage: »Schmeckt ausgezeichnet.« Ich bin überrascht, daß er dieses Gericht so schnell hat zubereiten können, ohne auch nur eine Sekunde lang zu überlegen.

»Könnte besser sein«, sagt er. »Ich glaube, ich hab zuviel Mozzarella genommen.« Ißt trotzdem genußvoll seinen Teller leer und wischt ihn mit einem Stück Brot aus. »Was ist das eigentlich für ein Akzent, den du hast? Klingt eigenartig. Woher kommt der?«

»Weiß nicht«, sage ich. »Keine Ahnung, kommt mir ganz von allein.« Ich hab keine Lust, jetzt über meinen Akzent zu reden, er interessiert mich nicht.

Mario gießt mir Wein nach, füllt sich sein Glas, trinkt es mit einem Zug halbleer und fragt: »Aber du bist doch Italiener, oder?«

»Zur Hälfte. Meine Mutter ist aus Boston, mein Vater aus Mailand. Aber ich war nur als Kind in Italien, als mein

Vater in Rom arbeitete.« Ich trinke einen Schluck Wein und sehe zur Seite.

»Und was machst du so?« fragt Mario. Er sieht auch zur Seite, vermutlich um mir nicht das Gefühl zu geben, daß er zudringlich fragt.

»Ich mach eine ziemlich idiotische Arbeit für den Konzern meines Bruders. Ich muß Berichte zusammenstellen, aus zwei, drei Dossiers, die sie mir auf den Tisch legen. Ist keine große Arbeit.« Stimmt wirklich, diese Geschichte mit dem Akzent; grad jetzt kommt er mir wieder. Tatsache ist, je unsicherer ich mich fühle, desto mehr kommt dieser falsche Zungenschlag in das, was ich sage, und läßt mich immer mehr zögern, zuerst vor den Konturen, den äußeren Formen der Wörter, und dann auch vor ihren Inhalten, so daß ich schließlich, je weiter sich ein Laut von dem entfernt, was er sein sollte, mich um so mehr in seiner Bedeutung verliere. Dasselbe passiert mir auch, wenn ich Englisch spreche, oder Spanisch. Ich weiß nicht.

Mario sieht mich an, stützt die Ellbogen auf die Stuhllehne.

»In Wirklichkeit spiel ich Gitarre«, sage ich. »Das ist das einzige, was mich interessiert.« Ich denke, das stimmt nicht ganz, so sehr interessiert es mich gar nicht.

Mario schaut jetzt zufriedener aus. Er trinkt sein Glas leer und sagt: »Na prima, dann können wir ja mal zusammen spielen.«

Wir räumen den Tisch ab. Mario spült die Teller und erzählt mir dabei von einer Reise nach Peru, die er vor ein paar Monaten gemacht hat. Er spricht von Orten und Personen und Situationen in einem schwer erträglichen Rhythmus: im gleichen erregten Ton wie vorhin auf der Straße, als wir aus dem Museum kamen. Er stülpt die

Worte übereinander, schreit, dreht sich alle paar Sekunden zu mir, um mit tropfnassen Händen Zeichen in die Luft zu malen, wechselt rasch den Gesichtsausdruck, gleitet vom einen zum anderen in mimischen Bildsequenzen. Er spricht von seiner Brotarbeit, die darin besteht, in reichen Häusern Bankette und kalte Büffets auszurichten. Er sagt, das sei zwar eigentlich eine Arbeit für Köche, aber auch für Bühnenbildner und darum nicht so weit von seinen wahren Interessen entfernt. Er beschreibt mir die Zubereitung einiger Gerichte und wie man sie am wirkungsvollsten serviert. Er beschreibt mir verschiedene Typen von Gästen, verschiedene Typen von Gastgebern und von reichen Häusern.

Als wir genug von der Küche haben, gehen wir ins Zimmer mit dem elektrischen Piano. Mir ist, als schwebte noch eine Spur von leichtem Parfum in der Luft, aber ich bin mir nicht sicher. Ich rede jetzt auch und versuche, Marios Rhythmus zu imitieren, seine Wortwahl, wenn nicht gar seine Gesten. Ich sehe immer wieder auf das Piano und vergesse, was ich gerade sagen wollte. Wir reden zwei Stunden lang: fischen uns Themen heraus und lassen sie um sich selbst kreisen, drehen sie hin und her und nach allen möglichen Seiten, bis kein Winkel mehr unausgeleuchtet bleibt. Wir leeren noch eine Flasche Wein.

Mario setzt sich an das Piano und spielt etwas, in einem ganz guten funky style mit gehämmerten Bässen und scharfen, schnellen Akzenten: Lichtjahre entfernt von Malaidinas Melodien. Ich sitze in einem Sessel und höre ihm zu, sehe verwundert auf seine Finger, die über die Tasten gleiten, von Oktave zu Oktave springen, Akkordkombinationen ausprobieren, ohne auch nur in die *Nähe* der schwebenden Tonspiralen zu kommen, die Malaidina mit ihren unsicher tastenden Fingern erreichte. Es ist, als wär's ein anderes Instrument, gebaut zu anderen Zwecken.

Gegen eins gehe ich nach Hause. Die Straßen sind menschenleer, nur ab und zu fährt ein Auto mit hoher Geschwindigkeit durch den Nebel. Ich gehe rasch, ohne mich umzudrehen. Irgendwo in der Ferne heulen ein paar Sirenen. Ein paar stinkende Industrieabgase ziehen durch die feuchtkalte Luft.

Ich trete ins Haus. Ich nehme den Fahrstuhl und beobachte mich im Spiegel, versuche den Blick nachzumachen, mit dem ich Malaidina ansah, er kommt mir ziemlich idiotisch vor. Ich ändere den Gesichtsausdruck, nehme eine eher entspannte und lässige Haltung ein, als könnte das meinen Eindruck auf Malaidina ändern. Ich zerwühle mir die Haare, ziehe eine Grimasse und grunze »Boff!«

Sieben

Ich nehme ein paarmal an Konferenzen der MultiCo teil. Mein Platz ist rechts neben Lowell, der am Kopfende eines langen Tisches sitzt. Eine Sekretärin nimmt alles, was gesagt wird, auf Band: Sie hält ein kleines Richtmikrofon auf die jeweils Sprechenden, um ihre Worte ohne Nebengeräusche aufzufangen.

Bei zwei oder drei Gelegenheiten wendet sich Lowell an mich und fragt, was ich von dem Gesagten halte. Ich begreife nicht mal, wovon überhaupt die Rede ist, ich sage: »Keine Ahnung.« Er macht trotzdem weiter, schaut alle naselang zu mir herüber, exponiert mich den starren Blicken der Runde.

Ich nehme an, er befolgt damit Instruktionen von Leo, vermutlich mit dem Gedanken, mich langsam, während ich so Erfahrungen mache, in das Getriebe der MultiCo reinzuziehen. Das Schöne ist nur, ich mache nicht die geringste Erfahrung: Ich stelle meine Berichte ganz mechanisch zusammen, reihe einfach die Daten aus den mir vorgelegten Dossiers aneinander, ohne auch nur zu versuchen, sie zu verstehen. Ich sitze in den Konferenzen und achte ausschließlich auf die Gesten und Gesichtsausdrücke der jeweils Sprechenden.

Leo ruft an und sagt: »Ich habe gehört, daß du ganz prima arbeitest.«

»Von wem?« frage ich. Langsam kommt mir diese Geschichte ziemlich grotesk vor.

»Von allen«, sagt er. »*Alle* sind ganz begeistert von dir. Heute morgen hab ich mit Papa gesprochen, er läßt dir sagen, er ist sehr zufrieden.«

»Vielen Dank.«

Er redet halblaut mit jemand anderem, vielleicht an einem zweiten Apparat: »Ja, ja, Moment … Fjodor, hörst du mich?«

»Klar höre ich dich.«

»Fjodor, wenn du nur noch ein kleines bißchen Geduld hast, kannst du sicher schon bald was viel Interessanteres machen. Ganz sicher.«

Ich höre auf seine Stimme und denke unwillkürlich an die Jogging-Maschine in seinem Gymnastikraum, oben in seiner Penthouse-Wohnung an Park Avenue. »Leo, warum gehst du nie raus und läufst *draußen?«*

»Was? Entschuldige, aber ich muß jetzt aufhören. Geh nur immer zu Lowell, wenn du irgendwelche Probleme hast. Frag ihn ruhig alles, was du willst. Ciao.« Er legt auf.

Ich sehe das Telefon an, sehe die Sekretärin an, die mich von der Seite ansieht, und sage: »Starren Sie mich nicht so an.«

Sie wendet sofort die Augen ab, sieht auf die Wand.

Ich sage: »Entschuldigung.«

Jeden Nachmittag rufe ich Mario Oltena an und mache mit ihm etwas aus für den Abend. Meist gehen wir irgendwo mit seinen Freunden essen und dann in ein Café oder ins Kino oder zu irgendwem nach Hause, um zu reden und Platten zu hören. Mario hat drei oder vier Freunde, die Musiker sind, eine Freundin, die Dokumentarfilme in Afrika dreht, zwei Freundinnen, die Ballett tanzen, einen, der malt, einen, der Gedichte schreibt, eine, die am Theater ist, und eine, die beim Fernsehen arbeitet. Er hat viele Freunde, die von sich behaupten, sie hätten viele kreative Beschäftigungen, aber mir scheint, sie haben überhaupt keine außer der, hektische Abende zu verbringen, permanent unterwegs von einer Wohnung zur anderen und von dort ins Café und vom Café ins Kino und vom Kino wieder in eine Wohnung, wobei sie die ganze Zeit rauchen und an den Wänden herumstehen und abstrakte Betrachtungen über den Lauf der Welt anstellen. Er hat viele Freunde, die einen großen Teil ihrer Energien darauf verwenden, sich ein persönliches Image zu schaffen und es zu kultivieren, von der Stimmlage über die Haartracht bis zur Gangart, ständig an sich herumfeilend, um sich in irgendwelchen Details noch den letzten Schliff zu geben.

Jeden Abend sehe ich einen Haufen Leute, und nie ist Malaidina dabei. Ich höre zu, mische mich in die weniger unbestimmten Gespräche ein, trinke und rauche und bleibe da, bis alle schläfrig werden und sich mit halb geschlossenen Augen zur Tür bewegen, die Autoschlüssel schon in der Hand.

Morgens lasse ich mich vom telefonischen Auftragsdienst wecken; mechanisch stehe ich auf, rasiere mich, ziehe mich an. Wenn ich im Büro ankomme, bin ich noch nie ganz wach.

Eines Sonntagvormittags mache ich einen Spaziergang mit Mario. Alle Geschäfte sind dunkel und zu, außer den Konditoreien und ein paar Tabakläden; es herrscht fast kein Verkehr, der Lärm, der gewöhnlich die Straßen füllt, ist verschwunden, verborgen hinter den Kulissen. Einige Paare und Familien und kleine Gruppen von Eltern mit Kindern spazieren brav auf den Bürgersteigen, die Bewegungen reguliert von den steifen Kleidern, in denen sie stecken. Viele Glocken läuten in halbstündigen Intervallen: durchdringen weite Entfernungen mit ihrem Klang.

Wir gehen durch den Schloßhof, gehen durch den Park hinter dem Schloß, reden mit heiseren Stimmen und verstopften Atemwegen, denn eine Erkältungsepidemie grassiert. Wir beobachten Mütter und Väter mit trostlosen Mienen, die hinter bleichen Kindern herschimpfen, ihnen ständig mit Tadel und Ratschlägen zusetzen, sie mit unbegründeten Ängsten und allgemeinen Hemmungen füllen.

Mario sagt: »Jedesmal wenn ich einen Sonntagsspaziergang mache, bin ich am Ende ganz deprimiert und wäre am liebsten gar nicht erst aus dem Haus gegangen. Diese Scheißstadt ist wirklich der allertristeste Ort der *Welt*. Wirklich! Und sie ist nicht mal auf dramatische Weise trist, so mit gräßlichen Sensationen und negativen Erschütterungen, die einen richtig erschrecken lassen. Es ist mehr so eine atomisierte Tristheit, die in der Luft hängt und die jedem, der sie durchquert, in alle Poren eindringt.« Er gestikuliert jetzt wenig, weil es zu kalt ist, um die Hände weit auszustrecken; er verläßt sich quasi ganz auf seine Gesichtsausdrücke.

»Und wieso lebst du dann hier?« frage ich.

Er sieht mich an, wendet die Augen ab und schaut auf das Ufer eines kleinen, vielleicht zwanzig Zentimeter tiefen Zierteiches. »Na ja, es gibt ja nicht viele andere Städte in diesem Land. Es gibt Rom, aber Rom ist eher eine Art Sumpf als eine Stadt. Ich fahre oft weg. Ich mache lange Reisen, sobald ich ein bißchen Geld hab.« Er sieht mich wieder an. »Ich weiß nicht. Es gibt viele Kunstgalerien hier, ich hab viele Freunde und so weiter. Meine Freunde machen auch immer lange Reisen, sobald sie können. Sie machen ein bis zwei Jahre lang irgend 'ne blöde Arbeit, dann gehen sie drei bis vier Monate lang auf Reisen, dann kommen sie wieder nach Hause und zeigen ein paarmal Dias, und dann geht das Ganze von vorne los.« Er stampft in den Kies auf dem Parkweg, schnieft und macht »Bäh«.

Wir bleiben stehen, um zwei neurotischen Kindern zuzusehen, die in grünen Lodenmänteln mit grünen Mützen vor ihren Eltern herlaufen und sich necken und knuffen und stoßen und auf allerlei Weise ein Bein zu stellen versuchen.

Wir gehen rasch aus dem Park und drängen uns in eine Konditorei. Wir essen jeder fünf Reistörtchen und trinken dazu heiße Schokolade mit Sahne an einem Tisch unter einer Schirmlampe. Die Lichter im Raum sind warm, die Luft ist warm, in den Schaukästen und Vitrinen sind Torten und Törtchen und Teegebäck in warmen Farben ausgestellt.

Nach einer Weile frage ich Mario: »Wieso ist eigentlich Malaidina verschwunden?« Ich rühre in meiner Tasse herum, ich huste.

Er sieht mich blinzelnd an. »Ich glaube, sie ist nach Paris gefahren. Müßte in ein paar Tagen zurück sein.« Er beißt die Hälfte von einem Reistörtchen ab, trinkt einen Schluck Schokolade. »Ich hab dir doch gesagt, daß ich sie nicht oft sehe.«

»Ist sie mit Attilio Ata gefahren?« Ich stelle mir diesen Attilio Ata vor: bekleidet mit einem braunen Cordanzug. Ich stelle mir vor, wie er Malaidina durch ein vollbesetztes Restaurant führt und zwischen den Tischen herumbugsiert.

»Weiß nicht. Glaube schon.«

Ich stelle mir Attilio Ata vor, wie er Malaidina umarmt: mit leicht grotesken Bewegungen, vorgeneigt auf spirrigen

Beinen, auf Fußgelenken, die viel zu schmal sind für den Umfang der Brust und des Kopfes.

Ich gehe in ein Möbelgeschäft und kaufe sechs Stühle und sechs Sessel. Am nächsten Tag werden sie mir in die Wohnung gebracht, Lieferanten stellen sie mir verpackt in den Flur.

Kaum sind die Lieferanten weg, ziehe ich sie aus der Verpackung und versuche sie irgendwie aufzustellen. Ich ordne sie zu einem Kreis in einem der Zimmer, verteile sie über den Flur, stelle sie rechts und links neben die Fenster, bilde Zweier- und Dreiergruppen, rücke sie alle zusammen und wieder auseinander. Ich schleppe sie fast wie in Panik von einer Stelle zur anderen, und mir scheint jetzt die Wohnung noch öder als vorher: noch starrer und fader und unpersönlicher als im Leerzustand.

Ich schleppe die Sessel zum Fahrstuhl und bringe sie paarweise runter ins Erdgeschoß. Sobald ich sie alle sechs unten habe, klingle ich nach dem Pförtner. Er kommt heraus und sieht mich an. Ich zeige auf die Sessel, die nebeneinander auf dem Marmorfußboden stehen. »Wollen Sie die haben?«

Er dreht den Kopf auf die Seite, streckt mir ein Ohr hin und sagt: »Wie bitte?«

Ich sage: »Nehmen Sie das Zeug. Ich hab's gestern aus Versehen gekauft. Ich hab's aus Dummheit gekauft.«

Er starrt mich an mit weit aufgerissenen, fast entsetzten Augen und stammelt: »Ja wie denn? Das geht doch nicht!« Er zeigt auf die Glasscheibe seiner Loge. Hinter ihm linst seine Frau hervor und sieht mich neugierig an.

Ich fahre wieder nach oben, trage zwei Stühle in die Küche, packe die anderen in den Fahrstuhl und bringe sie runter. Der Pförtner hat gerade angefangen, einen der Sessel vorsichtig wegzutragen. Bleibt stehen, kaum daß er mich sieht, und weicht einen Schritt zurück.

Ich sage: »Hier sind auch noch Stühle.« Ich ziehe die Stühle aus dem Fahrstuhl und stelle sie neben die Sessel.

Der Pförtner sagt nichts, drückt sich mit dem Rücken an die Wand.

»Wenn Sie das Zeug nicht brauchen können, verbrennen Sie es. Verheizen Sie es im Ofen.«

Ich fahre wieder nach oben, nehme die Gitarre und spiele so laut, daß die Fensterscheiben beinahe zerspringen.

Acht

Eines Abends trete ich aus dem Gebäude der MultiCo. Es regnet in Strömen, die Straße, die Autos und die ganze Umgebung glänzen im Dämmerlicht kurz nach fünf. Ich spanne den Regenschirm auf und eile im Mailänder Schritt nach Hause. Ich komme an eine Ampel, warte bei Rot und sehe drüben auf der anderen Straßenseite Malaidina warten.

Sie hat eine kurze Pelzjacke an aus so einem flauschigen, künstlichen Pelz, wie man ihn für Teddybären nimmt. Sie hat einen kleinen Matrosenhut auf; sie hat einen Regenblick. Steht vor der Ampel und wartet, drüben im Gedränge der Regenschirme, klar und deutlich zwischen den anderen Gestalten.

Ich winke ihr zu, aber sie sieht mich nicht, sie schaut auf das Wasser, das in Sturzbächen unter der Bordsteinkante vorbeischießt. Die Ampel wechselt auf Grün, die Leute hasten auf beiden Seiten der Straße los, die Autos preschen parallel zu den Leuten vor. Ich bleibe stehen, wo ich bin, stemme mich gegen das Drücken und Schieben der Leute hinter mir, die rechts und links an mir vorbeidrängen und sich erbost nach mir umsehen. Ich bleibe stehen, bis Malaidina direkt vor mir ankommt.

Ich sage »Ciao« und tippe ihr leicht auf die Schulter, halte den Regenschirm etwas höher, um ihr mein Gesicht zu zeigen. Sie schaut mich kurz an mit ihren klaren Augen. Es ist mehr Licht in ihren Augen als in der ganzen Umgebung, einschließlich der Autoscheinwerfer und der

Straßenlaternen und der beleuchteten Schaufenster. Sie schaut mich an wie einen Fremden, der sie dumm anzuquatschen versucht; dann zieht sie die Lippen auseinander, enthüllt ihre schimmernden Zähne und sagt: »Ach du. Ich hatte dich gar nicht erkannt in diesen Sachen.« Sie zeigt auf meine Schuhe und meine Hosen und meinen Trenchcoat: zeigt mit dem Finger und lächelt.

Wir treten ein paar Schritte zurück an die Schaufenster, um nicht mitgerissen zu werden von den Menschenströmen, die in geradezu panischer Hast auf den Gehsteig oder die Fahrbahn streben. Ich weiß nicht recht, was ich tun oder sagen soll; ich schaue auf ihren Hut. Sie schaut auf meinen Mantelkragen, auf die vorübereilenden Leute.

Ich mache den Regenschirm zu und mache ihn wieder auf. Ich frage sie: »Kann ich dich nicht ein Stückchen begleiten?« Es gelingt mir nicht, meine Stimme zu hören, ich bin zu sehr auf *sie* konzentriert.

Sie sagt: »Wenn du willst.« Sie blickt in die Richtung, in die sie gegangen war, bevor ich sie anhielt. Ich strecke den Schirm über sie und folge ihren Bewegungen, ohne auf den Regen zu achten, der mir die Haare durchnäßt.

Wir gehen nebeneinander die Straße entlang. Ihre Größe ist genau richtig im Verhältnis zu meiner. Ich schaue sie an beim Gehen, drehe den Kopf zur Seite und blicke unverwandt auf ihr Profil. Das Wasser rinnt mir über die Stirn, die Nase, das Kinn, den Hals. Dauernd fallen mir Dinge ein, die ich ihr sagen möchte, aber ich fürchte, sie würden dumm oder sinnlos klingen.

Schließlich kommt es mir so idiotisch vor, neben ihr herzulaufen und nichts zu reden, daß ich sage: »Ich dachte schon, du wärst für immer verschwunden. Hast dich nie mehr irgendwo blicken lassen.«

Sie schaut flüchtig zu mir herüber und sagt: »Ich war ein

paar Tage verreist.« Sie hat die Hände tief in den Jackentaschen, schaut auf die Straße.

Wir bleiben an einer Kreuzung stehen und warten auf Grün. Ich sage: »Wäre ja auch zu traurig gewesen.«

»Was?« fragt sie unter der Krempe ihres gelben Hütchens hervor.

»Na, wenn du für immer verschwunden wärst.« Ich versuche zu grinsen, mich unbefangen zu geben, trete mit einem Fuß vom Bordstein, und fast überfährt mich ein Taxi; der Fahrer hupt und gestikuliert durch die Scheibe.

»Paß auf!« ruft Malaidina und lacht. Die Ampel wird grün.

Wir gehen über die Kreuzung, ich ohne auf die Pfützen und tieferen Bäche zu achten. Ich habe durchnäßte Schuhe, durchnäßte Kleider, durchnäßte Haare. Ich halte weiter den Schirm über Malaidina, aber sie gibt sich nicht die geringste Mühe, darunter zu bleiben.

Mein Blick ist so voll auf sie konzentriert, daß er die übrigen visuellen Informationen gar nicht mehr wahrnimmt. Alle paar Minuten stoße ich gegen Passanten, ohne mich zu entschuldigen oder mich nach ihnen umzudrehen oder sonst irgendwie ihre protestierenden Gesten und Worte zu registrieren.

Wir gehen ein ziemlich langes Stück, ohne ein Wort zu sagen. Kommen an eine große Kreuzung, auf der sich fünf oder sechs Verkehrsströme überschneiden und tosende Strudel bilden, ein brüllendes Chaos. Stehen und warten, umgeben vom Lärm der Motoren und Hupen und quietschenden Reifen und fauchenden Busse und zischenden Pfützen, und der Regen prasselt noch immer in dichten Strömen. Der Lärm ist so laut, daß man jetzt schreien muß.

Ich schreie: »Was machst du heut abend?« Der Lärm ist

gar nicht so schlecht, er dient mir als Filter oder als Schutzschild.

Sie dreht den Kopf zu mir, aber ohne mir länger als eine Zehntelsekunde in die Augen zu sehen. »Heut abend hab ich zu tun.« Sie dreht sich um, schaut in verschiedene Richtungen, beobachtet den Verkehr.

Wir gehen hinüber, nicht so nah beieinander, wie ich es gern gehabt hätte, trotz des hochgehaltenen Regenschirms. Ich fürchte schon, daß sie mir davonläuft und verschwindet, bevor ich noch etwas sagen kann. Als wir drüben sind, sagt sie: »Ich hätte Lust auf einen Tee.« Ihre Stimme ist so klar und rein gegenüber dem Verkehrslärm, daß mir eine Art Schauder über den Rücken läuft.

Ich sage: »Gehn wir doch in ein Café.« Ich zeige die gelbe Leuchtschrift eines Cafés auf der anderen Straßenseite.

»Cafés sind gräßlich«, sagt Malaidina und schaut hinüber zu dem zwanzig Schritte entfernten Café. »Machen mich immer ganz krank.«

Ich betrachte die kleine gerade Linie ihrer Nase, die rotweiße Färbung ihrer Wangen. Ich höre die Worte, die mir auf die Lippen kommen. Ich sage: »Wenn du willst, machen wir uns einen Tee bei mir zu Hause. Ist nur fünf Minuten von hier.« Ich sage das nicht mit Bedacht, ich habe die Worte und den Moment, die Tonlage und das übrige nicht gewählt, es kommt mir ganz von allein auf die Lippen.

Sie sagt ohne Zögern: »Na gut.« Ihre Stimme geht mir durch Mark und Bein, genau wie damals ihr Blick, als ich sie zum erstenmal sah. Ich drehe mich um, der Regen läuft mir in den Kragen.

Ich zeige, in welche Richtung wir gehen müssen; wir

gehen jetzt rascher. Es ist nicht genau fünf Minuten weit, eher zehn.

Wir drängen uns zwischen wartenden Leuten an Haltestellen durch, gehen im Bogen um einen weiten Platz, über den gefährliche Busse fahren. Ich sage nur »Hier lang« oder »Nächste rechts«, wenn Malaidina mit ihrem raschen leichten Schritt geradeaus steuert. Ich muß mich bemühen, ihr auf den Fersen zu bleiben, sie nicht zu verlieren zwischen den Strömen der Menschen und Autos. Ich sehe ihr Spiegelbild in den erleuchteten Schaufensterscheiben, Teile von ihrem Profil.

Wir gelangen zu meiner Haustür, gehen durch die Eingangshalle, hinterlassen kleine Pfützen auf dem weißen Marmorboden.

Wir nehmen den Fahrstuhl. Ich drücke den Knopf für meine Etage, und mir ist, als hätte ich kaum noch ein Tastgefühl. Ich drücke den Knopf sehr fest, aber es kommt mir vor, als ob ich es mir bloß einbilde.

Malaidina schaut in den Spiegel, rückt sich ihr Hütchen zurecht, verschiebt es ein paar Millimeter über der Stirn, bis es richtig sitzt, nimmt es ab. Dreht sich und sieht mich an, lächelt und sagt: »Du hast ja ganz nasse Haare.« Streckt eine Hand vor, um meine Haare zu fühlen.

»Nein, nein, ist nicht so schlimm«, sage ich, »sind nur ein bißchen feucht.« Ich sehe auf ihre Hand, die sich langsam zurückzieht und konzentrische Kreise von magnetischen Schwingungen hinterläßt. Ich sehe auf ihre lächelnden Lippen und sage: »Wirklich.«

Der Fahrstuhl hält, wir treten hinaus. Ich krame die Wohnungsschlüssel hervor, drehe sie in den drei verschiedenen Sicherheitsschlössern. Malaidina sieht mir zu und sagt: »Mamma mia!«

»Die hab ich nicht anbringen lassen«, sage ich. »Die

waren schon vorher da.« Ich öffne den Flur, bleibe an irgend einer Zimmertür stehen, öffne sie, lasse Malaidina hinein und sage »Hier«. Ich zeige das Zimmer, öde und leer, wie es ist.

Malaidina schaut sich um. »Ist ja ziemlich leer, diese Wohnung.« Zieht den Reißverschluß ihrer Pelzjacke auf, hält inne und sucht mit den Augen nach einem Haken oder Nagel, um sie daran aufzuhängen.

»Ich hab versucht, ein paar Möbel reinzustellen«, sage ich. »Aber dann hab ich gemerkt, daß damit bloß alles noch schlimmer wurde.« Ich zeige nochmal im Zimmer herum, in der ganzen Wohnung, ohne irgendwo hinzuschauen. Ziehe den Trenchcoat aus und lasse ihn achtlos in eine Ecke fallen, ziehe die Schuhe aus und schleudere sie mit dem Fuß an die Tür. »Ist warm hier.« Mir glühen die Wangen, die Ohren.

Malaidina zieht sich die Pelzjacke aus und reicht sie mir; sie ist schwerer, als ich gedacht hatte, so vom Regen durchnäßt. Ich lege sie sorgfältig auf den Boden neben meinen zerknüllten Trenchcoat und betrachte Malaidina ohne die Jacke, während sie zum Fenster hinaussieht, bekleidet mit einem grauen Angorapullover und malvenfarbenen Cordhosen, die so eng sitzen, daß man die feinen Ränder ihres Slips erkennt.

Sie zieht sich die Schuhe aus. Streift sich die Socken ab und läßt sie fallen, wo sie grad steht. Macht ein paar Schritte durchs Zimmer und schaut zur Decke hinauf.

Ich sage: »Warte mal eben« und laufe ins Nebenzimmer zum Plattenspieler, lege einen Calypso-Rock auf und stelle die größte Lautstärke ein, laufe ins Bad und hole zwei Handtücher, kehre zurück zu Malaidina, beschwingt vom Klang des Calypso, der sich rasch durch die ganze Wohnung ausbreitet, und gebe ihr eins.

»Na sieh mal«, sagt sie und lacht. »Du hast ja *doch* was in dieser Wohnung!« Sie reibt sich die Haare trocken, die sofort heller werden und wieder glänzen.

Auch ich trockne mir die Haare, aber nicht ganz, denn ich mag es, wenn sie ein bißchen feucht sind. Ich reibe die Füße auf dem Teppichboden, im Rhythmus des Calypso, der die Fenster im Nebenzimmer vibrieren läßt, und frage: »Findest du diese Wohnung nicht gräßlich?« Ich stehe nicht reglos an einem bestimmten Punkt, ich bewege die Beine, um nicht vor Anspannung zu erstarren.

Sie macht nur »Och« und zuckt die Achseln, als wär's ihr egal, wie sie die Wohnung findet. Schaut sich um, sieht gleichgültig auf die Wände und sagt: »Ja, gräßlich.« Sie lacht. Ihre Aufrichtigkeit ist so *physisch*, so wenig auf Worte begründet, daß alles, was sie sagt, nur wie ein Ornament ist um das, was sie ausdrückt wie ein farbiges Schmuckband um ein Geschenk.

Wir lachen beide und sehen uns an, betrachten die nackten weißen Wände und bewegen die Füße im Rhythmus der Platte. Wir tanzen nicht, wir bewegen bloß einfach die Füße im Rhythmus der Platte.

Nach einer Weile sagt Malaidina: »Weißt du eigentlich, daß diese Wohnungen richtige Energiekäfige sind? Ja, Käfige, überall rundum isoliert, oben und unten und an den Seiten, und die ganze Energie, die du freisetzt, staut sich, weil sie nicht raus kann, und schlägt auf dich zurück, und am Ende wirst du ganz krank oder verrückt oder jedenfalls so gespannt und nervös, daß du mit keinem mehr kommunizieren kannst.«

»Mamma mia!«

»Im Ernst.«

»Laß uns jetzt diesen Tee machen.«

Wir gehen in die Küche, die vollgestopft ist mit Regalen

und Borden und Wandschränken, Tisch und Herd und Grill und Eisschrank und Staubsauger und Geschirrspüler.

Ich nehme einen Wasserkessel, fülle ihn unter dem Hahn und stelle ihn auf den Herd. Nehme eine Teekanne, schütte vier Teelöffel Tee und einen Teelöffel lauwarmes Wasser rein, und versuche, meine Bewegungen mit den Augen Malaidinas zu sehen, die hinter mir steht: verlangsame sie so weit wie möglich, mache sie weich und geschmeidig. Malaidina tritt neben mich und beugt sich vor, um in die Kanne zu sehen. Beobachtet die getrockneten, faltigen Blätter, wie sie das lauwarme Wasser aufsaugen und sich entfalten. Sie beugt sich vor, und ihre Haare berühren die meinen, ihr linker Arm berührt meinen rechten, ihre linke Hüfte berührt meine rechte. Unsere beiden Magnetfelder geraten in Kontakt: Jede noch so kleine Bewegung von ihr erzeugt eine Schwingung, die mir von der rechten Außenseite bis tief in die Gegend zwischen Herz und Magen eindringt.

Ich drehe mich langsam zu ihr, sie dreht sich langsam zu mir, zieht sich, kaum spürbar, ein bißchen zurück. Wir sehen uns fest in die Augen, die dünne Hülle, die unsere beiden Magnetfelder abgrenzt, dehnt sich und spannt sich, bis sie zerreißt wie ein transparentes Häutchen, und sofort fließen unsere Magnetströme ineinander, unsere Gedanken, Gesten, Hände und Finger lassen sich widerstandslos voneinander anziehen, gehen voll ineinander auf. Wir stehen sehr nah, sehr eng beieinander, ich kann nicht mehr unterscheiden zwischen ihren und meinen Konturen, ihren und meinen Bewegungen. Die Gegenstände der Küche, die Möbel und Wände entfernen sich bis an die Grenze meines Wahrnehmungsfeldes. Ich stehe neben dem Eisschrank, und gleich darauf ist der Eisschrank in weite Ferne gerückt, unfaßbar.

Ich stehe und biege Malaidina zurück und halte sie fest umschlungen mit einer Hand, und gleich darauf oder vorher ist sie es, die mich zurückbiegt, und fährt mir mit den Fingern hinter die Ohren und in die Haare. Ihre Zunge gleitet mir zwischen die Lippen und legt sich auf meine Zunge, die gleich darauf oder vorher tastend herausfährt, um die weiche und feuchte Welt ihrer Mundhöhle zu erkunden. Meine Finger folgen den Umrissen ihrer Schultern, und gleich darauf oder vorher sind sie auf ihren Hüften und gleiten langsam an ihren Flanken hinauf, verwirrt von der Konsistenz der Oberfläche, auf der sie gleiten, und treffen auf die elastischen, weichen Rundungen ihrer Brüste und gleiten mit wachsender Spannung weiter hinauf bis zur doppelten Überraschung der harten Spitzen.

Der Calypso-Rock ist jetzt ebenso weit entfernt wie die Küchenmöbel, verdrängt vom Rhythmus unserer Atemzüge oder vom Zusammenfluß unserer beiden leicht verschobenen Rhythmen zu einem tieferliegenden dritten. Und dieser Grundrhythmus steigert sich langsam mit dem rascher werdenden Schlag unserer Herzen und mit der wachsenden Konzentration unserer Finger, die jetzt ganze Minuten an Schnallen und Laschen verbringen und nestelnd nach vielen Versuchen Gürtel öffnen und Reißverschlüsse aufziehen und Gummibänder dehnen und sich hineinschieben zwischen Haut und Stoff und Kurven abtasten im Dunkeln und sich weiter vorwagen, eindringend und zurückfahrend und wieder eindringend, um die Feuchtigkeit zu umwerben mit wachsendem Nachdruck.

Dann knie ich am Fußende der Matratze über Malaidina, die Hände auf ihren Flanken, die Zunge kreisend um ihren Nabel, und gleite tiefer hinab, um die Schwingungen aufzunehmen, die von ihren weißen und glatten Hüften ausgehen, von den Kurven, die sich zum Schoß vereinigen, von den mehr verborgenen Linien, denen ich folge, vor- und zurück- und vorgleitend, bis in die Tiefe ihrer bittersüßen Essenz, ins Zentrum des Bebens, das wächst und wächst, bis es am höchsten Punkt einen Augenblick lang im Leeren verharrt und dann stufenweise zurückfällt, auf jeder Stufe merklich erfüllt von Sehnsucht nach der unmittelbar voraufgegangenen.

Oder es ist Malaidina, die über mir kniet, und ich sehe auf ihre Haare, die mir auf die Flanken fallen und das Licht reflektieren, das wechselt mit den Bewegungen ihres so wohlgeformten Kopfes und ihrer feuchten Lippen, die eine zarte glänzende Speichelspur hinterlassen und sich zögernd der Wurzel meiner Erregung nähern, vielleicht ohne sich überhaupt bewußt zu machen, welche Empfindungen sie hervorrufen, bis mir die Sicht vor den Augen verschwimmt und ich glaube, ich bin nur noch eine Luftblase oder eine Million von Luftblasen, die aufsteigen unter dem Druck eines kondensierten Hochgefühls und zersprühen im multidimensionalen Universum ihres Mundes. Und sie hebt den Kopf, um mich anzusehen, und lächelt und wischt sich mit hellen Fingern über das Pfirsichkinn und gleitet an mir hoch wie eine Robbe auf einem glatten Stein, der flach aus dem Wasser ragt.

Ich sage: »Ich habe Durst« und fahre ihr mit den Fingern durch die Haare, die Biegung des Nackens hinunter.

Die Nadel des Plattenspielers im Nebenzimmer springt unaufhörlich über dieselben letzten Rillen, das harte *Toc*, das sie in regelmäßigen Abständen macht, reißt mich aus der Erstarrung meiner Gedanken.

Ich stehe auf, nehme die blaugelb geblümte Decke vom Boden und wickle sie mir um den Leib. Malaidina rollt sich zur Seite, stützt sich auf einen Ellenbogen und sieht mir zu.

Ich gehe ins Nebenzimmer, greife mit zitternden Händen eine beliebige Platte, ziehe sie aus der Hülle, lege sie auf die Calypso-Platte und senke die Nadel; ich stelle den Apparat etwas leiser.

Ich gehe in die Küche, der inzwischen leere und trockene Wasserkessel knistert und knackt auf dem Herd. Ich packe ihn mit einem Topflappen, werfe ihn in den Ausguß, drehe den Wasserhahn auf und sehe ein paar Sekunden lang zu, wie der Dampf aufzischt. Ich fülle Wasser in eine Karaffe.

Als ich mit der Karaffe und einem Glas in der Hand ins Zimmer zurückkomme, steht Malaidina halb angezogen am Fenster und sieht hinaus. Ich bleibe in der offenen Tür stehen und betrachte sie: ihr zerzaustes Haar, ihren grauen Pullover, den weißen Slip, die schlanken hellen Beine, die rotweiß gestreiften Söckchen.

Sie dreht sich um, sieht mich an und senkt gleich darauf die Augen. Nimmt sich ihre Hose vom Boden und schlüpft hinein.

Ich sage: »Ein Schluck Wasser gefällig?« und reiche ihr die Karaffe mit einer albernen Kellnergeste.

Darauf sie ohne aufzublicken: »Ich muß gehen«, und mir ist, als hätte ich diese Szene schon einmal gesehen, ich weiß nur nicht, wo und wann. Vielleicht habe ich sie mir vorgestellt, vorhin in der Küche, oder bevor ich zur Tür hereinkam.

»Ich komme mit«, sage ich. Aber ich habe nicht die geringste Lust, es wirklich zu tun; ich habe nicht die geringste Lust, sie einfach so gehen zu lassen. Es stimmt nicht, daß ich die Szene schon einmal gesehen habe. Sie ist mir keine Sekunde lang durch den Kopf gegangen, ich habe sie mir nie vorgestellt.

»Nein danke, ich komme sehr gut alleine zurecht«, sagt sie. Schlüpft in ihre feuchten Schuhe und schnürt sie zu. Schlüpft in ihre feuchte Jacke und zieht den Reißverschluß hoch. Geht zur Tür.

Ich streife mir rasch das Hemd und die Hose über, laufe barfuß hinter ihr her.

Wir stehen im Flur und sehen uns eine Zehntelsekunde lang an, und plötzlich macht sie die Tür auf und tritt hinaus. Sie drückt auf den Fahrstuhlknopf. Ich weiß nicht, was ich sagen soll, ich kann mir kein einziges Wort vorstellen. Ich kann nur hoffen, daß der Fahrstuhl nicht kommt, daß er unterwegs steckenbleibt oder Feuer fängt, bevor er unsere Etage erreicht.

Der Fahrstuhl kommt, die Tür geht auf. Malaidina dreht sich zu mir, sieht mich an. Zögert einen Moment, ohne daß ich begreife, in welchem Sinne, und sagt: »Na, dann vielen Dank.« Sie lächelt kaum merklich, ein brüchiges, hauchdünnes Lächeln. Tritt in den Fahrstuhl, die Tür geht zu. Einen Moment lang sehe ich sie im Profil, einen Finger am Knopf. Dann ist sie verschwunden.

Ich stehe fünf Minuten lang barfuß da und starre auf die geschlossene Tür. Ich hole den Fahrstuhl zurück. Er öffnet sich und ist leer, als wäre nie jemand drin gewesen. Ich trete hinein, schnuppere den Geruch in der Luft, betaste die Knöpfe, den Spiegel.

Ich gehe zurück in die Wohnung, trete ins Zimmer, starre auf das zerwühlte Bett, meine Kleider, die Decke, die Wasserkaraffe am Boden. Die zweite Platte ist auch zu Ende und kratzt wie die erste im Leeren. Ich gehe hin, um sie runterzunehmen, und kaum hab ich sie in der Hand, da packt mich auf einmal die heiße Wut, ich stürze ans Fenster, reiße es auf und schmeiße sie raus ins Dunkel mit einem so heftigen Schwung, daß mir ein stechender Schmerz in den Unterarm fährt.

Neun

Ich telefoniere mit meiner Sekretärin und sage ihr, daß ich mich unwohl fühle und heute vormittag nicht ins Büro kommen kann.

Ich gehe zu Mario, ohne ihn vorher anzurufen; kaufe unterwegs in einer Konditorei sechs Blätterteigtörtchen mit Johannisbeerfüllung.

Ich steige die fünf Treppen rauf und probiere die Klinke; die Tür ist offen. Mario liegt im Bett, mit zerwühltem Haar und verlorenem Blick, in der Hand eine Tasse Tee. Ich frage: »Was machst du denn um diese Zeit noch im Bett?«

»Heute nacht hab ich bis zwei arbeiten müssen«, sagt er mit müder Stimme und einem müden Griff nach dem Kuchenpäckchen, das ich ihm reiche. »Stell dir vor, ich mußte ein Essen für vierzig Personen machen, im Haus einer alten hysterischen Ziege, die so eine blöde Manie hat, sich immer nach den Premieren an der Scala einen Haufen Leute zum Essen einzuladen. Du müßtest mal sehen, was für einen Scheiß die macht. Kommt alle paar Minuten in die Küche gelaufen, um mir irgendeinen idiotischen Rat zu geben und mir zu erklären, daß zwei Gäste Magengeschwüre haben und mir zu sagen, daß sich vorige Woche jemand über meine Béchamelsoße beschwert hat und mir über die Schulter zu gucken, wenn ich die Zutaten reingebe.« Er reißt den Kuchenkarton auf, zieht ein Blätterteigtörtchen heraus und schiebt es sich beinahe ganz in den Mund.

Ich nehme mir auch eins, trete damit ans Fenster und sehe hinunter auf die Trambahnen, die durch die naßkalte Straßenschlucht fahren. Ich sage, ohne mich umzudrehen: »Ich wollte dich fragen, wo Malaidina wohnt.« Nicht daß meine Worte sehr klar herauskommen, sie verlieren unterwegs an Form. Ich drehe mich um, ich huste.

Mario sieht mich an, in der einen Hand ein Stück Blätterteigtörtchen mit Johannisbeercreme, in der anderen den offenen Karton, und sagt: »Das weiß ich nicht.«

»Wieso weißt du das nicht?« frage ich ihn erstaunt, und bange Unruhe packt mich, legt sich mir auf die Stimme. »Wie kannst du nicht wissen, wo deine Schwester wohnt?«

»Ich weiß es nicht«, sagt er, und mir scheint, er hat jetzt einen anderen Blick, den ich vorher nicht an ihm gesehen habe. Er schiebt sich das restliche Kuchenstück in den Mund, kaut es sehr schnell und sagt: »Wirklich. Sie lebt mit diesem Attilio Ata zusammen, die beiden sind dauernd auf Achse wegen seiner Arbeit. Er ist Regisseur.«

»Das hast du mir schon gesagt«, sage ich. Es kommt mir auf einmal unerträglich vor, wie er da redet, im Bett liegend, kauend wie ein Kaninchen und mit diesem seltsamen Glanz in den Augen. »Herrgottnochmal, hör doch auf, dich so vollzustopfen!« Ich nehme ihm den Kuchenkarton aus der Hand und stelle ihn auf den Tisch am Fenster.

Er sieht mich an, wischt sich über die Lippen und sagt: »Du bist ja ganz schön nervös heute morgen. Was ist dir denn in die Quere gekommen?«

»Mir ist in die Quere gekommen, daß du mir nicht sagen willst, wo Malaidina wohnt!« Ich schreie fast, mir zittert die Stimme, die Worte verbiegen sich mir in zehn verschiedene Richtungen unter dem Druck entgegengesetzter Akzente.

Mario zieht die Knie hoch, bringt die Laken durcheinander und sagt: »Fjodor, ich hab dir zehnmal gesagt, daß ich es nicht weiß! Bist du verrückt geworden in dieser Geschichte? Ich weiß es nicht, ich schwör dir, ich weiß es nicht!«

Ich renne aus dem Zimmer, schmeiße die Türe zu. Stürze die fünf Treppen runter und haste die Straße entlang, ohne jemanden anzusehen.

Am Nachmittag bittet mich Lowell in sein Büro und sagt mir, ich sollte mich um ein Arbeitsprogramm für den Bau zweier Zuckerfabriken in Liberia kümmern.

Ich sage: »Aber ich verstehe überhaupt nichts davon. Ich weiß nicht mal, wie eine Zuckerfabrik funktioniert. Ich kann nicht mal einen Bauplan lesen.«

Er sieht mich an, wie man ein schwieriges Kind ansieht, lächelt und sagt: »Keine Angst, da werden Leute sein, die dir alles erklären, die immer bei dir sind und dir alle Informationen geben, die du brauchst. Wir haben schon ein Dutzend Experten da unten.«

Ich sehe auf seine goldenen Manschettenknöpfe und denke an Leo, der in New York Programme für mich aufstellt und am Telefon meinen Vater beruhigt und ein Netz von Verantwortlichkeiten und persönlichen Gratifikationen knüpft, um mich fest an die MultiCo zu binden.

»Ist eine verantwortungsvolle Arbeit«, sagt Lowell, »aber nicht so schwer, wie du meinst. Eine tolle Chance für einen in deinem Alter. Und außerdem ist Liberia ein angenehmer Posten, die Natur ist schön, aber zivilisiert, es gibt keine Sprachprobleme, weil alle englisch sprechen, und diese Jahreszeit ist die beste, um runterzufahren.« Er zählt die einzelnen Vorzüge mit den Fingern auf, seine wäßrigen Augen fixieren mich.

»Und wann soll ich fahren?«

Er lehnt sich in seinem Sessel zurück, drückt die Rückenlehne nach hinten und schiebt sich die Daumen unter den Gürtel. »Nun, in Kürze. In zehn Tagen. Du wirst vier bis fünf Monate unten bleiben müssen, bis alles läuft. Wir richten eine Telexverbindung ein, dann gibt es keine Kommunikationsprobleme. Und an den Wochenenden kannst du nach Monrovia fahren. Oder ins Landesinnere. Oder die Küste entlang. Ist ein interessantes Land, Liberia.«

Ich stehe auf und gehe zur Tür.

»Ich sorge dafür, daß du bis morgen alle nötigen Unterlagen erhältst, dann kannst du gleich anfangen, sie zu studieren.«

Ich gehe in mein Büro zurück und diktiere der Sekretärin den Text eines bösen alten Rolling-Stones-Songs. Sie tippt ihn sehr rasch herunter, erledigt Strophe um Strophe in kaum zwei Minuten, ohne auch nur zu ahnen, was sie da tippt.

Mittwoch abend bin ich zu Hause, hocke am Boden und warte auf irgendwelche Signale, als Mario anruft, um mich zu fragen, ob ich in ein Tommy-Fowls-Konzert mitkommen will, mit ihm und zwei Freundinnen. Ich sage, ich bin zu müde; ich sage, ich komme.

Ich fahre zu seiner Wohnung, steige hinauf und finde die drei im Zimmer mit dem E-Piano, sie lachen und rauchen Gras. Mario stellt mir seine Freundinnen Carla und Livia vor: eine zurückhaltende kleine Blondine und eine überschwengliche große Brünette. Wir sitzen eine

Viertelstunde lang im Pianozimmer und lachen; wir gehen in die Küche, um Joghurt zu essen, stehen löffelnd an einer Wand und sehen uns an. Ich versuche mich zu erinnern, ob ich den automatischen Anrufbeantworter eingestellt habe, bevor ich vorhin aus der Wohnung ging. Der Gedanke verfolgt mich, platzt mir alle paar Minuten in das, was ich gerade sage oder höre.

Wir brechen auf, stolpern die dunkle Treppe hinunter und steigen in meinen blauen Fiat. Fahren quer durch die Stadt im diesigen Licht der nebelverhangenen Straßenlampen, folgen einer sehr langen sechsspurigen Umgehungsstraße mit Dutzenden von meist roten Ampeln. Ich muß an die trostlos wenigen Leute denken, die letztes Jahr bei einem Auftritt von Tommy Fowls in einem Club in Los Angeles waren: die leeren Tische und Stühle. Statt dessen parken wir auf einem Gehweg, überqueren die Straße, und Tausende drängen sich vor den Kartenschaltern am Sportpalast. Wir stellen uns in die Schlange, kaufen uns Karten und lassen uns im Strom der Menge hineintreiben.

Drinnen setzen wir uns auf eine der obersten Stufen, sehr weit entfernt von der leeren Bühne, und warten mindestens eine Dreiviertelstunde. Ringsum strömen immer mehr Jugendliche herein, die sich kurz nach dem Eingang vom Hauptstrom lösen und auf der Suche nach einem Platz in kleinen Flüssen und Bächen die Stufen hinunter ergießen. Alle sind gleich angezogen, alle haben die gleiche Haltung, die gleiche bemühte Lässigkeit, mit der sie suchend umherschauen. Farben und Gesten springen von einem zum anderen über, wiederholen und vervielfachen sich in Kreisen und Diagonalen, die nach unten zur Bühne zusammenlaufen, bilden Motive und Rhythmen, verbreitern sich Reihe um Reihe, bis alle zusammenfließen zu einem riesigen blauen See, der in ein und derselben Frequenz vibriert.

Alle rauchen die ganze Zeit, mit tiefen Lungenzügen in demonstrativer Haltung. Man sieht Singles, die in Reihen nebeneinander sitzen und mit synchronisierten Bewegungen ihre Asche abschnippen, Paare, die sich einen Glimmstengel teilen, Grüppchen, die sich noch enger als gewöhnlich zusammendrängen um kreisende Joints, von denen süßliche Rauchfäden aufsteigen in den blaugrauen Dunst, der unter der Decke hängt und langsam tiefer sinkt, um den Blick auf die Bühne zu trüben. Der Rauch wird dichter und dichter, legt sich auf Kleider und Haare, verzerrt den Blick und die Stimme, macht die Entfernungen weiter und füllt die verbliebenen Freiräume.

Endlich erscheint Tommy Fowls: noch kaputter, als ich ihn in Erinnerung hatte. Schlurft mit hängenden Schultern zum Mikrofon, schraubt es umständlich höher und tiefer, räuspert sich und beginnt einen seiner alten Songs zur akustischen Gitarre. Alle klatschen, johlen und fuchteln wild mit den Armen. Er blickt erstaunt in die Runde, grinst und schlägt das Plektrum hart auf die Saiten. Alle zünden sich neue Zigaretten an, stoßen Rauchschwaden aus und machen die Luft immer dicker, bis die Bühne praktisch nicht mehr zu sehen ist.

Wir sitzen vielleicht eine halbe Stunde da oben auf unserer Stufe und schauen bedrückt hinunter, alle vier deprimiert von der fernen, schemenhaften Gestalt des Rocksängers und dem Mißverhältnis zwischen der Qualität seiner Songs und der Begeisterung seiner Zuhörer. Mario sagt: »Mann, was für'n Mist, was für'n *Mist*!«

Dann sieht Carla zu Mario, und der sieht zu Livia, und die sieht zu mir. Wir stehen auf und schieben uns durch das Gedränge auf den Stufen und auf den Treppen und auf den Rängen und in den Gängen und vor dem eisernen Gittertor am Ausgang. Wir drängen uns raus und atmen tief durch, die graue Nebelluft draußen erscheint uns klar im Vergleich zu der Luft da drinnen.

Am Tor erkennt Mario einen Typ, tritt hinter ihn und tippt ihm leicht auf die Schulter. Der Typ dreht sich um und begrüßt ihn, streckt sich zu Carla und Livia und mir und drückt uns die Hände. Mario erklärt mir: »Das ist Arturo Ocennini, der Schriftsteller.« Ocennini macht ein paar kurze rasche Bemerkungen über das Konzert und die ganze Situation, ohne dabei irgendeinem von uns in die Augen zu sehen. Er hat einen kleinen, fast kugelförmigen Kopf, kaum verlängert durch einen winzigen Spitzbart. Er ist vielleicht Mitte dreißig, aber seine Augen sind welk und an den Winkeln faltig. Wir stehen ein paar Minuten am Tor, dann sagt er zu Mario: »Warum gehen wir nicht auf einen Sprung zu dir?« Mario ist einverstanden.

Wir gehen über die breite Straße, steigen in meinen Fiat und fahren die Strecke zurück, die wir gekommen sind. Ich parke den Wagen auf dem Gehweg vor Marios Haus, wir steigen die Treppen rauf, gebremst von Ocennini, der mit scharfer Stimme »Langsam, langsam!« sagt. Wir treten ein und setzen uns in das Zimmer mit dem Piano.

Livia macht den kleinen Fernseher an, der in einer Ecke steht, und stellt den Ton sehr leise. Wir sitzen ein paar Minuten lang still und betrachten den Papst, der grüßend durch eine Menge fährt in einem kugelsicheren Plexiglaskasten auf einem weißen Lieferwagen. Wir wechseln den Kanal, wir wechseln die Sitzposition. Mario holt zwei Flaschen Wein, verteilt Gläser und fragt Ocennini, wie sein neues Buch vorangeht. »Sehr gut«, sagt Ocennini mit einer kleinen, ruckartigen Verbeugung. Ich frage ihn, was für ein Buch das ist. Mario sagt, es sei ein Roman. Darauf

Ocennini: »Na ja, Roman würde ich's nicht nennen.« Er hat so eine Art, sich bei jedem Wort zurückzulehnen, es zu dehnen und sich reinzulegen wie in einen Liegestuhl. »Ich denke, wir alle sind uns inzwischen einig, daß der Roman am Ende ist.« Er grinst, schiebt sich die Hände in die Taschen und schaut in die Runde.

Mario zeigt mit dem Finger auf mich. »Fjodor hat in Kalifornien gelebt, bevor er hierherkam.«

Ocennini beugt sich zu mir. »Du mußt mir erklären, wie du in einem so irren Land hast leben können.«

»Och«, sage ich und betrachte die Wand, das Piano.

Ocennini grinst weiter. »Ich frage nämlich, weil ich auch da gewesen bin, und mir scheint, ein zivilisierter Mensch hält das nicht länger als ein paar Tage aus.« Er murmelt etwas Lateinisches, so was wie *sicut infidelibus* oder in der Art. Er macht ein paar kurze Fiepser, rutscht auf seinem Stuhl umher, beugt sich zu Livia und zu mir, um nach akustischen oder visuellen Reaktionen auf seine Worte zu haschen.

»Warst du lange da?« fragt ihn Livia mit einem Glas Weißwein an den Lippen.

»Etwa 'ne Woche«, sagt er. »Und ich war absolut *überall*, denn ich war bei Antonio Di Silvio, der halb Hollywood kennt und mit Leuten wie Tina Roth und Jimmy Austin befreundet ist, wenn du weißt, was das heißt.« Er zündet sich eine Zigarette an und bläst den Rauch durch die Nase. »In meinem Buch spielt Kalifornien 'ne wichtige Rolle, deswegen interessiert mich dein Standpunkt.«

»Ich hab überhaupt keinen Standpunkt«, sage ich, stehe auf, gehe ein Fenster öffnen und sauge die feuchte Nachtluft ein. Ich wüßte gern, ob Malaidina jetzt draußen ist oder in wessen Auto oder bei wem zu Hause.

Livia fragt Ocennini: »Und wie heißt dieses Buch?«

»Es heißt *Angelo und Kalifornien.* Wobei Kalifornien natürlich mehr eine Metapher ist als ein richtiger Ort. Angelo ist einer von '68, der auch '77 mitgemacht hat und nun in der Krise steckt, wegen Tendenzwende und Terrorismus und so, und da beschließt er, seine ideologisch-existenzielle Erschütterung an diesem phänomenalen Monstrum, das sich Amerika nennt, zu messen.« Er lehnt sich jetzt weit zurück, legt sich voll mit dem Rücken in das, was er sagt, und versucht gleichzeitig, den Kontakt mit Livia zu halten, sie mit Blicken und Worten einzufangen. »Was mich interessiert hat, war eine Geschichte ohne Geschichte zu schreiben, eine, in der die Worte, statt Bilder zu evozieren, sich selbst im luftleeren Raum definieren, so daß der Leser gezwungen ist, in ihnen sein eigenes Ich zu lesen und zu analysieren, statt im Buch eine billige Flucht aus der Realität zu suchen. Das Ganze ist ein sehr begrifflicher, sehr komplexer Diskurs, sehr subtil und schwierig. Jede Seite ist praktisch ein neues Hindernis auf einer langen Hindernisbahn, auf der die naiven Leser immer wieder zu Fall kommen, und nur wer die *wahre* Bedeutung des Buches erfaßt hat, gelangt ans Ziel, das dann nichts anderes ist als der Start.«

»Ah!« sagt Livia, trinkt einen Schluck Wein und dreht sich zu Mario, der Carla über die Haare streicht.

Ocennini reckt die Hand mit der Zigarette zu einem flachen Kupferschälchen und streift mit einem leichten Schnipsen des Daumens die Asche ab. »Dieser Tage arbeite ich am Schlußkapitel, in dem Angelo an das Sterbebett seines Vaters zurückkehrt, in ein kleines sizilianisches Dorf, wo er entdeckt, daß dort seine wahre Identität ist – in jenen rauhen, wie aus Ton geformten Gesichtern, in jenen trockenen, würdevollen Gesten, in jenen kalkweißen Dörfern, in jenem närrischen Flug der Schwalben bei Anbruch der Abenddämmerung. Ja, und so schließt sich der Kreis, und man sieht, daß es keine Geschichte gibt, weil alle Geschichte nur eine Erfindung der Macht ist, und die einzige Reise, die einen Sinn hat, ist die Reise zurück zu sich selbst.« Er zieht den Rauch seiner Zigarette tief ein, behält ihn ein paar Sekunden lang in der Lunge und stößt ihn langsam, den Blick zur Decke gerichtet, aus. »Eine Idee, die mir recht interessant und neu erscheint, ist dabei: Angelo ist von Geburt an taubstumm und spricht daher wie in einem Monolog, in dem das Erzähler-Ich nicht von den Außenreaktionen auf seine message abgelenkt wird, und deswegen ist seine Kohärenz von einer absoluten, absolut ungetrübten Reinheit.« Er stützt sich auf einen Ellenbogen, verzieht die Lippen zu einem schiefen kleinen Lächeln.

Mario geht zum Fernseher, schaltet ihn aus und sagt: »Entschuldigt, aber ich gehe jetzt schlafen.« Er dreht sich zu Carla und legt ihr einen Arm um die Schultern.

Ich stehe auf und schlüpfe in meine Jacke. Ocennini, ohne sich zu bewegen, fragt Livia: »Was machen wir jetzt mit dem angebrochenen Abend?« Er hustet, räuspert sich.

Livia steht auf und sagt: »Fjodor, könntest du mich nach Hause bringen?« Ich sage: »Na klar.«

Ocennini steht auf und erklärt: »Also ich finde, ihr jungen Leute seid ganz schön schlaff, wenn ihr jetzt schon um Mitternacht schlafen geht.«

Mario und Carla verabschieden uns an der Tür.

Wir steigen die Treppen hinunter, verlassen das Haus und gehen zu meinem Fiat, ohne etwas zu sagen, erschreckt vom Lärm der wenigen Autos, die in wildem Tempo vorbeirasen.

Wir halten ein Stück weiter unten, um Ocennini abzusetzen, bei einem Pulk von schwatzenden Jugendlichen, die sich vor der Glastür eines Cafés zusammendrängen wie ein Bienenschwarm vor dem Flugloch an seinem Stock. Ocennini steigt aus, macht Livia ein Zeichen, daß sie die Scheibe runterdrehen soll, und fragt: »Na, was ist? Kommt ihr nicht wenigstens auf ein Gläschen mit rein?« Livia sagt, sie sei zum Umfallen müde. Er seufzt: »Mein Gott, wie weit sind wir gekommen!« Schüttelt den Kopf, dreht sich um und drängt sich durch den schwatzenden Pulk.

Ich bringe Livia zu ihrem Haus. Sie bleibt ein paar Minuten lang sitzen, um halblaut allgemeine Betrachtungen anzustellen, dann sagt sie: »Ich würde dich ja gern noch mit raufnehmen, aber meine Leute schlafen schon.« Sie wartet, daß ich ihr eine Alternative anbiete, bleibt zehn Sekunden lang stumm, sagt dann: »Na schön, gute Nacht«, gibt mir einen Kuß auf die Backe und steigt aus. Ich warte, bis die Haustür hinter ihr zu ist.

Zu Hause ziehe ich mir die Jacke aus, streife mir einen Schuh ab und will mir gerade den zweiten abstreifen, da klingelt das Telefon. Ich laufe hinkend zur Quelle des Schrillens, reiße den Hörer von der Gabel, halte ihn mir verkehrt rum ans Ohr, drehe ihn um.

»Hab ich dich geweckt?« sagt Malaidina. Unglaublich, sie wieder in dieser Wohnung zu hören, wenn auch so gefiltert! Ich presse den Hörer ans Ohr, um ihre Stimme so nah wie möglich heranzuholen.

»Nein, nein, ich komm grad nach Hause, ich war den ganzen Abend bei deinem Bruder.« Sie schweigt, ein kleines Loch im Gespräch reißt auf, wird rasch größer. »Gestern morgen hab ich mich angestellt wie verrückt, um von Mario deine Adresse zu kriegen.«

Komisch, eben noch wollte ich ihr so vieles sagen, kaum

daß ich ihre Stimme wieder hörte, und jetzt fällt mir nichts mehr von alledem ein. Ich versuche, mich zu erinnern, und rede dabei automatisch weiter: »Vielleicht ist Mario eifersüchtig auf dich und will nicht, daß wir uns sehen.«

»Aber nein, der arme Mario«, sagt sie. »Er weiß wirklich nicht, wo ich wohne. Ich habe keine Adresse.«

»Und von wo aus rufst du jetzt an?« frage ich und begreife nicht, wo die Schwierigkeit liegt.

»Aus der Wohnung von Freunden«, sagt sie. »Aber warum bist du so mißtrauisch?« Sie hat einen Ton wie ein Kind, das ohne Grund ausgefragt wird; vielleicht nicht ganz ohne Grund.

»Ich bin gar nicht mißtrauisch. Es ist nur, ich möchte dich unbedingt wiedersehen und finde nicht raus, wo du steckst, und seit du gegangen bist, bin ich in einem Zustand geistiger Verwirrung.«

Sie wartet drei oder vier Sekunden, bevor sie antwortet: »Ach, du Dummer. Ich dachte gar nicht, daß ich dein Leben so durcheinandergebracht hab.« Ihre Stimme ist nicht so unbeteiligt und zwanglos, wie sie wohl meint; es gibt da ein leichtes Schwanken, das durch ihre Worte läuft und sie brüchig klingen läßt, als wären sie nach zu vielen Seiten offen. Sie sagt: »Es tut mir leid wegen vorgestern abend, aber ich mußte wirklich gehen. Eigentlich rufe ich an, um mich zu entschuldigen, wenn's auch schon spät ist.«

»Du brauchst dich nicht zu entschuldigen wegen vorgestern abend«, sage ich. »Und es ist überhaupt nicht spät.« Aber es gelingt mir nicht, so zu reden: durch diesen Draht, der unsere Stimmen so weit voneinander entfernt und sie so gründlich von allen Akzenten und Farben bereinigt, daß man sie kaum noch versteht. »Wann können wir uns sehen? Jetzt?«

»Jetzt wird es sicher nicht gehen«, sagt sie. »Aber bist du wirklich so ungeduldig?«

»Ja, ich kann vor Ungeduld kaum noch atmen!« und es stimmt, ich atme jetzt schwer. Ich wechsle die Haltung, drücke den Hörer ans andere Ohr und schnappe nach Luft. »Malaidina, in einer Woche muß ich nach Liberia, und ich glaube nicht, daß ich so bald zurückkommen werde.«

»Nach *Liberia*?«

»Ja. Das liegt in Afrika.«

Sie schweigt ein paar Sekunden lang.

Ich schweige auch.

Sie sagt: »Dann treffen wir uns morgen abend um sechs in dem Café, wo du neulich Tee trinken wolltest, als es regnete.«

»Aber hast du nicht gesagt, daß dich Cafés deprimieren?«

»Ja, aber das macht nichts.« Ihr Ton ist jetzt nervöser und spröder als vorher. »Also bis dann. Gute Nacht.«

»Warte, noch eine Minute!«

»Ciao«, sagt sie und legt auf, ohne meinen Gruß abzuwarten.

»Ciao«, sage ich in die stumme Muschel, halte sie ein paar Sekunden lang in der Hand und starre auf den Fußboden.

Ich gehe ins Bett. Ich blättere in einem Buch von P.G. Wodehouse, kann mich aber nicht im mindesten auf die Worte konzentrieren, lasse die Augen über die Zeilen gleiten, ohne irgendwas zu verstehen. Ich werfe das Buch in eine Ecke, stehe auf, gehe in die Küche und öffne den Eisschrank, obwohl ich weder Hunger noch Durst habe. Trinke trotzdem einen Becher Milch, spüle den Becher gründlich aus und trockne die Hände an der

Pyjamahose. Mache das Licht aus. Mache es wieder an. Wieder aus.

Ich gehe ins Musikzimmer, hole die Stratocaster aus ihrem flachen schwarzen Etui, schalte den Verstärker ein und spiele einen schnellen Boogie mit hüpfenden, hämmernden Noten, die rasch aufsteigen, Kreise drehen, zurückfallen und wieder aufsteigen. Ich habe die kleinste Lautstärke eingestellt, und trotzdem klopft nach fünf Minuten der Mieter unter mir an die Decke. Ich stelle den Verstärker ab und spiele ohne ihn weiter, die Gitarrensaiten klirren und zirpen leise.

Zehn

Auf dem Schreibtisch in meinem Büro liegen zwei Aktenordner prall voller Daten über Liberia: die politische Lage und die Staatsorganisation und die Verteilung der Zuckerplantagen und die Kosten für den Transport und die Arbeitskraft und den Rohzucker pro Doppelzentner und alles übrige. Ich blättere die Seiten durch, ohne auch nur zu versuchen, irgendwas zu verstehen. Ich unterstreiche aufs Geratewohl dies oder das mit einem roten Filzstift, male Sternchen und Kreuzchen und kleine Kreise an den Rand neben Sätze ohne irgendwelche Bedeutung.

Gegen Mittag ruft Leo an und fragt, ob ich zufrieden sei, jetzt, wo ich anfinge, mich mit interessanteren Sachen zu beschäftigen. Ich sage ziemlich. Er meint, das klinge nicht sehr überzeugend. Ich sage, das sei falsch. Er sagt, das freue ihn.

»Fjodor.«

»Ja?«

»Denk immer daran, solange du in Mailand bist, bist du in Italien.«

Ich sage: »Besten Dank« und lege auf, bevor er es tut.

Am Nachmittag schaue ich nochmal in den Aktenordner über Liberia, aber es hat wirklich keinen Zweck. Die Sekretärin sitzt vor ihrer Schreibmaschine und starrt ins Leere. Alle naselang holt sie eine rote Schachtel aus einer Schublade, nimmt sich eine Praline heraus, pult sie aus dem Papier, steckt sie sich in den Mund und kaut sie genüßlich.

Gegen vier kann ich's kaum noch aushalten, wie ein Idiot hinter meinem Schreibtisch zu sitzen. Ich stelle mir dauernd Attilio Ata vor, wie er in das Zimmer tritt, aus dem Malaidina mich gerade anruft, wie er sie besitzergreifend ansieht, ihr besitzergreifend über die Haare streicht. Ich halte es nicht mehr aus in diesem kalten und farblosen Licht, in diesem Raum ohne Anhaltspunkte für meine Gedanken. Ich sage der Sekretärin, ich müsse gehen. Ich gehe aus dem Büro, aus dem Stockwerk, aus dem Gebäude. Ich laufe ziellos durch die Straßen der Innenstadt, bis ich das Verkehrs- und Passantengewimmel satt habe.

Ich gehe in ein Kino, wo ein Film mit Marsha Mellows läuft, der vor sechs bis sieben Monaten in Amerika lief. Der Saal ist halbleer, es riecht nach Leim. Ein paar Typen, die aussehen wie Polizisten in Zivil, sitzen rings um zwei Anstaltsinsassen auf Freigang. Der Film beginnt, und von der ersten Szene an merke ich, daß ich nicht reinkomme in die Geschichte, daß meine Aufmerksamkeit an der Oberfläche des Handelns der Schauspieler bleibt, an den Umrissen ihrer Gesichtsausdrücke. Alle paar Minuten hebe ich den Arm, um auf die Uhr zu sehen, warte auf eine helle Szene, die genug Licht in den Saal wirft. Marsha Mellows wirkt reichlich pathetisch mit ihrer Synchronisationsstimme, die nicht einmal den Bewegungen ihrer Lippen folgt und sie dauernd zu überraschen scheint, so daß sie plump und albern aussieht mit ihrem Gesicht eines ehemaligen Wunderkindes, das seit zwanzig Jahren immer dieselbe Rolle spielt.

Mitten in der zweiten Hälfte gehe ich raus und eile zu dem Café, das ich Malaidina gezeigt hatte, als wir neulich im Regen gingen und sie sagte, sie hätte Lust auf einen Tee.

Ich erreiche es fünf Minuten nach sechs und gehe hinein. Zwei oder drei Männer im Angestelltenlook stehen an der Theke und trinken Aperitifs. Links neben der Theke ist eine stillere Zone mit Tischen, wo zwei ältere Damen sitzen, eine der beiden mit ihrem Mann. Ich setze mich an einen Ecktisch und bestelle mir, um etwas zu bestellen, einen Rhabarbersprudel. Der Kellner bringt ihn mir, ich trinke ihn mit winzigen raschen Schlucken.

Ich sehe auf die Uhr, es ist zehn nach sechs. Ich sehe zur Eingangstür. Andere Männer im Angestelltenlook kommen herein und ersetzen die zwei oder drei an der Theke, die hinausgehen. Eine Dame kommt, auf dem Arm einen winzigen Yorkshire-Terrier, den die alte Kassiererin an der Kasse neben dem Eingang voller Entzücken bewundert. Die Stimme der alten Kassiererin nervt mich; es nervt mich, jetzt hier von Hunden reden zu hören.

Um zwanzig nach sechs stehe ich auf. Gehe zur Theke, lasse mir ein Glas Mineralwasser geben und stürze es ohne abzusetzen hinunter. Mache zwei, drei Schritte, die Hände tief in den Taschen, das Herz in wachsender Panik.

Ich gehe vor bis zur Glastür. Sehe hinaus auf die stehenden Autoschlangen im naßkalten Abend, die Kotflügel, die das Schaufensterlicht reflektieren, die Scheibenwischer, die hin- und hergehen in verschiedenen Rhythmen, die Abgaswölkchen, die von den Auspuffrohren aufsteigen. Ich sehe auf die Uhr, es ist fünf vor halb sieben.

Ich zahle, öffne die Tür und trete hinaus in die Nässe, in den Lärm der Motoren, das Kreischen der Trambahnen, das Hupen und Heulen der Sirenen. Stehe auf dem Gehsteig vor den mit Tüllgardinen verhängten Fenstern des Cafés.

Ich gehe die Straße hinunter, immer dicht an den Hauswänden entlang, um nicht naß zu werden. Schaue alle paar Schritte zurück, um zu sehen, ob Malaidina nicht aus der anderen Richtung kommt. Trete zur Seite und drehe mich auf den Hacken, um dem Strom der Passanten auszuweichen, die zu den Trambahnen hasten mit Mappen und Plastiktaschen unter dem Arm und mit leeren Blicken. Ich gehe zurück.

Ich trete wieder in das Café, und ein Hauch von Verzweiflung steigt mir vom Magen auf ins Gehirn. Ich schaue mich um und sehe Malaidina an dem Ecktisch sitzen, an dem ich vorher gesessen hatte. Sie hat ein dünnes Glas in der Hand und den Blick auf das dünne Glas gerichtet. Sie hat eine Schottenmütze auf, eine grüne Windjacke an und die Füße in grünen Gummistiefeln. Sie hat sich die Haare unter die Mütze gesteckt, so daß ihr heller Hals und ihre zierlichen Ohren freiliegen.

Ich starre sie an aus sechs Metern Entfernung, mehr oder weniger so, wie ich sie das erste Mal angestarrt hatte, damals bei ihrem Bruder. Sie hebt die Augen und sieht mir entgegen, ein kleines Lächeln auf ihren Lippen. Ich trete an ihren Tisch, sehr langsam, berühre ihr mit zwei Fingern die Schulter, und mir ist, als ob ich vornüberfiele. Ich beuge mich nieder und gebe ihr einen Kuß auf die Wange, die mir noch glatter und weicher und fester vorkommt, als ich sie in Erinnerung hatte.

»Na, du kommst ja ganz schön spät!« sagt sie mit einem halb alarmierten, halb amüsierten Blick.

»Ich bin schon seit einer Stunde hier. Ich war nur mal rausgegangen, um zu sehen, ob du nicht kommst, weil mich das Warten verrückt machte.« Aber jetzt macht es mir nichts mehr aus, daß ich gewartet habe; es liegt schon so weit zurück, daß es mich gar nicht mehr betrifft. Eigenartig, wie rasch eine Situation durch die nachfolgende an Konkretheit verliert, wie ihr Raum immer enger und enger wird, bis er nur noch so dünn ist wie Zellophanpapier.

Malaidina trinkt einen Schluck von der roten Flüssigkeit in ihrem Glas und fragt: »Mußt du wirklich nach Liberia?«

Ich erkläre ihr die Geschichte mit Liberia. Ich erkläre ihr die Geschichte mit Leo und meiner Arbeit in Mailand. Ich versuche, ein bißchen entspannter zu wirken, als ich es bin.

Sie hört mir zu, das Glas an den Lippen, in den Augen eine Spur von Verwunderung. Schließlich sagt sie: »Wie kommt das: Bis vor zwei Monaten wolltest du nichts mit deiner Familie zu tun haben, und dann nimmst du plötzlich diese Arbeit an und läßt dich nach Mailand schicken?«

»Ich glaube, um dir zu begegnen«, sage ich.

»Ich rede im Ernst«, sagt sie. Ihre Stimme klingt ein bißchen kühl und nervös.

»Ich rede auch im Ernst«, sage ich.

»Ach hör doch auf!« Sie blickt zur Seite und fährt mit dem Zeigefinger über den Stiel ihres Glases.

»Wirklich! Es ist nicht so, daß ich immer nach einem Grund für das suche, was ich grad tue. Der Grund kommt meist später heraus, wenn's einen gibt. Er kommt ganz von selber heraus.«

Sie rückt sich die Mütze im Nacken zurecht, rückt sie sich über der Stirn zurecht und sagt: »Jetzt jedenfalls läßt du dich nach Liberia schicken.« Sie hat eine komische Art, »Liberia« zu sagen, als ob schon der bloße Name genügte, um alle perplex zu machen.

»Jetzt, wo ich dich gesehen habe, laß ich mich nirgendwohin schicken. Laß uns zusammen weggehen. Irgendwohin, wo es uns gefällt. Auf eine Südseeinsel, wenn du willst!«

»Spinn doch nicht!« sagt sie mit einem Blick, der nicht

ganz zu ihren Worten paßt. »Wovon willst du denn leben auf so einer Insel? Willst du dir jeden Monat einen Scheck schicken lassen von deinem Bruder?«

»Wir finden schon eine Möglichkeit. Ist doch lächerlich, jetzt hier an sowas zu denken! Ist doch lächerlich, über eine Situation nachzudenken, bevor man drin ist in ihr, und sie abzuklopfen von allen Seiten, sie hin- und herzudrehen in verschiedener Beleuchtung, um mögliche materielle Schwierigkeiten zu finden!« Ich spüre, wie mich die Unruhe wieder packt, wie sie unbestimmte Gedankenspiralen in mir beschleunigt.

Malaidina stellt ihr Glas auf den Tisch und dreht sich zur Seite. »Das ist doch wirklich kindisch!«

»Ist es nicht!« widerspreche ich ihr mit einem vielleicht jetzt ein wenig kindischen Ton. »*Du* bist es, die sich zu viele Sorgen macht um all diese kleinen Triebfedern und Zahnrädchen im Getriebe der Realität, als ob das irgendeine Bedeutung hätte!« Ich fange an, mich zu erregen, meine Worte überstürzen sich, stoßen zusammen und prallen auseinander.

Sie schiebt sich die Hände in die Jackentaschen und sagt: »Es gibt Leute, die sich nichts anderes erlauben können als die Realität.«

Ich sitze vor ihr, sie dreht mir das Profil zu, und plötzlich schießt mir ein Bild von Attilio Ata durch den Kopf, wie er auf einem Sofa liegt und erklärt: »Es gibt Leute, die sich nichts anderes erlauben können als die Realität«, in einem Ton, als hätte er eine bedeutende Definition gefunden. Das kleinste Detail dieses Bildes erzeugt in mir einen negativen Impuls, der weitere negative Impulse in mir aufflackern läßt, wie Licht aufflackert in einer Neonröhre, bis ich so voller Angst und Wut bin, daß ich aufspringen möchte, um etwas zu tun.

»Was hast du zu schaffen mit diesem schrecklichen Satz?« Ich rede so laut, daß sich die Damen am Nachbartisch zu mir umdrehen. »Was hast du zu schaffen mit der Realität? Du und die Realität, ihr habt *nichts* miteinander zu tun, nicht das kleinste Detail an dir hat irgendwas mit der Realität zu tun! Es ist lächerlich, daß du meinst, so reden zu müssen!«

»*Du* bist lächerlich«, sagt sie. »*Du* bist weltfremd.« Ihre Wangen färben sich, ihre Stimme und ihre Augen färben sich in kontrastierenden Tönungen, während sie sich zu mir umdreht. Ich habe auf einmal Angst, daß wir einen steilen Hang hinabgleiten, ohne viel Chancen, den Fall noch zu bremsen.

»Laß uns nicht streiten, bitte!« sage ich wie in Panik. »Wir kennen uns doch kaum.«

»Eben«, sagt sie, und es klingt schon aus weiter Ferne, ich weiß nicht mehr, wie ich sie noch zurückhalten kann. Sie schaut auf die Uhr. »Hör zu, ich muß gehen.«

»Warte noch einen Moment«, sage ich und greife nach ihr wie ein Schiffbrüchiger.

Sie knöpft sich die Jacke zu. »Es ist spät, glaub mir, ich muß wirklich gehen.« Schiebt ihren Stuhl zurück und steht auf.

Ich stehe ebenfalls auf, ich greife nach ihrem Arm. Sie schüttelt mich ab mit einer zarten, aber bestimmten Geste. Ich sage: »Du kannst doch nicht jedesmal einfach so gehen! Das ist lächerlich!« Ich folge ihr durch das Café zur Tür, stolpere über ein paar Stühle, werfe der Frau an der Kasse Geld hin, ohne es abzuzählen, und folge Malaidina nach draußen.

Wir gehen etwa fünfzig Meter weit nebeneinander: ich vorgebeugt, den Kopf und die Arme zu ihr gestreckt, sie aufrecht, die Hände in den Taschen vergraben, die Schottenmütze tief in die Stirn gedrückt, die Augen starr geradeaus.

Dann bleibt sie stehen, dreht sich zu mir und sagt: »Hör zu, es tut mir leid, dich so mit reingezogen zu haben. Das war dumm von mir, ich wußte, daß ich dich gestern nacht nicht hätte anrufen dürfen.« Sie scheint mehr zu sich selber zu reden als zu mir, obwohl sie mich aus großer Nähe ansieht. Ich höre ihr zu, als spräche sie in einer fremden Sprache, von der ich bloß hin und wieder ein Wort verstehe, aber nicht einen einzigen Satz. Sie sagt: »Versuch jetzt, mich meine Dummheit nicht allzusehr büßen zu lassen.«

»Wovon redest du eigentlich?« frage ich, ganz auf die Umrisse ihres Mundes konzentriert. Ich habe jetzt keinerlei Perspektive mehr: Der Raum umschließt mich wie ein Zylinder, und sie ist ganz hinten, in weiter Ferne. Der Raum ist wie ein Zylinder, durch den ich sie sehe wie durch ein umgedrehtes Fernrohr. Ich sehe auf ihre Lippen, die leicht zittern und zögern, bevor sie ein Wort formulieren.

Sie sagt: »Fjodor, ich *muß* jetzt gehen. Bitte hör auf, mir zu folgen.« Ihr Ton ist beinahe flehentlich, kaum maskiert durch Entschiedenheit.

»Ich folge dir trotzdem«, sage ich. »Keinen Zentimeter laß ich dich weg!« Ich drücke ihr heftig den Arm und versuche, sie an mich zu ziehen.

»Wenn du mir folgst, siehst du mich nie wieder, ich schwör's dir!« Ihr zittert ein bißchen die Stimme, ihr zittert ein bißchen der Arm unter dem Druck meiner Finger.

»Und wenn ich dir nicht folge«, frage ich, »sehen wir uns dann wieder?« Ich komme mir vor wie am Rand eines Abgrunds, auch meine Stimme zittert ein bißchen.

»Vielleicht ja.«

»Wann?«

»Weiß ich noch nicht. Ich ruf dich an, wenn ich's schaffe, an einem der nächsten Tage.« Sie sieht mich an, sieht auf die Straße. »Bitte!«

»Na gut«, sage ich schließlich wie ein Kind, das man dazu gebracht hat, etwas zu tun, was ihm mit Sicherheit schaden wird: eine Hand ins Feuer zu legen oder sich aus dem Fenster zu lehnen. Ich lasse sie los.

Sie beugt sich vor, gibt mir einen raschen, flüchtigen Kuß auf die Backe und sagt: »Also dann. Ciao.« Sie lächelt, aber so fein, daß es mir wehtut. Eilt davon, ohne sich noch einmal umzudrehen.

Ich sehe ihr nach. Erst als sie zwanzig Schritte entfernt ist, nehme ich wieder die Autos wahr und die kreischenden Trambahnen und die Passanten, die noch eiliger durch die lärmende Szene hasten.

Elf

Lowell arrangiert mir ein Treffen mit zwei Technikern, die sich mit dem Liberia-Projekt befassen. Sie kommen in mein Büro, zeigen mir Pläne und Blätter mit obskuren Formeln und Zahlen. Sie wissen nicht recht, wie sie mich behandeln sollen, sehen mich unsicher an und dehnen die Worte. Warten, daß ich mir eine Blöße gebe. Ich bleibe stumm, beobachte sie und horche auf den Ton ihrer Stimmen. Sie nennen mich alle zehn Sekunden »Herr Doktor Barna«, versuchen auf allerlei Weise, mich zum Reden zu bringen, rutschen auf ihren Stühlen umher. Ich sage ihnen, daß ich keineswegs Doktor sei, ich hätte nicht mal das Abitur. Sie sehen mich noch verwunderter an, lächeln schief und werfen einander verstohlene Blicke zu. Beginnen nochmal von vorn und ziehen ihren Vortrag durch bis ans Ende im automatischen Ton von Touristenführern.

Sie lassen mir einen Ringordner da, voller Fakten und Daten, die ich mir bis zur Abreise aneignen soll. Ich lege ihn zu den zwei anderen in die Schublade.

Am Abend ruft mich Mario an und fragt, ob ich Lust habe, mit ihm und Livia und Carla rauszufahren zu Carlas Villa am See. Ich sage, ich könnte nicht, betrachte das Telefon und den weißen Kasten des automatischen Anrufbeantworters. Mario insistiert, sagt »Komm schon!« und »Stell dich nicht immer so an!« Ich frage ihn, ob es weit ist bis zu dem See; er sagt nein. Ich habe so wenig Lust, hier auf dem

Boden sitzen zu bleiben, daß ich schließlich sage »Na gut.«

Ich hole ihn mit dem blauen Fiat ab, wir fahren eine Weile durch den Verkehr, um Carla und Livia abzuholen.

Wir brauchen fast eine Stunde, um aus der Stadt rauszukommen, aus den Staus und Verstopfungen und dem Gewühl in den Einbahnstraßen und auf den vielfach verknoteten Kreuzungen, bis wir die große Ausfallstraße erreichen, wo sich die Wagen in Doppelreihe mit Stopps und Spurts zur Autobahn quälen. Wir sehen durch die Fenster neben uns auf die Familien und Paare, die in ihren Blechkästen hocken, gelöst in der Aussicht auf ein paar freie Tage fern der Stadt und zugleich schon wieder bedrückt vom Gedanken an die baldige Rückkehr. Mario zeigt immer wieder auf jemanden, wenn die Schlange neben uns vorrückt, hebt Besonderheiten des Blickes oder der Art zu sitzen hervor.

Dann passieren wir endlich die Mautstelle und gewinnen an Fahrt auf der Überholspur, wo schnelle Wagen so dicht aufeinander folgen, daß sich die Stoßstangen fast berühren. Links und rechts neben der Autobahn sind gigantische Röhrengewirre, riesige Öfen, Zylinder, metallische Kugeln, Kabel, Trommeln, hängende Tanks, Ventile und Hebel und Hochspannungsmasten und Schlote, die gelbliche Flammen und schwefligen Rauch ausstoßen und einen Gestank von faulen Eiern und verbranntem Kaffee und gedünstetem Kohl und erhitztem Zucker und geschmolzenem Gummi über die Landschaft verbreiten. Mario kurbelt ein paarmal das Fenster herunter und sagt: »Riech mal, wie infernalisch das stinkt!« Carla schreit, er soll wieder zumachen, Livia lacht. Carla versucht, ihm in den Nacken zu kneifen.

Sie sind alle drei in einer so aufgekratzten Wochenendstimmung, daß sie alles wahnsinnig lustig finden, sich über jede Kleinigkeit amüsieren, ständig kichern und lachen und den Kopf hin- und herdrehen und die Hände ausstrecken, um eine Schulter oder ein Knie zu berühren. Mario imitiert Stimmen und Sprechweisen, improvisiert Reden, lärmt und trällert, stachelt die Mädchen an, auch Stimmen zu imitieren, und prustet los, kaum daß sie es tun. Versucht, mich in das Spiel und die Stimmung hineinzuziehen, ermuntert mich durch Gesten und Worte.

Ich probiere es ein paar Minuten lang; höre auf, weil es mir nicht gelingt. Mir ist, als wäre ich noch mit Mailand verbunden durch ein gedankliches Gummiband, das sich straffer und straffer dehnt mit jedem Kilometer, den wir vorankommen; je mehr ich mich über das Lenkrad beuge und auf das Gaspedal drücke, desto stärker zieht es mich zurück. Immer öfter frage ich Carla, ob wir nicht bald da sind. Mario sagt lachend: »He, Fjodor, sei doch nicht so *unruhig*!«

Endlich zeigt mir Carla die Ausfahrt. Wir passieren die Mautstelle, fahren in einer endlosen Schlange von Mailänder Autos eine Straße hinunter und durchqueren ein Städtchen, das am See liegt und fast nur aus Hotels, Cafés und hellerleuchteten Eisdielen zu bestehen scheint. Wir folgen einer Straße mit vielen Kurven, Steigungen und Gefällen immer am See entlang, vorbei an einer Unzahl von Villen, die alle noch nicht die richtigen sind. Ich atme flach, fahre immer unpräziser, als könnte das die Entfernung hindern, mit jeder Minute noch größer zu werden. Als Carla endlich sagt, daß ich anhalten soll, bin ich drauf und dran, zu wenden und mit Vollgas nach Mailand zurückzufahren. Sie zeigt auf ein schmiedeeisernes Gittertor am Eingang zu einem Kiesweg, steigt aus und öffnet es, wartet, bis wir mit dem Wagen durch sind und macht es sorgfältig wieder zu.

Wir halten vor einem hellblau verputzten flachen Gebäude, steigen aus und gehen über einen gepflegten Rasen; wir atmen tief durch und betrachten den sichelförmigen Mond am klaren Himmel. Die Luft ist erfrischend und mild, es weht eine leichte Brise. Mario sagt: »Herrgott, was für ein Unterschied!« Breitet die Arme aus, holt tief Luft und läßt sie langsam ausströmen. »Wir müssen die Lungen ja ganz voller Teer haben durch das Leben in dieser Scheißstadt.« Livia lacht und schaut zu mir.

Carla führt mich ins Haus, das im Stil der fünfziger Jahre gebaut und möbliert ist. Zeigt mir das Wohnzimmer, steht ein bißchen verlegen da, als säßen ihre Eltern auf einem der Sofas, um uns zu beobachten. Zieht die Rolläden hoch und öffnet ein großes Fenster, um frische Luft hereinzulassen. Ich trete ans Fenster und sehe hinaus, kann aber den See nirgendwo erkennen. Ich frage sie, wo er ist; sie sagt »Na da«, und deutet mit einer vagen Geste nach draußen. Sie geht in die Küche, um Wasser aufzusetzen für die Spaghetti. Livia und Mario kommen herein.

Ich betrachte die Sessel, die Bilder an den Wänden, die Türrahmen und die Kacheln im Bad. Ich gehe hinaus auf den Rasen, gehe wieder hinein und wieder hinaus. Livia folgt mir nach draußen, sieht auf den Rasen und fragt: »Bist du nervös?«

Ich sage »Nein«, rieche die Luft und gehe wieder ins Haus.

Mario stellt ein winziges Radio an, sucht Musik, findet eine alte Reggae-Nummer, die ihm gefällt, und dreht so laut auf, daß sich die quäkigen Töne verzerren. Carla schreit aus der Küche, er solle es leiser stellen. Ich gehe zum Fenster und spähe hinaus, um den See im Dunkel schimmern zu sehen.

Carla erscheint mit einer Flasche Wein und einem Korkenzieher, gibt mir beides und sagt: »Mach du das, ich schaff's nie.« Sie schaut mir zu, während ich das Gewinde in den Korken drehe, und sagt: »Letztes Jahr war hier der Keller überschwemmt, und alle Etiketten sind abgegangen, nicht eine ist kleben geblieben. Mein Vater hatte die Angewohnheit, sich kostbare Jahrgänge aufzuheben für besondere Gelegenheiten, und als die Geschichte passierte, traf ihn der Schlag.«

»Ist er gestorben?« frage ich und entkorke die Flasche.

»Nein, war nur so 'ne Redensart«, sagt sie und geht die Gläser aus einem Wandschrank holen. »Immer wenn ich jetzt mit Freunden eine Flasche trinke, hat mein Vater 'ne Heidenangst, es könnte ein 66er Château-Grillet sein.« Sie lacht, aber ziemlich verhalten. Sie hat dieses blonde zu kurz geschnittene Haar, dieses flache nervöse Gesicht, das ein bißchen mehr Farbe und ausgeprägtere Züge bräuchte, diese dünnen bleichen Lippen, die aufpassen, daß ihnen keine falschen Worte entschlüpfen, diese gehemmte Art, sich im Haus ihrer Eltern zu bewegen, gekleidet als Tochter aus gutem Hause, die sich zwanglos geben will... Ich versuche, sie nicht länger anzusehen, und gieße den Wein in die Gläser.

Ich bringe ein Glas zu Mario, der rauchend am Fenster lehnt und im Takt der Quäktöne aus dem Radio wippt. Er nimmt mir das Glas aus der Hand, trinkt einen großen Schluck und schaut aus dem Fenster.

Ich sage: »Vorgestern habe ich Malaidina gesehen.« Es kommt mir vor, als wär's kaum möglich, während ich's sage; es kommt mir vor, als gäbe ich mit etwas an, was nicht stimmt.

Er sagt zerstreut »Ach ja?« und wippt mit dem Kopf im Takt der Musik.

»Du weißt nicht zufällig, wo sie jetzt ist?« Ich möchte das Radio abstellen, möchte ihm das Glas aus der Hand nehmen, ihn an den Schultern packen und rütteln, damit er sich konzentriert.

»Nein«, sagt er und schaut weiter hinaus. Dann dreht er sich langsam zu mir. »Fjodor, wär's nicht besser, du würdest diese Geschichte aufgeben?«

Er sagt das in einem so unbestimmten und zugleich so überraschenden Ton, daß ich ihn eine Minute lang anstarre, ohne zu wissen, was ich antworten soll.

Er sagt: »Ich weiß nicht, ob du das kapiert hast, aber... Malaidina ist ein bißchen... sonderbar.« Er sucht nach den richtigen Worten, stützt sich mit den Ellenbogen aufs Fensterbrett, sieht mir auf die Hemdsärmel.

»Was meinst du mit *sonderbar*?« frage ich. »Was soll das heißen?« Auf einmal habe ich wieder den aggressiven Ton und diese Art, ihn aus nächster Nähe anzusehen, während er langsam zurückweicht und sich bemüht, seinen Ausdruck nicht zu verändern. »Was ist denn das große Problem? Was gibt's denn da, das ich nicht wissen darf?«

»Nichts, gar nichts«, sagt er. »Ich finde nur, du solltest dich nicht so an sie klammern, sie ist ein schwieriges Mädchen und hat ihr eigenes Leben, ich glaube nicht, daß du da jemals reinkommst.« Er ist so verlegen, daß er nicht mehr weiß, wie er sich bewegen soll; er weiß nicht mal mehr, mit welchen Blicken er seine Worte begleiten soll. »Hör zu, ich weiß nicht... Ich will dir ja keine Ratschläge geben. Ich weiß nicht...« Er trinkt einen Schluck Wein, gießt sich was über das Kinn, auf den

Kragen; versucht zu lachen, wischt sich mit dem Handrücken über das Kinn; verdrückt sich seitlich zur Küche, aus der Carla gerade ruft, daß die Spaghetti fertig sind.

Wir essen im Wohnzimmer, ohne dabei viel zu reden, hören mit einem Ohr auf das kleine Radio, das häßliche italienische Schlager aus den sechziger Jahren spielt. Wir machen noch eine Flasche auf, diesmal ist es ein süßer und schwerer Wein, der schlecht zu den Spaghetti paßt.

Kaum haben wir aufgegessen und abgeräumt, will Carla, daß wir Scrabble spielen. Sie holt die Schachtel herbei, legt das bunte Spielbrett auf einen Teppich, reicht uns die Säckchen mit den Buchstaben, dreht die kleine Sanduhr aus rosa Plastik um und fordert uns auf, jetzt Wörter zu bilden. Wir fügen uns ihrem Drängen und spielen gut eine Stunde lang Scrabble, auf der Seite liegend oder im Schneidersitz hockend, jeder mit anderen Dingen im Kopf.

Dann gehen wir alle vier raus und laufen über das feuchte Gras den Hang hinunter zum See, der schwarz und fast reglos im Licht der schmalen Mondsichel daliegt. Wir laufen jeder für sich und alle recht schwach auf den Beinen. Mario nähert sich Carla, erreicht sie, legt ihr einen Arm um die Hüfte und küßt sie, und plötzlich gerät die ganze Situation aus dem Gleichgewicht: Livia ist am Ufer angelangt und dreht sich langsam zu mir, ich gleite aus und rutsche ihr entgegen über den Grashang, der mir viel steiler vorkommt, als er in Wirklichkeit sein kann.

Es ist reichlich albern, denn das einzige, was ich jetzt möchte, ist umkehren und zum Auto zurücklaufen, um nach Hause zu fahren; statt dessen rolle ich Livia entgegen wie eine Flipperkugel. Ich erreiche sie und lege ihr mit der gleichen Bewegung wie Mario bei Carla einen Arm um die Hüfte. Sie küßt mich auf den Mund. Ich versuche die

Lippen zusammenzupressen, aber ihre Zunge hat sich schon dazwischengedrängt. Ich versuche sie wegzuschieben, aber sie drückt sich noch heftiger an mich. Sie hat einen Weingeruch, der sich mit ihrem feuchtwarmen Atem vermischt und mit der Feuchtigkeit in der Luft und mit dem Parfum, das sie sich vor der Abfahrt in Mailand hinter die Ohren getupft hat, und mit der übertriebenen Weichheit und Schmiegsamkeit ihrer Bewegungen.

Endlich gelingt es mir, von ihr loszukommen. Ich sage: »Laß uns reingehen«, nehme einen tiefen Zug von der Seeluft und wische mir mit dem Handrücken über den Mund. »Schrecklich feucht hier.« Ich laufe den Hang hinauf, sie folgt mir dicht auf den Fersen.

Ich trete ins Haus, sie tritt hinter mir ein. Ich setze mich auf ein Sofa, sie setzt sich neben mich. Mir bleibt die Luft weg. Mario und Carla sind verschwunden, vermutlich in irgendeinem der Schlafzimmer. Ich frage Livia: »Was treibst du eigentlich so?«

Sie guckt erstaunt und sagt: »Ich studiere Philosophie.« Schmiegt sich an mich, schiebt mir eine Hand in den Nacken.

»Was, Philosophie? Wie bist du denn auf sowas Dummes und Langweiliges gekommen?« Ich versuche, sie nicht an mich ranzulassen, ziehe die Schultern hoch und die Arme zusammen.

»Ist doch egal, was spielt das jetzt für 'ne Rolle?« Sie lacht, sie krault mir die Schulter, krault mir mit der anderen Hand das Knie.

Ich ziehe die Beine zusammen, drücke mich in die Sofaecke und sage: »Nichts, ich wollte bloß wissen, was du so treibst. Was machst du so jeden Tag, gehst du morgens brav in die Uni, um dir bescheuerten Quatsch anzuhören, kommst mittags brav nach Hause, um mit deinen Leuten zu essen, ackerst den ganzen Nachmittag lang öde Schwarten durch und hast nie 'ne eigene Idee, triffst nie 'ne eigene Entscheidung oder machst was aus eigenem Antrieb, bis sie dich in ein paar Jahren auf arme Schulkinder loslassen, daß du sie mit deinen Bücherweisheiten quälst?«

Sie hört auf, mich zu kraulen, rückt ein Stück von mir ab, legt den Kopf schräg und sieht mich an. »Und du? Was machst du so den ganzen Tag?« Es klingt nicht verärgert, nur erstaunt.

»Was ich mache, ist doch egal«, sage ich. »Damit kommst du bei mir nicht weiter, daß du einfach die Fragen umdrehst. Ich hab mich jedenfalls nicht auf die Uni verdrückt... Sicher, es stimmt schon, ich mach jetzt nicht grad, was ich möchte, aber es ist das erste Mal, seit ich achtzehn bin, und es ist auch bloß weil, als mir schien, daß die Dinge sich irgendwie komisch entwickelten und, na ja, weil ich ziemlich fatalistisch bin, da hab ich eben versucht, die Lage zu ändern und mich mit der Strömung treiben zu lassen, auch wenn ich kaum dachte, daß mich die Strömung grad in der Weise und grad hierher treiben würde.« Mir kommt der staatenlose Akzent wieder hoch, ich verirre mich in den Wortbedeutungen, und um das zu kompensieren, spreche ich schneller, wechsle die Sitzposition in meiner Sofaecke. »Nicht daß ich schon mal in so 'ner Lage wie dieser gewesen wär, seit ich mit achtzehn aus dem Internat weg bin, und es ist ja auch bloß 'ne Phase, und in jedem Fall entdeck ich am Ende immer, daß es für alles, was mir passiert, einen Grund gibt, vielleicht sogar einen dafür, daß ich jetzt hier sitze, auf diesem beschissenen Sofa in diesem beschissenen Haus.«

Livia legt den Kopf noch schräger, schüttelt ihn, lacht. »Ist ja gut, ist ja gut, nun reg dich doch nicht so auf. *Du* hast doch angefangen mit diesem Thema, ich hab nicht mal dran *gedacht*!« Sie zieht die Beine aufs Sofa hoch, massiert sich einen Knöchel, fängt wieder an, mir die Hand in den Nacken zu schieben.

»Bin hundemüde«, sage ich, und das stimmt, mir fallen die Augen zu, der Blick verschwimmt mir, ich sehe ein Bild von Malaidina mit einem so leichten, schwebenden Ausdruck, daß ich ihn nicht entziffern kann.

»Dann laß uns schlafen gehen«, sagt Livia, macht aber keine Anstalten, sich zu erheben.

Ich stehe auf, gehe schwankend durchs Zimmer, torkele durch den Flur. Sie folgt mir, hält mich am Arm. Ich öffne eine Tür, aber es ist eine Abstellkammer; ich öffne noch eine Tür, und es ist ein Schlafzimmer. Ich gehe rein, mit Livia an meiner Seite; gehe zum Bett, völlig benebelt vom Wein und vom Rauchen und von der Müdigkeit und von den Zweifeln, die mir durch den Kopf schwirren.

Ich setze mich auf den Bettrand, ziehe mir langsam die Schuhe aus und lasse mich rücklings fallen. Drehe mich auf die Seite und sehe Livia, die sich den Pulli und das Hemd abgestreift hat und neben mich legt. Ich berühre sanft eine ihrer Brüste, die sich leicht mehlig anfühlt, ganz anders als bei Malaidina. Sie macht langsam die Augen zu, erwartungsvoll. Ich fasse an den Reißverschluß ihrer Jeans, und im gleichen Moment wird mir klar, daß ich nicht die geringste Lust habe, ihn zu öffnen. Ich bleibe so liegen, Daumen und Zeigefinger am Schieber des Reißverschlusses, die Lippen unweit von ihren Lippen: erstarrt.

Ich stütze mich auf einen Arm, setze mich aufrecht und sage: »Entschuldige, aber ich muß sofort nach Mailand zurück.«

Mir scheint, die Worte vibrieren zehn Sekunden lang

in der Luft, auf der hohen Frequenz einer Geige mit Sordino: fast körperlos, aber doch Worte.

Livia liest sie mehr von den Lippen ab, als daß sie sie hört. Lächelt und fragt: »Machst du Witze?«

Ich stehe auf, schlüpfe in meine Schuhe und binde sie zu. Drehe mich um und sage, während sie mich verwundert ansieht: »Tut mir leid, aber ich muß wirklich gehen.«

Sie bedeckt sich den Busen mit einem Arm. »Fjodor, bist du übergeschnappt?«

Ich öffne die Tür und gehe hinaus, mache zwei, drei Schritte im Flur. Kehre um und schaue nochmal ins Zimmer. Livia hat ihre Haltung kaum verändert, nur gerade ein Knie angezogen. Ich frage sie: »Bist du jetzt sauer?«

»Ach was, wieso denn.«

Ich schließe die Tür, gehe zum Ausgang und verlasse das Haus; steige ins Auto und fahre davon.

Ich rase mit Vollgas zurück nach Mailand über die leere Autobahn. Ich brauche halb so lange wie für die Hinfahrt.

Zu Hause lasse ich gleich das Band im automatischen Anrufbeantworter ablaufen: nichts. Ich höre es noch einmal ab, die Finger gleiten mir von den Plastiktasten, ich schlage ein paarmal flach auf das weiße Gehäuse: nichts, nichts, nichts.

Zwölf

Ich bleibe den ganzen Samstag und Sonntag zu Hause, hocke neben dem Telefon auf dem Boden und blättere in einem Bildband mit dem Titel *Kolibris in Mittelamerika*. Ab und zu gehe ich in die Küche, um einen Becher Milch zu trinken und einen Roggenzwieback mit Butter und Honig zu essen. Ich hocke bis zwei Uhr nachts auf dem Boden neben dem Telefon, aber es klingelt nie.

Am Montagmorgen gibt mir meine Sekretärin einen blauen Plastikumschlag mit meinem Flugticket, die Reservierung für ein Hotel in Monrovia und ein paar bunte Prospekte. Ich lasse mir einen Atlas bringen, suche auf der Karte die Namen, die ich in Lowells Akten gelesen habe, betrachte die Fotos in den Prospekten und ersetze die Namen durch Bilder.

Ich frage die Sekretärin: »Was machen Sie, wenn ich in Liberia bin?«

»Ich geh wieder einen Stock tiefer.«

»Bedauern Sie das?«

»Ist doch dasselbe.«

Gleich nach Büroschluß gehe ich zu Mario. Ich finde ihn im Piano-Zimmer, wo er am Boden hockt vor einer großen, wie ein Teppich ausgebreiteten Landkarte.

Ich frage: »War's schwierig, ohne das Auto zurückzukommen vom See?«

»Nein, nein«, sagt er. »Wir haben die Bahn genommen.«

Aber auch ohne diese Geschichte mit der Fahrt an den See sind wir ziemlich verlegen und angespannt, auf der Hut wie zwei Hunde, die sich zum erstenmal begegnen. Wir stehen drei Meter voneinander entfernt und wissen nicht recht, wie wir uns ansehen und ob wir lächeln sollen.

Mario macht ein paar Schritte und schlenkert die Arme, um die Spannung zu lösen. »Heut morgen hab ich *acht* Bilder verkauft«, sagt er. An eine Dame, für die ich letztes Jahr ein paar Galadiners arrangiert hatte. Stell dir vor, es ist unglaublich, sie ist hergekommen und hat sich umgesehen und hat Blätter aus den Mappen genommen, und schließlich hat sie gesagt, sie nimmt *alle*, für ihre Villa in Lindos oder irgendwo da in der Gegend, und hat mir 'nen Scheck ausgeschrieben und gesagt, ich soll ihr das Zeug ins Auto bringen, und hat nicht mal *diskutiert* über den Preis!« Er akzentuiert die Gesten und Worte, um die Verlegenheit zu überspielen, erregt sich. »Ich also gleich runter zur Bank, um das Geld zu kassieren, und auf dem Rückweg überleg ich mir, was ich damit machen soll, und wie ich so überlege, kommt mir die Stadt so häßlich und grau und trübselig vor, daß ich, kaum wieder oben, auf einmal weiß, ich will nur weg von hier, nix wie weg.« Er läuft im Zimmer umher mit seinem unregelmäßigen Gang, krempelt sich die Hemdsärmel hoch, gestikuliert. »Also ich gleich wieder los, um mir diese Karte von Südamerika zu besorgen, und eben war ich dabei, mal zu sehen, wohin's mich am meisten zieht.« Er zeigt auf die Karte, beugt sich darüber, kniet sich davor, um sie aus der Nähe zu inspizieren.

»In drei Tagen fahre ich auch weg«, sage ich. »Nach Liberia.«

Er dreht den Kopf, sieht mich an. »Liberia wäre das Letzte, was mich reizt.« Er lacht. »Nein, stimmt nicht, ist vielleicht gar nicht so übel.«

Wir bleiben noch etwa eine Viertelstunde im Zimmer mit dem Piano, ohne viel zu reden. Schließlich fragt er mich, ob ich zum Essen mitkommen will bei Leuten, die er noch anrufen müsse. Ich sage ihm, daß ich müde bin und ins Bett will; verabschiede mich von ihm und renne die Treppe hinunter. Jetzt tut es mir leid, daß diese Wohnung verschlossen und für wer weiß wie viele Monate leer und verlassen sein wird, diese Wohnung mit ihrer fernen Möglichkeit, daß Malaidina hinkommen könnte, um auf dem E-Piano zu spielen. Aber es ist die ganze Situation, die sich schließt, ob ich will oder nicht.

Dienstagnachmittag um zehn nach sechs fahre ich im Stoßverkehr auf dem inneren Stadtring und suche nach einem Laden, wo ich mir einen passenden Anzug für Fjodor MultiCo in Liberia kaufen kann. Im Radio präsentiert ein Typ alte Platten mit langen Vorbemerkungen und historischen Einordnungen und Rückblicken auf die Ursprünge der verschiedenen Blues-Traditionen, langweilig wie ein Professor, der über philosophische Strömungen spricht. Die Stücke dauern nie lang genug, um den Frust dieser Einführungen zu kompensieren, sind auch nicht besonders gut. Schließlich habe ich's satt und drehe am Suchknopf auf einen anderen Kanal.

Ich drehe am Suchknopf, halte vor einer roten Ampel, schaue nach rechts und sehe Malaidina zwei Autos weiter rechts: auf dem Beifahrersitz neben einem blonden Typ in einem blauen Volvo. Ich sehe sie, im

Abendlicht zehn nach sechs, durch die Fensterscheiben des neben mir wartenden Autos: klar erkennbar wie eine Haubenmeise in einem Schwarm Drosseln.

Die Ampel wird grün, der Volvo biegt nach rechts ab. Sofort will ich auch abbiegen, aber schon sind die Autos neben mir losgeprescht und schneiden mir den Weg ab. Ich haue mit der flachen Hand auf die Hupe, stelle den Blinker an, rufe und gestikuliere, drehe das Lenkrad, bis ich fast mit der Stoßstange an die Wagen komme, die in ununterbrochener Folge an mir vorbeirauschen wie ein einziger sturer Strom. Endlich gelingt es mir, eine Lücke zu finden, ich gebe Vollgas, lasse die Hupe wie eine Sirene heulen und flitze über die Kreuzung.

Aber es ist zu spät. Ich presche vor bis zur nächsten Kreuzung, spähe nach rechts und links und nach vorn und hinten, und es ist klar, der blaue Volvo ist unauffindbar verschwunden. Ich schlage ein paarmal hart auf die Speichen des Lenkrads, aufs Armaturenbrett, auf den Sitz, ich stoße den Ellbogen gegen die Tür. Ich reiße das Lenkrad herum, haue die Gänge rein, daß es kracht, lasse den Motor aufheulen und blockiere die Kreuzung mit sinnlosen Wendemanövern, die wütende Reaktionen bei den Fahrern der Wagen und Busse ringsum hervorrufen.

Ich zwänge mich in die verstopften Straßen der Innenstadt, lasse mich im Verkehrsstrom treiben, ziellos immer im Kreis herum, eine Stunde lang oder zwei, mit schweißnassem Rücken und bohrender Sorge im Kopf und dem Bild des blauen Volvo vor Augen. Ich versuche, wenigstens das Profil des blonden Typs wegzuschieben, um Malaidinas Profil ohne störendes Beiwerk zu sehen.

Um vier Uhr früh ruft mein Vater an. Er hatte schon immer diese Gewohnheit, sich nicht um die Zeitdifferenz zu kümmern und weder seinen Namen noch sonst was zu sagen, wenn einer den Hörer abnimmt, sondern zu warten, daß der Angerufene sich als erster meldet.

»Wer ist da?« frage ich.

»Wo warst du denn gerade? Ich ruf seit mindestens zehn Minuten an.«

»Es ist vier Uhr früh. Ich war im Bett.«

»So? Na macht nichts. Hör zu!« Er hatte schon immer diese Gewohnheit, erst »Hör zu!« und dann fünf bis zehn Sekunden lang nichts zu sagen. »Ich habe gehört«, sagt er schließlich, »daß du morgen nach Liberia fliegst. Leo hat mir gesagt, du hättest in Mailand viel gelernt und einen sehr guten Eindruck auf die Techniker gemacht.«

»So? Wußte ich gar nicht.«

»Doch, doch«, sagt er, läßt mindestens zehn Sekunden vergehen, sagt dann: »Also mach's gut« und legt auf.

Dreizehn

Mittwochabend bin ich zum Essen bei Mario, das letzte Mal. Er hat auch schon ein Flugticket: nach Rio de Janeiro. Er zeigt es mir, zeigt auf der Karte die Reiseroute, die er sich ausgedacht hat. Sagt, es sei nicht bloß eine Reise, sondern eine Art Emigration; sobald er was Interessantes gefunden habe, wolle er dort bleiben. Es kommen an die zwanzig von seinen Freunden, um sich von ihm zu verabschieden, auch Carla und Livia, die mich kaum ansehen. Ich bleibe bis Mitternacht, dann sage ich allen Ciao und gehe.

Es regnet nicht, aber es ist als ob. Ich gehe rasch, die Hände tief in den Taschen und den Kragen des Trenchcoats hochgeschlagen, und als ich fast schon vor meiner Haustür bin, läuft mir der blonde Typ über den Weg, der mit Malaidina im Volvo gefahren war. Ich sehe ihn knapp zwei Meter vor mir im Licht einer Straßenlaterne, und obwohl er denselben Trenchcoat wie gestern trägt und dieselbe Brille im selben Gesicht, fällt mir erst dreißig Schritte weiter ein, wer er ist.

Ich mache kehrt und laufe hinter ihm her. Er geht rasch, mit langen Schritten. Ich laufe dicht an den Häusern entlang, so leise ich kann. Er bleibt an einer Kreuzung stehen, sieht nach rechts und nach links und nach hinten, und ich kann mich gerade noch rechtzeitig in einem Ladeneingang an ein smoggeschwärztes Rollo drücken. Ich rühre mich nicht. Er zögert eine Sekunde und flitzt nach rechts um die Ecke. Ich laufe los, stürme voran, bremse kurz vor der Ecke.

Ich biege vorsichtig um die Ecke und sehe den Typ auf der anderen Straßenseite zur Kreuzung zurückkommen. Ich drücke mich rasch wieder in den Schatten der Mauer, aber er schaut sowieso nicht her, sondern dreht beim Gehen den Kopf nach rechts zu den Hauseingängen, um sein Gesicht so wenig wie möglich den Autos zu zeigen, die ab und zu mit Gestank und Lärm durch die nächtliche Straße rasen. Ich lasse ihn über die Kreuzung gehen, wechsle dann auf seine Straßenseite hinüber und folge ihm. Ich versuche, den Abstand zwischen uns zu verringern, verkürze ihn von dreißig auf fünfundzwanzig, auf zwanzig, auf fünfzehn Schritte. Gehe dicht hinter ihm her, lasse den Abstand wieder ein bißchen größer werden aus Sorge, er könnte sich plötzlich umdrehen und mich sehen. Lasse ihn zwanzig Schritte vor mir hergehen, fünfundzwanzig, dreißig.

Er wiederholt mehrmals den Trick, an einer Kreuzung erst so zu tun, als wollte er geradeaus weitergehen, um dann plötzlich nach rechts oder links abzubiegen, die Straße kurz hinter der Ecke zu überqueren und auf der anderen Seite zurückzukommen, quer zur vorherigen Richtung. Mir scheint die Idee nicht besonders toll zu sein, aber er ist offenbar überzeugt, daß sie funktioniert. Ansonsten geht er immer dicht an den Mauern entlang auf dem schmalen Streifen zwischen den Häusern und den auf dem Gehweg geparkten Autos, zwängt sich durch, wenn es eng wird, und wenn er sich umdreht, tut er es mit so vorsichtigen und vorhersehbaren Bewegungen, daß ich Zeit habe, mich in einem Hauseingang oder hinter einem geparkten Auto zu verstecken.

Wir gehen ungefähr eine Viertelstunde lang hintereinander her und folgen dabei einem so komplizierten Zickzackkurs, daß es schwer zu erkennen ist, wohin wir eigentlich gehen. Ich bin nicht *sicher*, daß er mich zu Malaidina führt, es ist nur so eine vage Idee. Ich bin nicht sicher, daß er nicht bloß *irgendein* Freund von ihr ist, der sie gestern ein Stück im Auto mitgenommen hat. Als ich die beiden in dem blauen Volvo sitzen sah, sprachen sie nicht miteinander, wechselten keine Blicke und waren auch sonst in keiner Weise einander zugewandt, und doch erschienen sie miteinander verbunden durch irgendein Band. Vielleicht gerade durch ihre Art, nicht miteinander zu reden und sich nicht anzusehen, während sie nebeneinander saßen, die Augen gemeinsam auf den Verkehr gerichtet. Ich weiß nicht. Wir gehen schnell.

Kein anderer Fußgänger ist um diese Zeit noch unterwegs, außer gelegentlich ein vereinzelter Hundebesitzer, der seinen Köter rasch nochmal Gassi führt mit kurzen Schritten nahe der Tür seines Hauses, um sich beim kleinsten verdächtigen Anzeichen wie ein Murmeltier in seinen Bau zurückzuziehen. Nirgendwo sind helle Fenster zu sehen, nirgends sind Stimmen zu hören oder sonst irgendwelche Geräusche außer denen der späten Autos, die ab und zu durch die nächtliche Stadt jagen. Es ist eine ausgestorbene, erloschene Stadt, versunken in einen feuchten und fiebrigen Schlaf, verriegelt, verrammelt, verbarrikadiert, als hätte sie tagsüber schon zuviel von sich dargeboten.

Ich biege hinter dem Blonden in eine enge Gasse ein, die noch verengt wird durch eine doppelte Reihe von parkenden Autos rechts und links an den Häuserwänden. Wir gehen beide mitten auf der Fahrbahn.

Nach einer Weile sind die Verkehrsgeräusche kaum noch zu hören, und jetzt ist außer uns beiden wirklich niemand mehr unterwegs, und auf einmal merke ich, daß meine Schritte zwischen den engen Mauern widerhallen wie ein phasenverschobenes Echo der Schritte des Blonden. Im gleichen Augenblick bleibt er stehen und dreht sich halb um. Vermutlich sieht er mich aus den Augenwinkeln: sieht hinter sich eine dunkle Gestalt auf der Straßenmitte verharren. Mit einem Satz rennt er los.

Auch ich renne los und setze ihm nach, im Hinterkopf den vagen Gedanken, daß dieses Gerenne sinnlos ist, denn jetzt führt er mich bestimmt nicht mehr dahin, wohin er gehen wollte. Aber ich denke nicht wirklich darüber nach, überlege mir keine Alternativen. Ich weiß nicht mal recht, ob es die Situation ist, die mich hinreißt, oder ob ich die Situation jetzt forciere. Ich renne einfach.

Ich renne so schnell ich kann hinter dem Blonden her, ohne die geringste Ahnung zu haben, was ich mit ihm machen soll, wenn ich ihn möglicherweise zu fassen kriege. Wir rennen wie blöde hintereinander her, umschlackert von unseren fast gleichen Trenchcoats, die wir bis zum gleichen Knopf aufgemacht haben, um die Beine freier bewegen zu können. Er rennt nicht stur geradeaus, sondern im Zickzack, mit kurzen Seitensprüngen, Verzögerungen und plötzlichen Spurts wie ein hakenschlagender Hase. Ich renne geradeaus auf der Straßenmitte, werfe die Beine hoch und weit vor mich hin wie ein Sprinter.

Er flitzt nach rechts in eine noch engere und noch mehr von parkenden Autos verstopfte Gasse. Seine Schuhsohlen knallen laut auf den nassen Asphalt, er rutscht aus, fängt sich wieder, rennt weiter. Aber seine Lauftechnik ist kräftezehrender und strapaziöser als meine, er beginnt zu erlahmen. Ich komme ihm ein paar Meter näher, mit heftigem Seitenstechen und rasendem Herzschlag; ich hole das Letzte aus mir heraus.

Die Gasse biegt in einem Winkel von 45 Grad nach links. Er nimmt die Kurve zu schnell, stößt mit der Schulter an eine Haustür, stolpert, kommt wieder hoch, macht fünf oder sechs Sprünge dicht an den parkenden Autos vorbei, bleibt stehen, lehnt sich mit dem Rücken an einen weißen Peugeot und dreht sich zu mir um.

Ich bin vielleicht zwanzig Schritte von ihm entfernt und laufe noch zehn Schritte weiter, einfach aus Trägheit, weil ich nun mal am Laufen bin, ohne richtig zu merken, daß ich noch laufe. Schlittere auf ihn zu und sehe im Licht der Straßenlaternen sein schweißüberströmtes Gesicht, sein Haar, das jetzt nicht mehr so blond erscheint, die Gläser und das Gestell seiner Brille. Ich sehe ihn merkwürdig atmen, dicht vor mir, den Rücken an den weißen Peugeot gelehnt, den hellen Trenchcoat offen über einem grauen Anzug. Ich sehe ihn dichter vor mir, als er ist, und länger, als es sein kann.

Ich stehe mitten auf der Straße, zehn Schritte von ihm entfernt, außer Atem und ohne die Spur eines klaren Gedankens im Kopf, nur mit dem unbestimmten Gefühl, daß ich jetzt vielleicht irgendwas sagen oder tun müßte. Ich stehe bewegungslos da und horche auf seinen Atem, und plötzlich faßt er sich in die Jacke oder an die Brust oder in die Manteltasche, und ich höre eine Art *zic* ganz nahe an meinem Kopf und ducke mich automatisch hinter ein Auto und höre nacheinander zwei scharfe *pac* durch die feuchte Luft knallen.

Aber auch hier ist es eigentlich keine Abfolge, ich vereinfache bloß, wenn ich von einem Nacheinander spreche. Ich weiß zum Beispiel nicht, ob ich die beiden *pac* höre, nachdem ich mich hinter das Auto geduckt habe oder beim Ducken oder vorher, es kann auch sein, daß ich sie gleichzeitig mit dem *zic* registriere und sie auf einem längeren Empfangskanal meiner Wahrnehmungsapparatur übertrage. Jedenfalls liege ich jetzt am Boden hinter dem Auto, lang ausgestreckt auf einer Seite, im Kopf das Bild des Blonden, der mir die Hand entgegenstreckt. Ich halte die Hände an die Ohren und sehe dieselbe Bewegung drei- oder viermal hintereinander, jedesmal aus einem leicht veränderten Blickwinkel, ohne ihren genauen Ablauf bestimmen zu können.

Ich stütze die Hände auf den Boden, erhebe mich auf die Knie, aber da knallen zwei weitere *pac*, diesmal noch schärfer, gefolgt oder begleitet oder vielleicht auch antizipiert von anderen Geräuschen. Ich sitze jetzt, und der Hals tut mir weh, und ich habe den Eindruck, daß mir der Übergang vom Liegen zum Sitzen völlig entgangen ist.

Ich stehe auf, ohne es zu wollen, lehne mich an die Mauer, lasse den Blick an den Häusern entlang, über die Autodächer und auf die Straße gleiten. Ich sehe den Blonden davonlaufen, um eine Ecke biegen, in einer Straße verschwinden, wo Taxis fahren.

Ich habe die Haare voller Glassplitter, es sind winzige Krümel, wie zerstoßenes Eis, auch auf dem Kragen. Der Hals tut mir weh. Ich berühre ihn und fühle eine warme, klebrige Flüssigkeit. Ich trete zwei Schritte weg von der Mauer.

Mir zittern die Beine, mir zittern die Arme, mir zittern die Hände, die Fingerspitzen. Ich versuche, die Hände in die Manteltaschen zu schieben, aber sie gleiten an der Taschenöffnung vorbei. Ich drehe den Kopf, und mir tut der Hals weh, die rechte Seite vom Hals. Der Trenchcoat erscheint mir zu lang und zu weit, unförmig wie eine Pelerine. Ich versuche ihn zuzuknöpfen, aber die Finger erfassen die Knöpfe nicht. Die Ohren pfeifen mir, oder rauschen vielleicht.

Jemand zieht einen Rolladen hoch oder runter, oder auch mehrere Rolläden, irgendwo in der Straße. Ich betrachte das Auto, hinter dem ich vor einer Minute war: Die Frontscheibe und die Heckscheibe haben beide zwei Löcher, ausgezackt und auf derselben Linie, umgeben von einem Spinnengewebe aus feinen Bruchlinien, die sich fortsetzen bis zu den Rändern. Ich fasse mir an den Hals, und ein stechender Schmerz durchzuckt mich vom rechten Schulterblatt bis zum rechten Ohr.

Ich stehe mitten auf der verlassenen Straße mit hängenden Armen. Bemühe mich, Atem zu schöpfen und meinen Herzschlag ruhiger werden zu lassen. Sehe zur Ecke, wo der Blonde verschwunden ist, sehe auf den weißen Peugeot, an den er sich gelehnt hatte. In der Ferne heulen Sirenen.

Ich drehe mich um und mache mich auf den Heimweg. Ich kann nicht sehr schnell gehen, mir zittern noch immer die Beine, der Hals tut mir weh, sobald ich ihn bewege, und mein Gang ist recht wacklig. Ich gehe den Weg zurück, den ich hinter dem Blonden hergerannt bin, und wundere mich, daß es diesmal so lange dauert.

Ich komme auf eine breite Allee, bleibe an einer Kreuzung vor einem gitterbewehrten Schaufenster stehen und betrachte mein Spiegelbild im Licht der Straßenlaternen. Versuche herauszufinden, was ich am Hals habe, aber viel ist nicht zu erkennen, nur der Umriß meiner Gestalt, schwarz auf grau. Es scheint nichts Ernstes zu sein, andererseits kann ich nicht gerade stehen, ich neige mich leicht nach rechts.

Ich schlage den Mantelkragen hoch und gehe über die Kreuzung. Gehe durch eine breite, von gelblichem Licht überflutete Straße, auf der alle paar Minuten zwei oder drei Autos vorbeirasen. Ganz in der Nähe heult eine Sirene auf, vielleicht wieder so eine Diebstahlsicherung, die aus Versehen losgegangen ist, wie es in Mailand öfter vorkommt. Ich bemühe mich schneller zu gehen, mich besser auf den Beinen zu halten.

Ich komme nach Hause, fahre hoch, öffne und schließe die Tür mit der Linken. Es ist warm in der Wohnung. Ich versuche den Trenchcoat auszuziehen, und kaum bewege ich nur die Schulter, fährt mir ein rasender Schmerz die ganze rechte Seite hinauf, von der Ferse bis in die Haarspitzen.

Ich gehe in die Küche und setze mich auf einen Hocker. Warte fünf Minuten und starre auf die Regale. Versuche erneut, mir den Trenchcoat auszuziehen, diesmal unendlich langsam. Es dauert vielleicht zehn Minuten. Endlich hab ich's geschafft, der Trenchcoat fällt auf den Boden. Ich betrachte ihn und sehe dunkle Blutflecken auf dem Kragen.

Ich wanke mit kleinen Schritten ins Bad, knipse das Licht an, stütze mich mit den Händen aufs Waschbecken, ohne in den Spiegel zu sehen. Ich weiß nicht recht, ob ich hinschauen will. In Wirklichkeit tut mir auch die rechte Schläfe weh, ja, und die rechte Braue und das Auge rechts. Ich starre auf das weiße Waschbecken, sage mir: »Ruhe, Ruhe, Ruhe, Ruhe!« Immer noch habe ich das Gesicht des Blonden vor Augen, wie ich ihm entgegenschlittere: seine stockende Art zu atmen.

Ich hebe den Kopf mit geschlossenen Augen, öffne sie langsam, sehe durch die Wimpern, reiße die Augen ganz auf. Ich habe Blut an der rechten Schläfe und am Kinn, aber das sieht aus wie mit der Hand hingeschmiert. Ich habe eine dünne Blutspur am Hals. Ich beuge mich vor und sehe einen etwas dunkleren Punkt mit hellroten Rändern. Ich kann nicht klar erkennen, was es ist, aber es sieht nicht besonders schlimm aus. Ich atme ruhiger. Stütze die Hände auf die Hähne, sehe mir ein paar

Minuten lang in die Augen. Mir zittern noch immer die Arme, aber nicht mehr so heftig wie vorher.

Ich fange ganz langsam an, mich auszuziehen; erst die Schuhe, dann die Kleider. Alles mit so winzigen Bewegungen, daß ich für jedes Einzelstück fünf Minuten brauche. Besonders viel Mühe macht mir das Unterhemd. Ich muß es etappenweise, mit langen Pausen dazwischen, über den Kopf ziehen. Endlich fällt es auf die anderen Sachen am Boden.

Ich lasse mir ein Bad einlaufen, steige behutsam ins heiße Wasser. Lege mich hin, liege ausgestreckt in der Wanne, ohne mich zu bewegen. Mein Atem geht jetzt ganz ruhig. Ich dümpele in der geringen Tiefe, die Ohren rauschen mir in einer Frequenz, die mich mit wohliger Trägheit erfüllt. Ich möchte mich treiben lassen, die Wanne müßte größer sein und das Wasser irgendwie dichter. Malaidina kommt mir in den Sinn, wie sie in der Küche steht; Malaidina, wie sie im Café an dem Ecktisch sitzt; Malaidina, wie sie neben mir durch den Regen geht und sich ständig dem Schirm entzieht, den ich schützend über sie halte. Ihre Art zu lächeln kommt mir in den Sinn, wie sie den Kopf schief legt und ihre makellosen kleinen Zähne entblößt. Ich möchte in einem warmen See liegen, ja, das möchte ich.

Ich steige vorsichtig aus dem Wasser, trockne mich oberflächlich ab und hülle mich in einen weißen Bademantel. Sehe erneut in den Spiegel, und der weiße Kragen färbt sich schon wieder rot. Auch das Wasser in der Wanne ist rosarot, aber der Hals tut mir kaum noch weh. Ich bin müde.

Ich gehe ins Zimmer, wo das Telefon steht. Kehre um ins Bad und beuge mich über meine Sachen am Boden, um mir das Notizbuch aus der Jackentasche zu holen. Es dauert unendlich lange, das alles. Mir scheint, ich brauche zwanzig Minuten, bis ich das Notizbuch habe und wieder zum Telefon gehe.

Ich wähle Marios Nummer. Sitze auf dem grauen Teppichboden, halte den Hörer in der Hand und versuche, den Hals nicht zu bewegen. Niemand geht ran. Ich schaue auf den elektrischen Wecker am Boden; es ist fünf vor zwei. Ich stelle mir vor, wie Mario jetzt schläft, tief und unerreichbar für jeden Anruf. Ich lege auf.

Ich suche Bob Lowells Nummer, wähle und warte. Lasse es fünf- oder sechsmal klingeln. Er nimmt ab, als ich grad wieder auflegen will. Sagt verschlafen: »Ja?«

»Fjodor hier«, sage ich. »Entschuldige, daß ich dich um diese Zeit anrufe.« Meine Stimme klingt, glaube ich, ganz normal; vielleicht ein bißchen belegter als sonst.

»Macht nichts, was ist denn los, Fjodor? Irgendwas nicht in Ordnung?«

»Keine Sorge, nichts Schlimmes.« Ich huste. »Tut mir leid, daß ich dich geweckt habe. Du hast sicherlich schon geschlafen.«

»Jetzt laß doch das, bitte! Sag mir endlich, was los ist. Deine Stimme klingt irgendwie nicht normal. Bist du krank?« Seine Stimme klingt immer besorgter, je wacher er wird.

»Ich hab nur ein bißchen Scherereien gehabt«, sage ich. »Ist aber nicht weiter schlimm.« Ich stelle mir vor, wie er jetzt zuhört: aufrecht im Bett, die eine Hand um den Hörer geklammert, die andere fahrig im Haar. Stelle mir vor, wie seine Frau den Kopf auf dem Kissen umdreht und ihn von unten her ansieht.

»Mein Gott, was für Scherereien denn?« sagt er. »Was meinst du mit Scherereien?« Er schreit jetzt fast vor Besorgnis.

»Vielleicht ist es besser, nicht hier am Telefon drüber zu reden.«

»Bist du zu Hause?«

Ich sage ja und nicke dabei, und da fährt mir ein heftiger Schmerz in den Hals, und ich stöhne »*Aaah!*«

»Fjodor!« sagt Bob. »Rühr dich nicht von der Stelle! Bleib, wo du bist, mach keine Bewegung! Ich bin in zehn Minuten bei dir!« Er klingt jetzt ganz wach, fragt: »Soll Sue mitkommen?« Ich höre ihn mit ihr sprechen; er hat sich, glaube ich, zu ihr umgedreht und sagt was zu ihr.

Ich sage »Nein, nein«, aber ich habe schon wieder den Kopf bewegt, und meine Stimme verzerrt sich.

»Wir sind in fünf Minuten bei dir«, sagt Bob. »Rühr dich nicht von der Stelle, hörst du? Mach gar nichts. Bleib, wo du bist, bis wir klingeln!« Er legt auf.

Ich bleibe ein paar Minuten lang auf dem Boden und denke nur, wie peinlich mir's ist, daß ich Lowell und seine Frau in die Sache mit reinziehe und vor ihnen dastehe wie ein dummer Junge, der sich und ihnen Scherereien macht. Ich pule mir mit der linken Hand die restlichen Glassplitter aus den Haaren.

Es klingelt, zwei- oder dreimal hintereinander. Ich stehe sehr langsam auf und gehe den Türöffner drücken. Stehe wartend im Flur, eine Hand in die Seite gestützt. Mache die Wohnungstür auf.

Der Fahrstuhl kommt, Bob und Sue steigen aus, kommen herein und sehen mich sorgenvoll an.

Ich sage: »Tut mir leid, euch um diese Zeit geweckt zu haben.«

»*My goodness!*« ruft Sue. »Was ist denn mit dir passiert?« Sie starrt auf meinen Hals, streckt ihm tastend zwei Finger entgegen, ohne ihn zu berühren. »Komm mal ins Licht.«

Wir gehen in die Küche: Sue voran, ihre nervösen Finger umspannen mein Handgelenk, Bob hinterher. Sie zieht mich unter die Lampe, stellt sich auf die Zehenspitzen, um meinen Hals aus der Nähe zu untersuchen. Ich spüre ihren Atem, ihre besorgte und bange Weiblichkeit. Sie ruft noch einmal: »*My goodness!*«

»Ich hole sofort eine Ambulanz«, sagt Bob. »Wo ist das Telefon?« Er geht zur Tür, massiv und energisch.

»Nein, warte!« sage ich.

»Fjodor, halt still!« sagt Sue.

Bob kommt zurück, breitet die Arme aus und sagt: »Fjodor, was zum Teufel ist eigentlich passiert?«

»Jemand hat auf ihn geschossen«, sagt Sue. Sie hält mich noch immer am Handgelenk fest, obwohl sie jetzt nicht mehr viel Neues an meiner Wunde entdecken kann.

»*Geschossen?*« sagt Bob und kommt näher, die Augen weit aufgerissen, die Handflächen offen nach oben gedreht. »Moment mal, Fjodor, erklär mir jetzt diese Geschichte!«

»Na ja, ich hab einen Typ verfolgt, und der hat plötzlich auf mich geschossen.« Meine Stimme ist jetzt ziemlich belegt, ziemlich heiser. »Aber es war meine Schuld, ich war ein Idiot.«

»Was soll das heißen? Du hast einen Typ *verfolgt*? Du bist mitten in der Nacht hinter einem hergelaufen, der eine *Pistole* hatte?« Er starrt mich an, schaut zu seiner Frau, schaut zur Tür, als wolle er die Meinung eines objektiveren Vierten hören.

»Ich wußte ja nicht, daß er bewaffnet war. Und meine Gründe, ihn zu verfolgen, hatten gar nichts zu tun mit seinen Gründen, auf mich zu schießen.«

»Jedenfalls ist es sinnlos«, sagt Sue, »jetzt weiter hier rumzustehen und darüber zu diskutieren. Jetzt kommt es nur darauf an, sofort einen Arzt zu holen, die Wunde sieht schlimm aus und blutet weiter.« Tatsächlich ist der Kragen von meinem Bademantel schon ziemlich rot, auch wenn ich kaum noch was spüre.

»Das wollte ich ja grad tun«, sagt Bob und dreht sich wieder zur Tür.

»Vielleicht wär's besser, erst noch mal zu überlegen«, sage ich. »Wenn sie mich in die Klinik bringen, müssen sie, glaube ich, Anzeige erstatten und so.«

»Das stimmt«, sagt Bob, »und morgen steht dann dein Name in allen Zeitungen.« Er fährt sich mit der Hand in den Kragen und sieht seine Frau an.

»Tut mir wirklich leid, euch in diesen Schlamassel mit reingezogen zu haben.«

»Wo ist das Telefon?« fragt er. Ich sage ihm, wo es ist.

Sue setzt mich auf einen Hocker und sagt, ich soll ruhig bleiben. Nimmt eine offene Flasche Wein vom Regal, gießt mir ein Glas voll und sagt: »Trink das, es wird dir gut tun.« Ich trinke ein bißchen mit winzigen Schlucken. Sie tupft mir den Hals mit einem weichen Taschentuch, atmet dicht an meinem rechten Ohr.

Die Situation ist mir jetzt nicht unangenehm. Ich bin nicht mehr so müde, ich bin nicht sehr wach; mein Herz schlägt langsamer als gewöhnlich, meine Gedanken sind wie in Watte, nur ab und zu schmerzt mich der Hals. Sue steht wenige Zentimeter vor mir: ungeschminkt, in einem rasch übergeworfenen Hauskleid, das Haar zusammengebunden, die Lippen blaß. Ich trinke den Wein aus. Sie fragt mich, ob ich noch mehr haben will; ich sage nein.

Bob kommt in die Küche zurück und sagt: »In zehn Minuten ist Launi da. Er schlief wie ein Stein, es war nicht leicht, ihn zu wecken.« Er schiebt sich die Hände in die Taschen, geht eine Weile umher, stellt sich ans Fenster und schaut hinaus. Sagt dann: »Herrgott, ich kann's gar nicht glauben. Morgen um diese Zeit solltest du in Monrovia sein, und jetzt passiert *sowas.*« Ich glaube, er denkt daran, wie er's Leo erklären soll, überlegt sich die passenden Worte.

Wir bleiben zehn Minuten lang in der Küche, ohne etwas zu sagen oder zu tun, ohne die Stellung zu wechseln.

Es klingelt. Bob geht aufmachen. Bleibt mit Launi ein paar Minuten lang draußen, um ihm die Situation zu erklären, führt ihn dann in die Küche. Launi ist ein junger Erfolgsarzt, flott in einer flotten, sehr eng taillierten Tweedjacke. Er stellt seine Ledertasche auf den Tisch.

Dann zieht er mich unter die Lampe, inspiziert meinen Hals und sagt »Aha!« Faßt mich am Kinn, versucht mir den Kopf ein bißchen zu drehen. Ich zucke vor Schmerz zusammen, er sagt »Ruhe, Ruhe«. Schaut mir in die Augen, flott und verständnisvoll wie ein welterfahrener älterer Vetter, und sagt: »Na, mein Lieber, das ist ja nochmal gut gegangen.« Mir steigt sein frisch aufgespraytes Deodorant in die Nase.

Sue fragt ihn auf italienisch: »Und ouie geht's ihm?« Sie steht neben Bob und beobachtet uns gespannt.

»Gut geht's dem Jungen, Mrs. Lauell, ganz prächtig geht's ihm«, sagt Launi und gibt mir einen Klaps auf die Schulter. Macht seine Tasche auf, nimmt Desinfinziermittel und Verbandszeug heraus und desinfiziert mir mit großer Sorgfalt den Hals. Legt sich Pinzetten und Nadeln und Fäden zurecht und bittet Bob, mir den Kopf zu halten.

Sue geht hinaus und sagt in der Tür: »Ruft mich, wenn ihr fertig seid.«

Es tut nicht sehr weh. Es tut jedenfalls längst nicht so weh wie vorhin, als ich das erste Mal den Trenchcoat auszuziehen versuchte. Bob hält meinen Kopf und beobachtet Launi. »Gleich sind wir fertig«, sagt Launi, als er grad erst begonnen hat. Mir ist es ziemlich egal, wie lange er braucht. Ich stelle mir vor, wie Sue draußen wartet.

Endlich sagt Launi: »So, das hätten wir.« Desinfiziert mir nochmal den Hals, legt eine Mullbinde auf und klebt sie mit vier Pflastern fest. Tritt zwei Schritte zurück, um mich zu betrachten. Dann wäscht er sich die Hände unter dem Hahn am Spülbecken, trocknet sie mit einem Küchentuch ab und macht seine Tasche zu. Reicht mir eine weiche und noch etwas feuchte Hand, sagt »Auf Wiedersehen« mit einem dünnen Lächeln, das ihm die Lippen spannt, und dreht sich zur Tür. Bob führt ihn hinaus, legt ihm eine Hand auf die Schulter.

Sue kommt herein, sieht mich wohlauf und versorgt, tritt näher, um den Verband zu betrachten, und fragt: »Na, wie fühlst du dich?«

»Bestens«, sage ich.

»Fjodor, du kannst dir nicht vorstellen, wie du mich vorhin erschreckt hast. Du hättest dich sehen sollen, wie du ausgesehen hast, als du die Tür aufmachtest!«

Ich lache und frage: »Wie hab ich denn ausgesehen? Wie ein Monster?«

Sie lacht ebenfalls und sagt: »Affe!« Ich schaue sie an: ihre blauen Augen, die kleinen Fältchen an ihren Augenwinkeln, die Form ihrer Lippen.

Bob kommt wieder herein und sagt: »Ein Glück, daß es Launi war. Ein toller Typ, läßt sich von nichts aus der Ruhe bringen. Und so sympathisch, wir sind jetzt Freunde.«

»Magst du ein Glas Wein?« frage ich und zeige ins Regal auf die Flasche. Ich bin auf einmal ganz aufgekratzt und gesprächig.

»Nein danke, ich muß gleich wieder ins Bett«, sagt er. Gähnt, führt sich eine Hand an den Mund und sagt gähnend: »Du kommst natürlich mit zu uns.«

»Ach was. Ich kann sehr gut hier schlafen, kein Problem.«

Bob macht wieder seine Geste mit der weit geöffneten Handfläche wie vorhin, nur diesmal bloß mit der einen Hand. »Hör zu, du willst doch nicht, daß sie wiederkommen und nochmal auf dich schießen. Vergiß nicht, diese Typen sind organisiert. Die haben sogar den Ministerpräsidenten hier umgelegt und einen Haufen andere gut geschützte Leute. Mit denen ist nicht zu spaßen.«

Mir scheint, ich bin plötzlich in eine von den Geschichten geraten, die Maggie immer in Magazinen liest oder im Fernsehen anschaut, drüben in Santa Barbara. Die ganze Situation ist einigermaßen lächerlich, aber nicht unangenehm, wie ich schon sagte. »Dieser Typ hat doch bloß auf mich geschossen, weil ich so blöde war, nachts hinter ihm herzulaufen«, sage ich. »Die haben's doch nicht auf *mich* abgesehen!«

»Hör zu, Fjodor«, sagt Bob. »Ich finde, du hast dich schon genug unnötig in Gefahr gebracht.« Er hat müde Augen und eine müde Art, die offene Hand zu bewegen.

»Bitte, sei doch vernünftig«, sagt Sue.

»Na schön, ich geh mir was anziehen«, sage ich, gehe ins Schlafzimmer, suche mir ein paar Sachen zusammen und steige vorsichtig rein. Ich spüre ein Ziehen am Hals, aber es ist nicht mehr so schlimm.

Wir gehen hinaus, ich schließe sorgfältig die Tür. Im Fahrstuhl sieht Bob auf die Uhr und sagt: »Es ist viertel nach drei.« Wir treten auf die Straße hinaus, die Luft ist noch feuchter und nebliger als vorhin. Bob schaut sich nach allen Seiten um, schließt seinen Volvo auf, drängt Sue und mich rasch hinein.

Wir sind in fünf Minuten bei ihnen. Sue holt mir ein sandfarbenes Handtuch, zeigt mir das Bad und mein Zimmer. Macht mir das Bett, während ich mir die Zähne putze.

Als ich aus dem Bad komme, sehe ich Bob in einem blauen Pyjama gerade zu Bett gehen. Er sagt: »Gute Nacht, Fjodor!«

Ich gehe in mein Zimmer und schlüpfe unter die Bettdecke. Sue kommt leise herein, tritt an mein Bett, beugt sich über mich und gibt mir einen Kuß auf den Mund. Wirre Gedanken schießen mir durch den Kopf, vermischt mit ebenso raschen und wirren Bildern. Sue geht aus dem Zimmer. Ich sinke ins Kissen, tief unter das Kissen.

Vierzehn

Es ist hell, als ich aufwache, und ich habe ein vages Ziehen am Hals. Ich öffne die Augen und begreife ein paar Sekunden lang nicht, wo ich bin. An der Wand ist ein Bücherregal aus weißem Metall mit ein paar Jahrgängen des *National Geographic* und einigen Mickey-Mouse-Heften; gegenüber auf einer Kommode ein Globus; in einer Ecke ein Kinderfahrrad, ein Paar Rollschuhe. Ich taste nach meiner Armbanduhr auf dem Boden: Es ist kurz vor halb zwölf.

Ich stehe auf und gehe mir das Gesicht waschen. Rasiere mich mit dem Elektrorasierer von Bob, der mir ein bißchen die Wangen reizt, und ziehe mich an. Gehe in die Küche und schaue in den Eisschrank. Höre die Haustür aufgehen und Sue rufen: »Fjodor?«

Sie kommt in die Küche, zwei Supermarkt-Tragtaschen in der Hand. »Hallo, gut geschlafen?« Ihre Stimme klingt fröhlich und warm. Sie stellt die Tragtaschen auf eine Ablage und betrachtet mich, die Hände in die Hüften gestützt. Sie hat ein hellgraues, gut geschnittenes Kostüm und eine seidene Bluse an. Sie hat einen so hellen Teint, daß man die kleinen blauen Äderchen an ihren Schläfen sieht, wenn sie ins Licht tritt. Sie hat auch sehr helles Haar, passend zur Helligkeit ihres Teints.

»Ja, ich hab sehr gut geschlafen.«

Sie faßt mit der Hand nach meinem Hals, streicht sanft über den Verband und fragt: »Tut es sehr weh?«

»Ein bißchen«, sage ich. Das stimmt zwar nicht ganz in

diesem Moment, aber es gefällt mir zu sehr, wie sie danach fragt.

»Armer Fjodor«, sagt sie. »Es war sehr tapfer von dir, daß du nicht geschrien hast, als er dich nähte.«

Ich sehe sie wortlos an. Mir gefällt das Licht in der Küche, die Farbe der Möbel und der Kacheln. Es gefällt mir, in einer Wohnung zu sein, wo Kochbücher auf den Regalen stehen und an den Wänden Plakate hängen und bunte Kalender. Ich setze mich an den Tisch.

»Ich mach dir einen echten italienischen Kaffee«, sagt sie, schraubt die eiserne Kanne auf, läßt Wasser in den unteren Teil, tut Kaffee in den Filter, schraubt sie zusammen und stellt sie auf den Herd. Jeder ihrer Handgriffe ist so leicht und präzise, so geradlinig auf ein Ziel gerichtet.

»Die Wohnung gefällt mir. Sie hat ein schönes Licht.«

Sue dreht den Kopf. »Ehrlich? Sie gefällt dir? Mir kommt sie immer so unpersönlich vor, so irgendwie ohne Charakter. Jedesmal wenn ich mit Bob darüber spreche, fangen wir an zu streiten.«

»Nein, ehrlich, sie gefällt mir sehr«, sage ich. In Wahrheit interessiert mich nur diese Küche, nicht die Wohnung im Ganzen.

Sue öffnet den Eisschrank, nimmt Butter heraus, Orangenmarmelade, eine Pampelmuse und zwei Becher Erdbeerjoghurt, stellt alles vor mich auf den Tisch, dazu Besteck und Teller und Tassen, die sie mit flinken Fingern aus einem Wandschrank nimmt.

Ich schneide die Pampelmuse auf und fahre mit der Messerklinge einmal rings um den inneren Rand, um das Fruchtfleisch von der Schale zu trennen. Ich senke den Löffel hinein, führe ihn an die Lippen und bemühe mich, möglichst wenig den Hals zu bewegen, der mir immer wieder mal einen Stich versetzt. Sue schaut mir am

Spülbecken stehend mit verschränkten Armen ein paar Minuten lang zu, kommt an den Tisch und setzt sich mir gegenüber. Folgt weiter mit versunkenem Blick den Bewegungen meiner Hände und fragt dann: »Was wirst du jetzt tun?«

Ich koste das Fruchtfleisch der Pampelmuse, kaue es sorgfältig, um den frischen süßen Saft auszupressen. »Weiß nicht. Was meinst du denn sollte ich tun?«

»Na, jedenfalls glaube ich nicht, daß du mit einem so übel zugerichteten Hals nach Liberia kannst.« Sie betrachtet meinen Hals und schüttelt den Kopf. »Hast du schon mit Leo gesprochen?«

»Nein«, sage ich, »und ich habe auch gar keine Lust dazu. Wer weiß, was der sich wieder so alles denken wird bei dieser Geschichte. Ich kann's mir schon vorstellen.« Ich stelle mir vor, wie Bob ihm die Tatsachen darlegt: mit bedrückter Stimme und ohne viel darüber zu wissen.

Sue steht auf, nimmt die Kaffeekanne vom Herd und stellt sie auf einen runden Korkuntersatz. Schaut mir in die Augen und sagt: »Fjodor, bitte sei vorsichtig! Dies ist ein so gefährliches Land!« Setzt sich wieder und nähert die beiden Tassen der Kanne. »Manchmal denk ich wirklich, ich dürfte Lynn nicht an solch einem Ort wie diesem aufwachsen lassen. Die Verantwortung ist so *furchtbar* schwer. Ich hoffe bloß, daß Bob sich eines Tages entschließt, wieder nach New York zu gehen.«

»Also New York ist ja nun nicht gerade so viel ungefährlicher als das hier«, sage ich und schiebe die ausgekratzte Pampelmusenhälfte beiseite.

»Ich weiß. Aber dort scheint es doch wenigstens so, als hätte jemand die Situation noch im Griff. Hier dagegen begreift man ja nicht mal mehr, was eigentlich vorgeht, alles läuft irgendwie blind, wie's gerade kommt. Stell dir vor, heute morgen hab ich eine ganze Stunde gebraucht, um Lynn in den Kindergarten zu bringen, weil gerade Streik bei den Trambahnen ist und alle mit dem Auto unterwegs sind und der ganze Verkehr zusammengebrochen ist, und die Verkehrspolizisten stehen an den Kreuzungen und sehen bloß zu und denken nicht mal im Traum daran, irgendwas zu tun, und heute nachmittag brauch ich bestimmt wieder mindestens eine Stunde, um sie abzuholen und herzubringen, und in ein paar Tagen ist irgendein anderer Streik, und dann ist's wieder genauso.« Ihre Stimme klingt jetzt spröde und kummervoll, ihre Finger zittern nervös, während sie den Kaffee einschenkt.

»Also ich kann mir nicht vorstellen, daß es wirklich so schlimm ist«, sage ich. »Mehr oder weniger war's doch vermutlich schon immer so. Vielleicht haben sie ja auch gute Gründe zu streiken.« Ich sage das bloß, weil es mir leid tut, sie so bekümmert zu sehen; ich weiß nicht recht, was ich sonst sagen soll. Ich bin kein Experte in Fragen der Politik und der Wirtschaft. Leo hätte sicher sofort eine viel konkretere Meinung, wenn auch wohl kaum eine sehr beruhigende.

Sue reicht mir eine Tasse Kaffee und eine Zuckerdose über den Tisch. »Fjodor, du machst dir keinen Begriff von der Situation, du bist erst zwei Monate hier. Bob sagt, es könnte jeden Moment was wirklich Schlimmes passieren, und du weißt, daß er normalerweise nicht übertreibt, außerdem beschäftigt er sich recht viel mit diesen Dingen und redet mit vielen gutinformierten Leuten.«

»Schon«, sage ich. »Aber du darfst dir auch nicht *zuviel* Sorgen machen!« Ich trinke einen Schluck Kaffee und verbrenne mir die Zungenspitze.

»Und wie soll ich das, bittschön, vermeiden? In meiner Lage?« Sie starrt mich an, in der Hand einen Teelöffel voller Zucker. »Du weißt doch, daß Bob gezwungen war, seinen Wagen panzern zu lassen?«

»Er hat's mir gesagt«, antworte ich und nippe an meinem Kaffee, aber er ist noch immer zu heiß.

»Na bitte! Und er darf nie einen Schritt zu Fuß auf die Straße, nicht mal, um sonntags mit Lynn und mir ein bißchen spazierenzugehen! Er darf nur von einer Garage zur anderen und muß auch da noch immer sehr aufpassen. Stell dir vor, heute nacht, als wir zu dir gefahren sind, war's das erste Mal seit *zwei Jahren*, daß Bob im Freien ausgestiegen ist, und wenn die Versicherungsfritzen das wüßten, würden sie sofort den Vertrag annullieren. Heutzutage wird doch auf jeden geschossen, aus irgendeinem beliebigen Grund. Hast du ja schließlich selber gesehen!« Sie lächelt ein bißchen, zeigt auf meinen verbundenen Hals, macht aber gleich wieder ihr kummervolles Gesicht.

»Das stimmt allerdings!« lache ich, bewege beim Lachen den Hals und schreie »*Au*«.

Sue redet weiter: »Und niemand schafft es, die Situation in den Griff zu bekommen. Stell dir vor, der Staatspräsident ist die ganze Zeit im Fernsehen und heult. Stell dir vor, er *heult*!« Sie schaut mich an und schüttet den Zucker in ihren Kaffee.

»Ach wo!« sage ich und betrachte die andere Hälfte der Pampelmuse.

»Siehst du denn nie die Nachrichten?«

»Nein. Interessiert mich nicht sehr.«

»Solltest du aber«, meint sie. »Irgendwas passiert immer. Letztes Jahr zum Beispiel war hier ein Erdbeben, und niemand hatte auch nur die kleinste Idee, was zu tun war, und dabei lagen unter den Trümmern Leute, und niemand hat sie herausgezogen, und am Ende waren sie alle tot. Die MultiCo hat ich weiß nicht wie viele Millionen gespendet, und Bob sagt, sie hätten nicht mal herausbekommen, wo die überhaupt gelandet sind!« Sie schüttelt den Kopf.

Ich trinke meinen Kaffee, und er beißt mir auf der verbrannten Zungenspitze. Ich begreife nicht recht, ob ich mich irgendwie mitverantwortlich fühlen soll für die schlimme Situation dieses Landes oder lieber einen Schritt zurücktreten, um sie von außen zu betrachten. Ich frage: »Warum seid ihr eigentlich nach Italien gekommen?«

»Wegen Bob«, sagt sie, ohne auch nur einen Augenblick zu überlegen. »Aber damals fand ich es auch ganz wunderbar, geradezu phantastisch. Ich erinnere mich, als Bob mir sagte, sie hätten ihm einen Posten in Italien angeboten, da konnte ich's erst gar nicht glauben. Es kam mir unglaublich vor.« Sie lächelt und schaut zur Seite. »Stell dir vor, wir waren ja in Venedig gewesen, zur Hochzeitsreise '65, und da schien's mir wie ein Paradies. Du warst noch zu jung, du hast keine Ahnung, wie schön dieses Land damals war. Du hast keine Vorstellung! Vielleicht war ich naiv, ich war grad erst achtzehn und kam aus New Jersey, aber alles hier schien mir tausendmal schöner als Disneyland, und dazu auch noch *echt*, mit richtigen Leuten und richtigen alten Häusern und all den Brunnen und Plätzen und Restaurants!«

»Ich weiß nicht«, sage ich. »Ich kann das nicht so beurteilen, es ist das erste Mal, daß ich länger als eine Woche hier in Italien bin. Als wir klein waren, Leo und ich, hat uns mein Vater zwar öfter nach Rom bestellt, aber kaum waren wir da, hatte er uns gleich wieder satt, und nach ein paar Tagen schickte er uns zurück nach Frankreich oder nach England. Ich erinnere mich, daß er ein großes Haus hatte, mit zwei Terrassen und sandfarbenen Vorhängen an den Fenstern und hohen Zimmerdecken. Wir waren auch drei- oder viermal in Mailand, aber da erinnere ich mich an nichts – außer an den Geruch und den Zustand der Luft, den ich gleich wiedererkannte, als ich diesmal am Flughafen ankam.«

Sue betrachtet mich mit leicht zur Seite gelegtem Kopf und folgt meinen Worten sehr aufmerksam. »Du hast wohl keine besonders glückliche Kindheit gehabt?«

»Och, war nicht so tragisch«, sage ich und schiebe mir einen Löffel Zucker in den Mund. »Arbeitet Bob sehr viel?«

»Wie ein Besessener«, sagt sie und schaut zur Seite. »Aber das weißt du ja besser als ich.«

»Ich sehe ihn kaum. Er schaut nur ab und zu kurz bei mir rein.« Aber das war es eigentlich nicht, was ich sie über Bob fragen wollte. Ich frage sie: »Lebst du hier gut? Ich meine, so überhaupt?« Ich habe einen recht linkischen Ton bei solchen Fragen.

Sie wird rot. Ihr Teint ist so hell, daß sie sehr leicht errötet, fast bei jeder kleinen Gefühlsregung. »Nicht besonders. Nein«, sagt sie. Legt den Kopf in den Nacken und lacht, entblößt die Kehle, den weißen Hals. Sieht mich an und sagt: »Hör mal, Fjodor, laß mich nichts Ungerechtes sagen über den armen Bob!«

»Wo doch gar nicht von ihm die Rede war!« sage ich lachend, und wir lachen gemeinsam, unser Lachen wird eins. Wir sehen uns an, quer über den abgegessenen Frühstückstisch voller Tassen und Teller und Pampelmusenschalen.

Sie erhebt sich, räumt mit raschen Bewegungen alles weg, packt das Geschirr und Besteck in die Spülmaschine. Ich gehe ans Fenster, sehe hinaus und frage: »Kommt Bob heute abend zum Essen nach Hause?« Ich weiß nicht recht, warum ich das frage.

Sue trocknet sich gerade die Hände an einem Geschirrtuch, dreht den Kopf zu mir und sagt: »Nein.« Wird dabei wieder rot und dreht den Kopf weg.

Wir gehen ins Wohnzimmer. Es ist ein großer, systematisch mit Sofas und Sesseln und Tischchen und Nußbaumregalen möblierter Raum. Eine Glastür führt auf einen breiten Balkon, der mit einem Geflecht von grünen Fäden umgeben ist, an dem sich eine junge Glyzinie hochrankt. »Auch hier nicht übel«, sage ich.

»Gott ja«, sagt sie und schaut sich um, läßt den Blick auf ein paar Einzelheiten ruhen. Dabei ist ganz klar, daß sie es war, die das alles hier ausgesucht und so arrangiert hat, auch wenn sie jetzt nicht damit zufrieden ist.

Ich setze mich auf ein Sofa, lehne mich zurück und passe auf, daß ich den Hals nicht bewege. Sue setzt sich auf einen Sessel im rechten Winkel neben dem Sofa, schlägt die Beine übereinander. Steht auf, um sich eine Zigarette zu holen, zündet sie an mit einem häßlichen Tischfeuerzeug aus Malachit und setzt sich wieder. Schaut mich an, das Gesicht halb verborgen von der Hand mit der Zigarette, und sagt: »Erklär mir doch mal ...«

Das Telefon klingelt.

Sie steht auf, geht quer durch den Raum an den Apparat neben der Balkontür, hebt ab und sagt: »Ja?« Schaut einen Moment lang zu mir herüber, sagt dann: »Hallo Leo, wie geht's? Danke, ganz gut. Ja, er ist hier.« Winkt mich rasch an den Apparat, sagt »Okay. Bis bald!« und reicht mir den Hörer.

Ich halte ihn ans Ohr und höre Leo sagen: »Also was zum Teufel hast du denn da wieder angestellt?« Seine Stimme ist straff wie eine Gitarrensaite.

»Nichts«, sage ich. »Ist doch alles okay.«

Er faucht: »Hör zu, Fjodor, ich und Bob sind vielleicht Idioten gewesen, aber wer konnte auch ahnen, daß du losgehen würdest, um dich *mit Absicht* in solche Situationen zu bringen!« Im Hintergrund ist das übliche Stimmengewirr zu hören, aber er scheint sich einigermaßen auf mich zu konzentrieren. »Und dann hast du die Stirn, einfach so zu sagen, es sei alles okay! Noch dazu in diesem unerträglich zerstreuten und desinteressierten Ton, als würdest du über was reden, was dich gar nicht betrifft!« Seine Stimme überschlägt sich beinahe vor Wut, es klingt fast lächerlich. Unser Vater hätte zehnmal weniger Worte gebraucht, um denselben Effekt zu erzielen, ohne dabei auch nur annähernd so zu schreien und soviel Energie in jeden Laut zu investieren.

Ich sehe zu Sue, die am anderen Ende des Raumes sitzt und in einem Bildband blättert, ohne recht hinzuschauen.

»Hör zu«, sagt Leo. »Ich hab jetzt keine Zeit, mit dir darüber zu diskutieren. Bleib ein paar Tage bei Bob, und sobald dein Hals besser ist, fliegst du ab nach Monrovia. Wir haben deine Reservierung schon verschieben lassen.«

»Weißt du, ich glaube nicht, daß ich noch nach Liberia gehe«, sage ich. »Ich denke, ich ziehe es vor, erstmal 'ne Weile hier in Italien zu bleiben.« Meine Stimme dürfte jetzt reichlich zerstreut klingen, desinteressiert und weitab vom Zentrum der Frage, aber das ist kein kalkulierter Effekt. Es ist eine Art automatischer Reflex, der mir immer dann kommt, wenn mich jemand *zu sehr* unter Druck zu setzen versucht. Es hängt nicht von mir ab.

Leo bleibt einen Augenblick still. Ich höre die Stimmen hinter ihm, vermischt mit dem leisen Knacken und Piepsen und Zischen und Rauschen in der Leitung. Schließlich fragt er: »Soll das ein Witz sein oder was?«

»Nein«, sage ich. »Ich hab noch nicht viel gesehen hier, und es gibt ein paar Dinge, die mich schon noch interessieren, und in jedem Fall find ich's eigenartig, daß du dich plötzlich so darum kümmerst, was ich mache.« Ich sehe erneut hinüber zu Sue, die ihre Zigarette mit nervösen Fingern in einem grauen steinernen Aschenbecher ausdrückt, und sage zu Leo: »Ich war grad mitten in einem Gespräch, als dein Anruf kam.« Sue hebt den Blick.

»Fjodor«, sagt Leo. »Du benimmst dich wie ein unverantwortliches Kind. Du bist einunzwanzig und hast nicht studiert, hast kein Abitur, hast weder Interessen noch irgendwo guten Willen und weißt nicht mal die Gelegenheiten zu schätzen, die sich dir bieten. Du hast keine blasse Ahnung vom Lauf und Funktionieren der Dinge, du bist voller Überheblichkeit und voll lächerlicher Ideen, die du wer weiß wo aufgeschnappt hast. Aber du kannst nicht verlangen, daß alle *auf ewig* mit dir Geduld haben!«

»Ich verlange ja gar nichts«, sage ich. Über dem Möbel, auf dem das Telefon steht, hängt ein elektrischer Kalender an der Wand, der vor einer Woche stehengeblieben ist. Ich klopfe leicht an die Scheibe, um zu sehen, ob das Datum wechselt. Es wechselt nicht.

»Sieh mal, niemand hat dich je zu irgend etwas gezwungen,« sagt Leo. »Seit du aus dem Internat weggelaufen bist, hast du immer gemacht, was *du* wolltest, und auch wenn's uns in der Seele weh tat, dich deine Zeit vertrödeln zu sehen, haben wir uns nie eingemischt. Aber *du* bist es doch gewesen, der nach New York gekommen ist, um von mir einen ernsthaften Job zu kriegen, und jetzt, wo du ihn hast, schreckst du vor der ersten Verantwortlichkeit zurück!« Die Stimmen im Hintergrund werden lauter, verknoten sich zu einem dichten Gewirr, bedrängen ihn immer heftiger und versuchen, seine Aufmerksameit in zehn verschiedene Richtungen abzulenken.

»Ich bin doch bloß nach New York gekommen«, sage ich, »weil ich nicht so recht wußte, was ich tun sollte, um mir eine neue Situation zu erschließen, nachdem die alte in Santa Barbara sich erschöpft hatte. Aber was soll's? Ich hatte nie ernsthaft vor, mit dir zu arbeiten.«

»Eins wollen wir gleich mal klarstellen«, sagt Leo mit scharfer Betonung der Wortakzente, aber die Stimmen haben sich schon seiner Aufmerksamkeit bemächtigt und zerren ihn machtvoll davon. Er stemmt sich dagegen, sagt nochmal kurz »Fjodor...«, läßt sich dann aber zu anderen Obliegenheiten abführen und legt auf.

Ich klopfe seitlich an das Kalendergehäuse, aber es hilft nichts. Vielleicht ist der Stecker herausgezogen. Ich drehe mich zu Sue.

»Na?« sagt sie, blond und schmächtig am anderen Ende des Raumes.

»Nichts«, sage ich und fürchte jetzt, daß auch sie gleich sagen wird, ich hätte unrecht. Malaidina sagt, ich hätte unrecht, Mario sagt, ich hätte unrecht, mein Vater sagt, ich hätte unrecht, mein Bruder sagt, ich hätte unrecht, Bob Lowell sagt, ich hätte unrecht, Sue Lowell ist im Begriff zu sagen, ich hätte unrecht.

»Vielleicht hättest du etwas vernünftiger sein können«, sagt sie, drückt die Finger in ihre Sessellehne und schaut zu Boden.

»Aber habe ich deiner Meinung nach *unrecht*?« frage ich sie und spüre, wie die Unruhe in mir aufsteigt und mich bohrend durchdringt.

Sie steht auf und geht zögernd an einer Wand entlang. »Es ist sicher recht schwierig zwischen euch Brüdern, soviel begreife ich schon. Ich glaube, ihr seid sehr verschieden.« Sie nimmt sich eine Zigarette und zündet sie an.

»Du *meinst* aber, daß ich unrecht habe!« Ich starre sie an, halb zu ihr vorgeneigt.

»Aber nein, das ist nicht wahr. Sei doch jetzt nicht so albern.«

»Du hast keine Ahnung, wie Leo in Wirklichkeit ist«, sage ich. »Du machst dir keine Vorstellung, wie skrupellos und gefühllos er ist. Schon als Kind war er so, wenn auch natürlich noch nicht so selbstsicher. Dauernd hatte er kleine Krisen wegen Vater, aber jetzt ist er mehr oder weniger so geworden wie er. Du machst dir keine Vorstellung, was für Kotzbrocken die sind, alle beide.«

»Ich weiß nicht, von außen ist sowas immer schwer zu beurteilen.« Sie sieht mich an, streicht sich eine Locke hinter das Ohr. In Worten kommt sie mir nicht entgegen, aber sie *ist* ziemlich weit auf meiner Seite, wenn auch, glaube ich, nicht sehr rational. Sie fragt: »Na jedenfalls, was gedenkst du jetzt zu tun?«

Ich drehe mich zur Balkontür und schaue hinaus. »Keine Ahnung. Aber ich hab's ziemlich satt, andauernd von einem Ort zum anderen zu wechseln, ohne recht zu kapieren, wo ich bin und wer ich bin und was ich eigentlich will.« Ich stoße zwei Finger gegen die Scheibe, drehe mich wieder zu ihr.

»Na jedenfalls kannst du jetzt nicht in Mailand bleiben. Das ist zu gefährlich. Das hat auch Bob heute morgen gesagt. Wenn du in Italien bleiben willst, mußt du woandershin. Wirklich. Mit diesen Dingen ist nicht zu spaßen.« Sie hat jetzt den gleichen Blick wie heute nacht, als sie meinen Hals untersuchte, unter der Küchenlampe.

»Und wohin sollte ich, nach deiner Meinung?«

Sie fährt mit dem Zeigefinger über den Rand einer Anrichte und sagt langsam: »Wir haben eine kleine Ferienwohnung in den Bergen, oben in Alpe di Melavio. Wenn du willst, kannst du dahin, bis du was anderes findest.« Ihr zittern ein bißchen die Lippen.

»Hm, danke. Ich weiß nicht.« Ich stelle mir die Wohnung vor: im zweiten Stock einer imitierten Almhütte aus dunklem Holz. Ich stelle mir die verschneite Landschaft vor, gesehen aus dem Fenster eines Schlafzimmers in der imitierten Almhütte.

»So würde sie wenigstens mal benutzt«, sagt sie. »Man fährt dreieinhalb Stunden von Mailand, und Bob hat nie genug Zeit. In fünf Jahren sind wir bloß viermal hingefahren, jedesmal für drei Tage. Und allein fahr ich nie hin, es würde mich so deprimieren, daß ich mich erschießen könnte.« Sie lacht, eine Hand an der Hüfte, auf ihrem gut geschnittenen Rock. »Wenn du willst, bringen wir dich am Sonntag hin, ich und Lynn. Dann kann ich dir alles erklären.« Sie beugt sich vor, um eine Keramikvase mit Blumen zurechtzurücken, vielleicht damit ich nicht sehe, daß sie schon wieder errötet.

»Wenn's dir nicht zuviel Mühe macht, okay«, sage ich und betrachte zerstreut ein Bild an der Wand.

»Macht schon nicht zuviel Mühe«, sagt sie. »Kommt wenigstens Lynn mal wieder für ein paar Tage raus an die frische Luft.«

Beim Abendessen ist Bob verlegen. »Fjodor, ich meine, du solltest tun, was Leo sagt.« Er hält einen halben Renette-Apfel in der Hand, ragt starr mit seinem mächtigen Oberkörper über den Tisch.

»Auf jeden Fall kann er aber bestimmt nicht sofort abreisen mit seinem Hals«, sagt Sue. »In Liberia würde sich das entzünden, bei der Hitze dort und dem ganzen Hin und Her, und überhaupt.«

Bob beißt in seinen Apfel, kaut mechanisch und sagt: »Fjodor, du bringst mich in eine schwierige Lage mit Leo.« Dabei sieht er seine Frau an, statt mich.

Sue schält eine schrumplige Mandarine und gibt sie Lynn. Die Kleine stopft sich die Mandarine ganz in den Mund, spuckt sie wieder aus, zerlegt sie in Scheibchen und ißt die Scheibchen eins nach dem anderen. »Wozu sich jetzt aufregen?« sagt Sue. »Erstmal geht Fjodor für eine Woche oder zehn Tage rauf in die Berge und überlegt sich's. Sag Leo, daß er sich's überlegt.« Sie schaut abwechselnd von mir zu Bob, um zwischen uns eine Art Kontakt herzustellen.

»Stimmt das denn, daß er sich's überlegt?« fragt Bob.

»Kaum«, sage ich.

»Bestimmt wird er sich's überlegen«, meint Sue. »Er muß nur erstmal ein bißchen zur Ruhe kommen und sich ein paar Tage erholen.«

Die Kleine spuckt fünf oder sechs Mandarinenkerne in ihr Glas und reicht es Bob. »Besten Dank«, sagt Bob.

Fünfzehn

Ich fahre im Taxi mit Sue und der Kleinen zu meiner Wohnung. Sue steigt aus und schaut sich nach allen Seiten um, als hätte sie Angst, daß jemand mit einem Gewehr hinter einem parkenden Auto lauert. Ich setze sie und die Kleine in meinen blauen Fiat, schließe die Türen und sage: »Bin gleich wieder da.« Springe kurz rauf in die Wohnung und kontrolliere den Anrufbeantworter, aber das Band ist leer. Stopfe ein paar Sachen in meinen alten Schweinslederkoffer, werfe rasch einen Blick in die Küche, und für den Bruchteil einer Sekunde kommt mir Malaidina in den Sinn. Ich laufe zur Tür mit einem leichten Anflug von Übelkeit, haste die Treppen hinunter und raus auf die Straße, wo mir Sue mit ängstlichem Blick durch das Seitenfenster des Fiat entgegensieht. Ich steige ein, lasse den Motor an, fahre los. Sie sagt: »War ganz schön unvernünftig von dir, da nochmal raufzugehen. Ich bin fast gestorben vor Angst.«

Wir quälen uns durch den dichten Vormittagsverkehr, es ist kurz nach halb zehn. Ich wechsle dauernd die Fahrbahn, aber nie ist die Lücke groß genug zum Überholen. Ich treibe den Wagen ruckend und sprintend voran, wie es alle hinter und vor mir tun, lasse den Motor aufheulen, spiele mit Kupplung und Gas, um alle drei oder vier Minuten ein paar Meter vorzupreschen. Sue umklammert den Haltegriff und die Sitzkante; sagt: »Du fährst echt wie ein Italiener.«

Nach einer Stunde sind wir draußen, auf einem Autobahnzubringer, der an den letzten Wohnblöcken und den ersten Industrieanlagen vorbeiführt. Im Radio bemüht sich einer mit näselnder Stimme, das Knäuel der politischen Schiebereien bei der neuen Regierungsbildung aufzudröseln, sagt eine Reihe von Namen und Zitaten auf, die man je nachdem gegen- oder nebeneinanderhalten soll. Ich suche was anderes, Sue sagt »Danke«. Ich kann nicht behaupten, daß ich besonders begeistert wäre von dieser Idee mit der Fahrt in die Berge; wenn ich etwas empfinde, dann vor allem noch immer einen leichten Anflug von Übelkeit, seit ich vorhin in der Wohnung war.

Wir fahren etwa zwei Stunden lang auf der Autobahn, ohne uns anzusehen oder viel miteinander zu reden. Sue dreht sich alle naselang zu der Kleinen nach hinten, um sie zu fragen, ob sie Hunger hat oder Durst oder so, dann dreht sie sich gleich wieder zu mir, um zu sagen, ich solle nicht so schnell fahren. Ich betrachte die Landschaft, die etwas grüner geworden ist, seit ich sie das letzte Mal gesehen habe.

Gegen Mittag biegen wir von der Autobahn ab und fahren auf einer Landstraße durch eine Reihe kleiner Ortschaften, die sich gleichmäßig rechts und links an der Straße hinziehen ohne erkennbare Zentren und Ränder. Nach einer Weile beginnt die Straße zu steigen, wird schmaler und kurvenreicher, windet sich langsam ein enger werdendes Tal hinauf. Wir kommen an kleinen Dörfern aus grauem Stein und dunklen Hölzern vorbei, an glatt abgesägten Hängen und planierten Aufschüttungen, an Baustellen mit Bulldozern und Kränen neben halbfertigen Brückenpfeilern. Weiter oben fahren wir einen Fluß entlang, der weißschäumend durch ein tief eingeschnittenes Tal mit steilen, dicht bewaldeten Hängen schießt. Immer wieder stehen imitierte Almhütten an der Straße, die hinter breiten Glasfronten den Vorüberfahrenden ganze Wohnstuben präsentieren und sie mit bunten Plakaten und Schrifttafeln anzulocken versuchen. Wir fahren weiter bis zu dem Ort Melavio-Dorf, wo wir auf eine schmale, steil ansteigende Seitenstraße abbiegen, die uns über Serpentinen zur Alm hinaufführt und oben auf einem weiten Parkplatz vor langgestreckten Apartmenthäusern endet. Sue zeigt mir die Einfahrt zu einer Tiefgarage und drinnen den für uns reservierten Platz zwischen Hunderten anderer leerer Plätze.

Wir fahren im Fahrstuhl hinauf und gehen durch einen langen Korridor mit Teppichboden und teuren Luxustapeten, vorbei an Dutzenden hellbrauner Tannenholztüren. Sue bleibt vor einer von ihnen stehen, schließt sie auf und sagt »Hier«, drängt die Kleine und mich hinein. Es riecht nach unbenutzter Ferienwohnung: nach Wolle in Zellophan und Mottenkugeln und Fensterputzmittel und flüssigem Bohnerwachs und Fichtenholz und Eukalyptusbonbons und Schuhcreme. Der Raum ist niedrig und modern eingerichtet mit Design-Möbeln und Kitchenette und großer Fensterfront, die auf einen Südbalkon mit dunklem Holzgeländer hinausgeht. Ich trete auf den Balkon und sehe rechts und links lange Reihen von leicht versetzten gleichen Balkonen vor schlangenförmig aneinandergereihten sicherlich gleichen Wohnungen. Wir sind durchaus nicht im zweiten Stock einer imitierten Almhütte, und der Hang, auf den man von hier aus sieht, ist durchaus nicht verschneit, sondern mit einem strohigen langen, vom Wind plattgedrückten Gras bedeckt. Ich gehe mir das Gesicht waschen.

Ich wasche mir das Gesicht im Bad, das vollgestopft ist mit zusammengelegten Handtüchern und diversen Shampoofläschchen und Sonnencremetuben, und mir geht durch den Kopf, daß es nie den geringsten Berührungspunkt gibt zwischen dem, was ich mir von einem Ort oder einer Person oder einer Situation vorstelle, und dem, was der Ort oder die Person oder die Situation dann in Wirklichkeit sind. Nie decken sich meine Vorstellungsbilder mit den Bildern der Wirklichkeit wie zwei gleiche oder auch nur *ähnliche* Dias. Es ist warm im Bad.

Sue kramt in einem Wandschrank herum und ermahnt die Kleine, sich Hausschuhe anzuziehen; nimmt mich kaum wahr, als ich aus dem Bad komme. Ich wühle in den Supermarkt-Taschen, die wir mitgebracht haben, hole ein paar Eier heraus, schlage sie in eine kunststoffbeschichtete Pfanne und verrühre sie auf dem Herd. Irgendwo habe ich mal gelesen, daß diese Art Pfannen gefährlich sind, weil sich der Kunststoffbelag im Essen auflöst und dann Krebs oder sowas hervorruft, und so rühre ich nur ganz vorsichtig an der Oberfläche, um ihn nicht aufzukratzen, und prompt brennen die Rühreier an. Sue kommt herbei, um zu sehen, was ich mache, sagt: »He, was machst du denn da!« und stützt lachend die Hände in die Hüften.

Wir setzen uns an den runden Tisch und essen die Rühreier: wie eine Kleinfamilie mit Vater, Mutter und Kind, die Blicke auf unsere Teller gerichtet und ohne viel beim Essen zu reden. Wir trinken H-Milch aus dicken Gläsern. Ich versuche ein paarmal, etwas zu Sue zu sagen, aber sie dreht sich dauernd zu Lynn, um sie zum Essen anzuhalten oder ihr den Mund abzuwischen, und sagt dann zu mir: »Ja? Red weiter, ich höre dir zu.«

Kaum sind wir fertig, bringt sie die Kleine rüber ins Bett und versucht ihr einzureden, daß sie müde sei. Ich wasche ab und habe viel Mühe, die Pfanne sauberzukratzen. Dann fische ich mir eine Zeitung aus einem Papierkorb und setze mich auf ein Sofa, um sie zu lesen. Die Schlagzeile lautet:

»Regierungsbildung abgeschlossen!« Ich betrachte die Fotos, lese die Kleinanzeigen, die An- und Verkaufsangebote, die Heiratswünsche.

Sue kommt zurück, beugt den Kopf über die Zeitung und sagt: »Aber die ist ja schon über ein Jahr alt!«

»Ich weiß«, sage ich, falte sie zusammen und werfe sie in den Papierkorb.

Sue setzt sich neben mich auf das Sofa, sagt »Gut« und streicht sich das Haar in den Nacken.

Ich frage: »Was gut?«

Sie sagt nochmal »Gut« und lacht; fragt lachend: »Fjodor, bist du nervös?« und piekst mir leicht einen Finger zwischen die Rippen.

Ich frage: »Was hält Bob wohl von dieser Geschichte mit der Fahrt in die Berge? Gestern abend schien er mir nicht sehr überzeugt.«

»Doch, doch. Er macht sich bloß Sorgen um dich. Er meint, daß Leo recht hat, daß du so bald wie möglich abreisen solltest, weil nämlich, wenn dieser Typ, der auf dich geschossen hat, wenn der weiß, wer du bist, dann ist es für dich hier sehr gefährlich.«

»Ich meinte nicht in *dem* Sinne überzeugt. Ich meinte überzeugt von dieser Geschichte mit der Fahrt in die Berge.« Ich will jetzt nicht deutlicher werden und von mir aus die Situation definieren.

»Ach was«, sagt sie. »Ist doch gar kein Problem. Ich hab dir doch gesagt, daß wir so gut wie nie herkommen. Bob ist froh, wenn die Wohnung hier mal benutzt wird.« Sie schaut auf einen Wandkalender, steht auf, nimmt ihn von der Wand und wirft ihn in den Papierkorb zu den alten Zeitungen.

Ich sehe mich um und sage: »Gibt's hier in der Nähe keine Spaziergänge, die man machen kann?«

»Willst du denn jetzt schon rausgehen?« sagt sie. Kommt wieder aufs Sofa, rückt näher an mich heran, legt mir den Arm um die Schultern. Nähert sich mir soweit, daß unsere Lippen einander berühren. Küßt mich heftig und lange, mit gleitenden Zungenbewegungen. Holt tief Luft, atmet warmhauchend aus und sagt: »Mein Gott, seit zwei Tagen denk ich an nichts anderes!« Preßt erneut ihre Lippen auf meine Lippen, gleitet mit der Zunge an der Wölbung meines Gaumens entlang. Rückt dann ein paar Zentimeter ab, sieht mich von unten bis oben an und sagt: »Nein, schon viel länger, schon seit dem ersten Abend, als du bei uns zum Essen warst, gleich nach deiner Ankunft in Mailand.« Sie redet langsam, die Worte kommen nur zögernd von ihren Lippen. Sie küßt mich auf die gesunde Seite des Halses, saugt an einer Stelle, bis, glaube ich, ein kleiner halbkreisförmiger blauer Fleck entstanden ist.

Ich schiebe die Hand in ihren Pullover, in ihr Hemd, in ihren BH, ich gleite mit den Fingerspitzen über die glatte und sicher sehr helle Haut.

Sie faßt mein Handgelenk und sagt »Warte«. Ich halte still, ziehe langsam die Hand heraus, die Kleidungsstücke legen sich wieder ordentlich übereinander. Sie fragt leise: »Was, wenn jetzt Lynn aufsteht und reinkommt?« Sie ist rot im Gesicht, ihre Pupillen haben sich geweitet, ziehen sich aber rasch wieder zusammen. Sie rückt zwei Handbreit von mir ab, beugt sich vor, um mir einen raschen Kuß zu geben.

Ich stehe auf, gehe zum Eisschrank, gieße mir einen Becher H-Milch ein und trinke ihn in zwei Zügen aus. Wische mir die Lippen mit einem Küchentuch ab, das nach Spülmittel mit Zitrone riecht, und sage: »Warum gehen wir nicht raus und machen einen von diesen Spaziergängen?«

»Na gut«, sagt sie, steht auf und geht rasch die Kleine wecken.

Wir verlassen die Wohnung zu dritt, gehen durch endlose Korridorfluchten, verlassen das schlangenförmig gestreckte Apartmenthaus. Wir spazieren eine Straße hinauf, von der aus andere schlangenförmig gestreckte Apartmenthäuser gleich unterhalb des unseren zu sehen sind, alle mit dunkelgebeizten Holzbalkonen in langer Reihe über dem strohigen Hang. Die Kleine rennt voraus und zurück, hängt sich mir an den Arm und versucht, mir mit dem Kopf in den Magen zu stoßen oder mir an die Knöchel zu treten. Sue greift immer wieder sanft ein: »Lynn, quäl doch den armen Fjodor nicht so«, dreht aber kaum den Kopf, um das Treiben der Kleinen zu kontrollieren.

Am oberen Ende des Hanges kommen wir in eine Art imitiertes Dorfzentrum: Auf eine imitierte Dorfstraße öffnen sich Läden, Boutiquen, Bars und Cafés mit bunten Schildern über der Tür und Aufschriften in englischer Sprache. Wir gehen durch die imitierte Dorfstraße und betrachten die Schaufenster rechts und links, die Verkäufer und Verkäuferinnen, die auf Stühlen und Sesseln vor sich hindösen. »Die Armen«, sagt Sue. »Wenn's nicht nochmal schneit, haben die hier nichts mehr zu tun.« In Wirklichkeit sehen sie aus wie Tiere in einem Zoo ohne Besucher, eingesperrt in Glaskäfige mit exakter Rekonstruktion ihrer natürlichen Umwelt, isoliert und geschützt vor der Außentemperatur, faul geworden aus Mangel an Aufgaben. Sue zeigt alle naselang auf irgendwelche Tischchen oder Jöppchen oder Schmuckstücke hinter den Scheiben und sagt: »Schau mal, wie schön!«

Nach diesem Einkaufszentrum kommt wieder ein Hang mit strohigem Gras und ein paar schmutzigweißen

Schneeresten an Stellen, wo die Sonne nicht hingelangt. Ein steiler Weg führt im Zickzack hinauf. Wir gehen langsam, etwas benommen von der Sonne und der frischen Bergluft, ohne zu reden, mit keuchendem Atem. Nach einer Viertelstunde bleiben wir stehen und schauen zurück. Wir sind jetzt ziemlich weit oben, das Einkaufszentrum und die langgestreckten Apartmenthäuser liegen tief unter uns, flach in die gewellten Terrassen geduckt. Die Kleine greift sich Schnee aus einem der übriggebliebenen Placken und steckt ihn sich in den Mund. Sue sagt: »Laß das!«

Ich folge den beiden auf dem schmalen Weg, der jetzt horizontal durch ein Waldstück führt und dann wieder ansteigend über einen bemoosten Hang mit niedrigen Sträuchern. Ich bleibe stehen, um eine kleine Wolke zu beobachten, die sich langsam vor die Sonne schiebt und für einen Augenblick einen kühlen Schatten über die Landschaft wirft. Ich sehe mich um und erblicke etwa zweihundert Meter hinter mir die blaue Jacke von jemandem, der uns folgt.

Er merkt, daß ich ihn gesehen habe, erstarrt für eine Zehntelsekunde, springt dann zur Seite und duckt sich mit einer Geschwindigkeit, die durch die Entfernung noch rascher wirkt, hinter einen Baumstamm oder Felsbrokken. Verschwindet praktisch, wie eine Art plötzliche grundlose Halluzination.

Mir fährt ein kurzer wirrer Schreck in die Glieder, der die Gedanken, die mir gerade kommen wollten, auf halbem Wege blockiert und andere daran hindert, sich zu bilden. Ich starre unverwandt auf die Stelle, wo der Jemand war, aber nichts ist zu sehen.

Ich laufe vor, erreiche Sue, die mit gesenktem Blick hinter der Kleinen hertrottet, und berühre sie am Arm. Sie dreht sich um und sagt lächelnd: »Ist es nicht herrlich hier?«

»Ja«, sage ich. Mir dreht sich ein bißchen der Kopf, vielleicht wegen der Höhenluft. »Wirklich.« Sonderbar, nie gelingt es mir, über längere Zeit beunruhigt zu bleiben. Ich bin immer nur so lange beunruhigt, wie der Grund meiner Unruhe sichtbar bleibt oder sonst irgendwie wahrnehmbar, und kaum verschwindet er aus meinem Gesichts- oder Gehör- oder Geruchsfeld, legt sich meine Unruhe und verblaßt. Ich weiß nicht, ob das eine Form von Zerstreutheit ist oder von partieller Idiotie oder was. Einen Moment lang bin ich erschrocken, und im nächsten Moment überlasse ich mich ganz anderen Gedanken.

Wir kommen in einen dichten Nadelwald und folgen dem kurvenreichen, leicht ansteigenden Weg bis zu einer kleinen Lichtung, wo das trockene Gras eine Art Teppich aus horizontalen Flechten bildet. Sue und ich setzen uns in die Sonne, die Kleine rennt um uns herum. Ich strecke die Beine aus, stütze mich auf die Ellbogen, lege mich auf die Seite, rupfe einen trockenen Halm ab und kaue ihn.

»Ich bin froh, daß wir dich hergebracht haben«, sagt Sue und schaut mich kaum an, wahrscheinlich um Lynn nicht auf dumme Gedanken zu bringen.

»Ich auch«, sage ich. Schaue auf meine Uhr und sage: »Es ist schon zehn nach vier.« Kaue auf dem Grashalm, ein Fädchen ist mir unter die Zunge geraten, spucke es aus und sage: »Gehen wir?«

Sue legt sich auf den Rücken, ihr helles Haar vermischt sich mit dem strohgelben Gras. »Noch fünf Minuten«, sagt sie. »Riechst du nicht den wunderbaren Geruch?« Tatsächlich riecht es nach Moos und langsam verwesenden Tannennadeln und dichtem Unterholz.

Ich stehe auf, mache ein paar Schritte auf wiegenden

Fersen. Sue sieht mich an. »Wohin gehst du?« ich sage: »Nirgendwohin.« Die Kleine kommt angelaufen und streut ihr eine Handvoll Tannennadeln über den Kopf. Sie sagt: »Laß das, Lynn!« Die Kleine hüpft lachend herum.

Ich gehe ein paar Schritte den Weg zurück, spähe zwischen den Baumstämmen und bemoosten Steinen hindurch; begleite jeden Schritt mit einem kurzen Rukken des Kopfes und Oberkörpers und einem eckigen Heben und Senken der Arme, fast wie ein Strichmännchen in einem Zeichentrickfilm. Ich mache ungefähr fünfzig Schritte, spähe durch das Gewirr der borkigen Stämme und sehe erneut die blaue Windjacke zwischen den Bäumen huschen: ziemlich rasch den gewundenen Weg herauf. Ich starre ein paar Sekunden lang hin, drehe mich um und renne zurück zu der Lichtung.

Sue liegt im Gras, halb auf die Seite gedreht. Ich sehe sie an, kratze mir den Nacken und sage: »Sue, ich glaube, da ist jemand, der uns verfolgt.« Ich deute unbestimmt in die Richtung, aus der ich gekommen bin.

Sie saugt mir die Worte von den Lippen, noch ehe sie ganz heraus sind, und im Zehntelbruchteil einer Sekunde weicht ihr die Farbe aus den Wangen und aus der Stirn und aus den Lippen. Wir verharren zwei Sekunden lang reglos: ich, um ihr Erbleichen zu beobachten, sie, um meine ausgestreckte Hand anzustarren.

Dann springt sie rasch auf, schnappt sich die Kleine am Handgelenk und zerrt sie über die Lichtung zu dem dichtbewaldeten Hang. Ich laufe neben ihr, greife Lynn um die Taille, hebe sie hoch und presse sie an mich. Der Griff gelingt mir nicht gleich, denn die Kleine ist schwerer, als ich gedacht hatte, und ihr Anorak gleitet mir durch die Finger, und wir beide bewegen uns viel zu hektisch. Sue schreit irgendwas mit schriller, kaum verständlicher Stimme.

Wir stürzen den Hang hinunter, mehr fallend als laufend, ohne groß auf die Stämme und Steine zu achten, mit lautem Getöse von splitternden Zweigen und krachenden Ästen und losgetretenem Geröll. Ich halte Lynn mit der Rechten umklammert, presse sie an meine Hüfte, um sie nicht zu verlieren, schreie »Halt still, verdammtnochmal!«, schüttle sie heftig und reiße sie hoch, um sie besser zu fassen. Sie heult, sie schreit wie am Spieß, läßt sich wie ein schlaffer Sack hängen, stößt ein paarmal mit einem Arm oder Bein gegen einen Zweig und schreit noch lauter. Wir toben bergab.

Ich schiebe mit der freien Hand die Zweige beiseite, klammere mich an Stämme und Sträucher und Steine, um nicht zu fallen, gerate trotzdem dauernd ins Stolpern, gleite aus, rutsche ein Stück auf dem Hosenboden, verstauche mir wiederholt die Füße, kratze mir das Gesicht und die Hände auf; kriege einen Zweig an den Hals und schreie so heftig *»Aaauh!«*, daß Sue sich umdreht mit einem Blick voller blankem Entsetzen. Sie ist so von Panik erfüllt, daß sie es schafft, sehr schnell zu laufen, wenn auch stolpernd und taumelnd, mit rudernden Armen und wilden Sätzen den Hang hinunter.

An einem bestimmten Punkt kollern wir fünf, sechs Meter abwärts und landen auf einem Waldweg parallel zu dem oberen. Wir rennen nach links, so schnell wir können. Hinter uns ist das Krachen von splitternden Zweigen zu hören, der Typ mit der blauen Jacke muß wie eine Wildsau durchs Unterholz brechen. Ich schaue mich kurz im Laufen um, kann aber nirgendwo etwas sehen. Wir rennen noch schneller, stürmen den abschüssigen, mit Tannennadeln bedeckten Weg hinunter, werfen die Beine und keuchen laut. Die Kleine liegt mir unheimlich schwer im Arm, belastet und bremst und hemmt mich in jeder Bewegung. Ich stelle mir zwei- oder dreimal vor, sie wegzuwerfen, um frei und wie schwerelos weiterzulaufen, quasi davonzufliegen mit unwirklicher Leichtigkeit. Ich bleibe kurz stehen, um sie auf die andere Seite zu nehmen, und laufe weiter, aber da kommt sie mir bloß noch schwerer vor. Ich bleibe nochmal kurz stehen, nehme sie wieder nach rechts und laufe weiter. Sie rutscht mir aus der Hand, ich packe sie rasch am Arm und zerre sie hoch, fast ohne anzuhalten. Geradezu lächerlich, wie schwer so ein Kind von fünf Jahren sein kann, ohne besonders dick zu wirken oder unmäßig groß für sein Alter! Ich zerre sie hinter mir her und denke, wie sie von Sue gemästet worden sein muß, um so ein Gewicht zu kriegen, getriezt und genudelt in jeder möglichen Weise auf einer idiotischen Jagd nach immer mehr Pfunden und Kilos! Ich fasse sie um die Taille und renne weiter, zunehmend atemlos, Gesicht und Rücken schweißüberströmt, mit schmerzendem Hals und Seitenstechen und prickelnden Stichen am rechten Arm bis hinauf zur Schulter.

Wir laufen zu langsam jetzt, zu schwer und schleppend. Wir schaffen es nie, dem Typ mit der blauen Jacke davonzulaufen, der schließlich keine Kinder am Hals hat und wahrscheinlich im Laufen trainiert ist und jedenfalls bloß nahe genug heranzukommen braucht, um zielen zu können! Sue stolpert über eine Wurzel und fliegt der Länge nach hin, ich falle beinahe über sie. Ich helfe ihr mit der freien Hand auf die Beine und sehe, daß ihre Augen anders sind als gewöhnlich, mir scheint wegen der vor Angst geweiteten Pupillen, aber auch wegen der Art, wie sie blickt. Sie stößt einen hohen wimmernden Laut hervor und fängt wieder an zu laufen, aber langsamer als zuvor und noch taumelnder. Ich dränge sie vorwärts, stoße sie seitlich voran und schreie »Schneller! Schneller!«, aber mit so verzerrter Stimme, daß ich sie wohl mehr erschrecke als ermuntere. Mir brennt die Lunge, ich kriege kaum Luft, mir brennt die Milz, mir brennt ein Knöchel, mir brennt der Hals, mir brennen der rechte Arm und die Schulter, mir brennen die Beine, mir brennen die Augen.

Wir biegen atemlos um eine Kurve und stehen plötzlich im Freien, das Einkaufszentrum liegt kaum hundert Meter vor uns im Tal. Wir rutschen und kollern den Hang hinunter, taumeln vor bis zum Pflaster der imitierten Dorfstraße, bis zu den ersten Häusern. Ich reiße die erste Ladentür auf, stoße Sue hinein und zerre die Kleine hinter mir her.

Eine Verkäuferin sitzt vor einer Kasse, die auf ein hölzernes Weinfaß gestellt worden ist. Ich komme dicht vor ihr zum Stehen und sehe, wie sich der Schrecken von ihren Mundwinkeln zu ihren Augen ausbreitet und zu ihren Brauen und über ihr ganzes rosiges rundes Gesicht. Ich starre sie wortlos an, sie starrt zurück. Ich drehe mich um und sehe Sue an eine Wand gelehnt, eine Wand voller Weinflaschen, säuberlich aufgereiht auf Regalen, Reihe um Reihe, von oben bis unten, ringsum an drei Seiten des Ladens. Ich lasse den Blick über die Regale gleiten, horizontal und diagonal, den Farben der Etikette und der verschiedenen Flaschentönungen folgend. Die Kleine sitzt auf dem Boden und heult mit weit offenem Mund, auf den Wangen Tränenströme und Rotz am Kinn, aber ich höre sie nur gedämpft. Ich höre vor allem ein rhythmisches Dröhnen an den Schläfen oder eher direkt in den Ohren, das alle anderen Geräusche weitgehend übertönt. Ich schnappe nach Luft und versuche tief durchzuatmen, aber meine Lungen keuchen noch immer zu heftig und rasch. Ich gehe langsam umher, die Hände in die Hüften gestützt, den Kopf nach hinten gebeugt; drehe den rechten Arm und schüttle ihn aus. Sue kauert am Boden, eine Hand auf dem untersten Bord des Regals und die Stirn auf dem Arm. Ich schaue auf meine Hände, die an mehreren Stellen bluten; schaue nach meinem rechten Knöchel, aber da ist nichts zu sehen. Ich gehe langsam umher, schwenke die Arme und atme tief durch.

Ein magerer Typ mit Brille und Bürstenhaar sitzt in einer Ecke und starrt mich an, noch erschrockener als die Verkäuferin. Er rührt sich nicht.

Ich drehe mich um, gehe zu Sue und fasse nach ihrem Arm, um ihr aufzuhelfen. Sie sagt keuchend »Warte«, schöpft Atem, ohne den Kopf zu heben. Das Dröhnen in meinen Ohren legt sich allmählich und läßt die Stimme der Kleinen durchdringen, die auf einer schrillen Frequenz mit der Gleichmäßigkeit einer Sirene heult. Sue richtet sich auf, stützt die Hand auf ein höher gelegenes Bord, sieht mich an, und ihre Augen sind immer noch angsterfüllt; ihr helles dünnes Haar klebt ihr an der Stirn, ihre Nase ist rot angelaufen. Sie sagt »Lynn« und macht eine vage Geste zu Lynn.

Der Typ mit der Brille kommt langsam aus seiner Ecke, tritt zögernd näher. Als er einen Meter von Sue entfernt ist, verändert sich sein Gesichtsausdruck; er sagt überrascht: »Signora Lòvel!«

»Enzo!« sagt sie und zeigt auf das heulende Kind am Boden. Enzo winkt rasch der Verkäuferin, die hinter dem Weinfaß hervorkommt, um das heulende Kind aufzuheben. Es heult noch lauter, strampelt und wehrt sich, zappelt im Leeren.

Enzo betrachtet Sue aus der Nähe und fragt: »Signora

Lòvel, was ist denn geschehen?« Er weiß nicht recht, was er tun soll, geht zögernd um sie herum und starrt sie fassungslos an. Geht zum hinteren Teil des Ladens, kommt zurück und fragt: »Was kann ich für Sie tun?«

Ich sage: »Geben Sie uns einen Schluck Wasser bitte.« Ich ziehe die Jacke aus und lege sie neben die Kasse. Mein Hemd ist verschwitzt und klebt mir am Rücken. Ich schüttle nochmal den rechten Arm aus, lege den Kopf in den Nacken und atme tief.

Enzo geht langsam rückwärts zu einem Tresen im hinteren Teil des Ladens, sucht uns mit Blicken und Gesten hinter sich herzuziehen. Wir folgen ihm. Die Verkäuferin hält Lynn an der Hand und versucht sie mit Worten zu trösten. Sue sagt in ihrem gebrochenen Italienisch: »Geben Sie zu mir« und streicht dem Kind beruhigend über den Kopf. Das Geheul läßt nach, wird allmählich schwächer, erlischt.

Enzo stellt drei Gläser mit kaltem Wasser auf den Tresen, nimmt eins davon, um es Lynn zu geben, aber die schüttelt den Kopf und schnieft. Ich trinke mein Glas mit einem Zug aus, das Wasser ist herrlich kalt, ich lasse mir gleich nochmal nachfüllen. Sue trinkt mit raschen kleinen Schlucken, ohne irgendwohin zu sehen. Ihr zittern die Finger am Glas, ihr zittert der Arm. Nach etwa fünf Minuten sagt sie zu Enzo: »Enzo, da ist ein Mann, der nach uns lauft, oben im Wald herunter.« Sie dreht sich zum Fenster und zeigt auf den Hang.

Enzo schaut sie an, schaut zum Fenster hinaus. Er trägt einen hellen, weichen Pullover, Angorawolle, glaube ich, mit einer dunkelroten Krawatte im Ausschnitt.

»Wie bitte, Signora? Was meinen Sie?« fragt er.

»Will uns töten«, sagt sie mit dem leeren Wasserglas in der Hand.

Enzo beugt sich vor, dreht den Kopf ein wenig nach rechts, um ihr das linke Ohr hinzustrecken. Die Verkäuferin sagt: »O Madonna!« Enzo sagt: »Was?«

»Nichts«, sage ich. »Da war ein Typ, der uns verfolgt hat.« Drehe mich zu Sue und sage auf englisch: »Ist vielleicht unnötig, ihm das alles lang und breit zu erklären.«

»Das ist überhaupt nicht unnötig!« sagt sie. »Der Kerl war drauf und dran, uns alle drei umzubringen, Fjodor! Mach dir doch das mal klar!« Sie starrt mich an, ganz nah vor mir, mit geweiteten Pupillen und zitternden Lippen. Dreht sich zu Enzo und sagt: »Bitte, rufen Sie Polizei!« Steht da und stützt eine magere Hand auf den Tresen, und plötzlich wirkt sie so fremd und verloren, so tief verstört von diesem Land, so wehrlos jeder Schwierigkeit ausgeliefert, daß es mich stechend durchzuckt vor Mitleid, oder vor konzentriertem Bedauern.

Enzo geht zum Telefon, ohne sehr überzeugt zu wirken, nimmt den Hörer ab und wählt eine Nummer. Dreht sich zu uns, um abwechselnd Sue und mich anzusehen; wahrscheinlich versucht er herauszufinden, welcherart unsere Beziehung ist und welcherart meine Beziehung zu der Tatsache, daß Sue offenbar in unklare und beunruhigende Situationen verwickelt ist. »Um diese Zeit wird's schwer sein, sie zu erreichen«, sagt er, hält den Hörer ans Ohr und wartet: zwei Minuten lang, drei Minuten lang, vier Minuten.

»Lassen Sie, ist nicht so wichtig«, sage ich.

»Bist du verrückt geworden?« fährt Sue mich an, und auf einmal kommt wieder diese nervöse Energie in ihr hoch, die ihr die Wangen rötet und die Augen glänzend macht.

»Aber wenn nun zwei Polizisten hergeschickt werden«,

sage ich, »was willst du denn, daß die dann tun?« Ich habe keinerlei Lust, hier noch länger zu warten; ich möchte vor allem jetzt unter die Dusche.

»Hör zu, wenn du gehen willst, geh! Ich bleibe hier, bis die Polizei kommt.« Sie zieht die Kleine an sich und horcht zu Enzo hinüber.

»Da meldet sich niemand«, sagt Enzo, den Hörer noch immer am Ohr. »Wenn Sie wollen, kann ich's ja mal in Sorlego versuchen.«

»Nicht nötig, vielen Dank«, sage ich.

»Fjodor, was soll das?«

»Komm, wir gehen«, sage ich und fasse sie am Arm.

»Laß mich!« faucht sie und windet sich unter meinem Griff.

Ich halte sie fest und sage nochmal: »Komm, wir gehen jetzt, Herrgottnochmal!« Ich ziehe sie langsam zur Tür. Sie läßt sich mitziehen, ohne sich länger zu sträuben, zieht ihrerseits die Kleine mit. Enzo und die Verkäuferin sehen uns wortlos nach, während wir aus dem Laden gehen. Ich sage »Guten Abend«.

Draußen ist es schon dämmrig, die Luft ist dunkelgrau und viel kälter geworden. Ich knöpfe mir die Jacke zu, nehme Sue unter den Arm. Sie sagt sehr leise: »Ich habe Angst, Fjodor«, und ihre Stimme ist so zittrig, daß auch ich auf einmal ein bißchen Angst kriege. Ich sage: »Na komm!« Die kleine schlurft neben uns her.

Niemand ist unterwegs, nichts ist zu hören außer unseren Schritten, und auch die nur gedämpft durch unsere Kreppsohlen und die Art, wie wir gehen. Nur die erleuchteten Schaufenster sind zu sehen mit dem gelangweilten Personal, das in den Läden herumsitzt, einzeln oder zu zweit, in Magazinen blätternd, in Erwartung des Feierabends. Wir kommen an einem Café vorbei, und auch hier ist niemand zu sehen außer der Frau an der Kasse und dem Mann an der Theke, beide versunken in ihrem Bühnenbild aus Spiegeln, Flaschen, Tresen, Espressomaschinen, hohen Hockern und tief herunterhängenden Lampen. Wir passieren Schaufenster voller Skier, Skischuhe, Skianzüge und Sonnenbrillen, Schaufenster voller Radios, Kassettenrecorder und Farbfernseher, auf deren Mattscheiben immer die gleichen Bilder in verschiedenen Farbschattierungen flimmern.

Wir gehen die Straße zu den langgestreckten Apartmenthäusern hinunter, jetzt mit ziemlich eiligen Schritten. Es dunkelt rasch, die Kälte steigt von unten herauf und beißt uns in die Nasen. Lynn wimmert leise und läßt sich von Sue am Arm ziehen. Ich sehe mich zwei- oder dreimal um, ohne den Kopf sehr weit zu drehen, um meinen Hals zu schonen und Sue nicht noch mehr zu erschrecken. Wir erreichen die kleine Treppe mit Baldachin, die von der Straße zum Haus hinunterführt wie die Gangway von einem Schiff. Wir eilen hinunter, treten ins Vestibül.

Wir gehen durch die langen Korridore, in denen knisternd die Neonlichter aufflackern. Wir lesen die Nummern an den Türen: noch achtundfünfzig bis zu unserer. Wir wandern wie durch den Bauch eines leeren Schiffes, eines verlassenen, aber noch gut intakten, noch sauberen und erleuchteten und, soweit erkennbar, auch rundum noch dichten Luxusdampfers. Auf halber Strecke sage ich: »Hier ist ja wirklich *niemand*!« Sue sagt leise: »Bitte mach doch die Situation nicht noch schlimmer!« Sie blickt starr geradeaus, ich glaube aus Angst, es könnte plötzlich jemand in ihrem Gesichtsfeld auftauchen. Hält die Schlüssel schon in der Hand, zwanzig Türen vor unserer.

Wir kommen zur richtigen Tür, Sue schließt rasch auf und dreht den Schlüssel, kaum daß wir drinnen sind, gleich dreimal im Schloß herum.

Ich gehe zur Sitzecke, lasse mich auf das Sofa fallen, binde mir die Schuhe auf und ziehe sie aus. Ziehe die Jacke aus, lege mich lang auf das Sofa und verschränke die Arme unter dem Kopf. Sue geht mit der Kleinen ins Bad, ich höre das Rauschen der Wasserspülung und der Waschbekkenhähne. Ich denke an nichts Besonderes, denke vielleicht, daß meine Muskeln gefühlos geworden sind. Ich betrachte die Schwärze der Nacht hinter dem breiten Balkonfenster. Es gefällt mir nicht, daß hier keine Rollläden sind. Ich stehe auf, ziehe die gelben Baumwollvorhänge zu und lege mich wieder hin.

Sue kommt herein, in Stadtkleidung, die Haare zurechtgemacht und die Augen geschminkt. Nimmt einen Kinderstrumpf vom Boden und sagt: »Komm, steh auf, wir müssen sofort nach Mailand zurück.«

»Warte noch einen Moment«, sage ich. Es kommt mir zu traurig vor, erst alles so umständlich vorbereitet zu haben und hergekommen zu sein mit Koffern und Taschen und Lebensmitteln und Situationen antizipiert und sie mindestens teilweise auch schon eingeleitet zu haben, um dann alles so überstürzt und abrupt zu beenden. Ich sage: »Setz dich noch einen Augenblick her.« Ziehe die Beine an und klopfe einladend auf die Stelle, wohin sie sich setzen soll.

Sie tritt vor mich hin, den Kinderstrumpf in der Hand. Ihr Gesicht sieht müde aus, abgespannt und verstört; die Schminke an ihren Augen ist schlecht aufgetragen, mit zu hastig geführtem Lidstift. Sie sagt: »Fjodor, wir müssen *sofort* los. Ich will hier keine Minute mehr bleiben.« Dreht sich zum Fenster und schaut auf die zugezogenen gelben

Vorhänge. »Steh auf und zieh dir die Schuhe an, *sei* so gut.«

»Okay, okay.« Ich stehe auf, gehe die Stadtschuhe holen und ziehe sie an. Es gelingt mir nicht, mich besonders schnell zu bewegen, ich verstehe nicht, wie Sue das macht. Ich sage: »Bin gleich soweit.«

Sie zieht dem Kind eine Jacke an, hockt sich hin und knöpft sie zu, nahe der Eingangstür. Ich betrachte sie von der Seite, wie sie da hockt vor dem Kind, ganz darauf konzentriert, die Knöpfe in die Knopflöcher einzuführen mit ihren nervösen Fingern, und wieder durchzuckt mich dieses Gefühl von konzentriertem Bedauern. Sie nimmt eine Tasche und sagt: »Mach zu, beeil dich!« Kommt nahe zu mir, sagt leise: »Beeil dich, Fjodor. Ich sterbe vor Angst.« Schaut noch einmal rasch zum Fenster.

Ich schlüpfe in meine Jacke und sage: »Bitte, reg dich doch nicht so auf!« Ich weiß nicht recht, was ich tun oder sagen soll, um sie zu beruhigen.

Wir löschen die Lichter, treten hinaus auf den Korridor. Sue geht voran mit dem Kind an der Hand, ich folge ihr mit den Koffern. Wir gehen durch den halben Korridor, die Farben der Luxuseinrichtung wirken im Neonlicht blaß. Weit und breit ist niemand zu sehen. Wir drücken den Knopf, um den Fahrstuhl zu holen, stehen und warten. Sue blickt starr auf den Knopf, nagt sich an der Unterlippe.

Der Fahrstuhl kommt, wir treten hinein und fahren hinab. Von irgendwoher ist zwei- oder dreimal ein kurzes metallisches Klicken zu hören, ich glaube von irgendwelchen elektrischen Kontakten. Sue dreht sich in alle vier Richtungen und fragt: »Hast du das gehört?« Ich sage: »Das sind bloß irgendwelche Kontakte.« Wir reden nicht laut, keiner von uns.

Wir treten in die Garage, wo nur drei Wagen stehen außer unserem, Dutzende von leeren Plätzen voneinander entfernt. Wir gehen rasch zu dem blauen Fiat. Ich schaue mich um und betrachte forschend die Stützpfeiler, die an den Wänden breite schwarze Schlagschatten werfen, sehe aber nichts Ungewöhnliches. Hinter uns ist erneut ein Klicken zu hören, sicher wieder vom Fahrstuhl.

Ich schließe den Wagen auf und werfe die Koffer auf den Rücksitz. Sue steigt ein und nimmt Lynn auf den Schoß. »Wir sind schon weg«, sage ich, noch ehe ich angelassen habe. Sie sagt nichts und sieht mich nicht an. Ich starte, drücke aufs Gaspedal, bis der Lärm die Garage erfüllt, setze hart zurück, vermeide um Haaresbreite einen Betonpfeiler, haue den ersten Gang rein und schieße los. Stoppe einen Meter vor dem geschlossenen Tor, strecke den rechten Arm aus, um Sue und Lynn davor zu bewahren, gegen die Scheibe zu kippen. Drücke den Knopf auf der kleinen Säule, das Tor gleitet auf. Sue dreht sich um, schaut zurück und sagt: »Laß uns schnell wegfahren hier.«

Wir sind draußen, in der schwarzen und klaren Nacht. Fahren die Einfahrt zu dem großen Parkplatz hinauf. Über uns schimmern die Lichter des Einkaufszentrums wie ein sehr nahes und regelmäßiges Sternbild, das nicht viele Deutungen zuläßt.

Wir überqueren den großen Parkplatz, und plötzlich sehe ich Scheinwerfer hinter uns aufleuchten. Ich gebe Vollgas, rase über das kurze ebene Stück zu den ersten Kurven der Straße ins Tal. Sue dreht sich um und schreit: »Das ist ein Auto! Da ist ein Auto hinter uns!« Ich sage: »Ich hab's gesehen.« Lynn fängt zu heulen an und strampelt wild in den Armen der Mutter. Ich fahre noch schneller.

Wir nehmen die erste Kurve mit doppelt überhöhter

Geschwindigkeit; die Räder brechen rechts aus und pflügen den Kies am Straßenrand. Ich reiße das Steuer herum wie ein Wilder, schalte hart runter, bremse; fange den Wagen ab und beschleunige wieder. Die Scheinwerfer leuchten nicht weit genug für mein Tempo, ich sehe nur immer ein kurzes Stück von der Straße; die Kurven tauchen so plötzlich auf und kommen so rasend schnell näher, daß ich ihrem Rhythmus kaum folgen kann. Wir donnern spurtend und bremsend, schleudernd und jagend, schlingernd, abstoppend und wieder lospreschend durch das Dunkel zu Tal.

Ich biege in eine Kurve ein, die so scharf ist, daß ich nicht sehen kann, wie sie weitergeht; ich bremse und wirble das Steuer so schnell herum, wie ich kann, mit den Ballen der Handflächen, die einen kurzen erregten Trommelwirbel vollführen, und während ich das noch tue, scheint mir, daß meine Bewegungen ziemlich sinnlos sind und daß der Wagen und die Straße in zwei verschiedene Richtungen auseinanderdriften, und mir geht durch den Sinn, daß ich eigentlich gar keine Lust habe, in diesem Wahnsinnstempo um diese Zeit diese Straße runterzurasen, mit Sue neben mir in dieser verkrampften und völlig verstörten Haltung. Im selben Augenblick schreit sie auch schon »Paß auf!« oder sowas; der Wagen rumst und rammt sich ruckartig fest, wir fliegen alle drei gegen die Scheibe, ziehen die Köpfe ein und strecken schützend die Hände vor. Alles ganz logisch, scheint mir, alles ganz klar vorauszusehen, als ob die Sequenz von hinten nach vorn abliefe, vom Ende zum Anfang wie ein rückwärts laufender Film: von unserem Vorfliegen gegen die Scheibe zu meinen Gedanken beim Einbiegen in die Kurve.

Wir stehen reglos am Rand der dunklen Böschung, und keiner von uns ist verletzt, auch der Wagen ist weder zerschellt noch in Brand geraten noch umgekippt. Nichts ist zu hören, scheint mir, kein besonderer Laut, außer vielleicht der Nachhall des Aufschreis von Sue. Wir rühren uns nicht, wir sitzen mindestens zwei Minuten lang da wie gelähmt, wie erstarrt nach dem jähen Filmriß. Wir sehen uns an und erscheinen einander, glaube ich, beide ziemlich perplex.

Ich öffne die Tür und betrachte den dunklen Stamm einer Tanne, die uns davor bewahrt hat, die Böschung hinunterzustürzen. Ich betrachte die Motorhaube, die sich zu einem U verformt hat und den Stamm halb umschlingt. Ich betrachte Sue, die neben mir hockt mit dem Kind auf dem Schoß. Sie dreht sich um, deutet mit zittrigem Finger nach hinten und sagt: »Da sind sie!« Ich drehe mich ebenfalls um, und tatsächlich sind da zwei Scheinwerfer, ungefähr zwanzig Meter weiter oben: rühren sich nicht und beleuchten stumm einen Abschnitt der Kurve und einen Streifen trockenes Gras und diesige Nachtluft.

»Hast du dir was getan?« frage ich Sue.

Sie streckt weiter den zittrigen Finger hinaus und sagt: »Sieh doch!« Das Kind beobachtet mich, ohne einen Laut von sich zu geben.

»Ich hab dich gefragt, ob du dir was getan hast«, sage ich und bin jetzt ziemlich beschämt über diese verfahrene Situation, in die wir uns reinmanövriert haben wie verschreckte Karnickel ohne Instinkte oder jedenfalls ohne die Fähigkeit, sie rechtzeitig zu befolgen.

Sue sieht mich an und sagt mit einem Ausdruck der Verwunderung »Nein«.

Ich steige aus und drehe mich um und schaue noch einmal kurz in den Wagen. Stecke die Hände in die Taschen und gehe langsam hinauf zu den Scheinwerfern: zu dem Wagen, der da oben mit leise laufendem Motor im

Dunkeln steht. Ich habe nichts Besonderes im Sinn; ich habe auch, glaube ich, keine besondere Angst. Ich bin hauptsächlich verwundert.

Ich erreiche den Wagen und stelle mich an den Straßenrand, um dem Scheinwerferlicht zu entgehen, das mich blendet. Neben dem Wagen steht einer, ein großer und breiter Typ um die Dreißig, der mich unsicher ansieht, eine Hand auf der Motorhaube, die andere lose herabhängend an der Hüfte. Er hat ein bleiches ovales Gesicht mit schmaler Nase und kleinem Mund und kleinen Augen und glatt nach hinten gekämmtem Haar. Er sieht mich an, die Lippen halboffen, kratzt sich mit einer Hand im Nacken und sagt: »Ich weiß nicht, was ich sagen soll.«

»Ich auch nicht«, sage ich.

Wir stehen zwei oder drei Minuten lang neben dem Wagen, am Straßenrand vor der Kurve, und sehen uns an. Der Typ ist ungefähr zwanzig Zentimeter größer als ich, aber er hält den Kopf gebeugt und reibt sich die Schläfe. Ich lächle, um ihn nicht noch mehr verlegen zu machen, fasse mir an die Brust und reibe mir leicht die Stelle, mit der ich vorhin auf das Lenkrad geprallt bin, nicht heftig zum Glück. Ich kicke ein Steinchen die Böschung hinunter, es kullert ein Stück weit im Scheinwerferlicht. Ich möchte den Typ gern fragen, wer er ist, aber mir fallen die richtigen Worte nicht ein. Wir stehen da, schieben uns mit gleicher Bewegung die Hände in die Taschen und sehen auf unsere Fußspitzen.

Schließlich frage ich ihn: »Wer sind Sie?«

Er sieht mich verlegen an, reicht mir linkisch die Hand und sagt: »Speziani Elvio.«

»Angenehm«, sage ich und drücke ihm die Hand, die groß und breit ist entsprechend der Größe und Breite seiner Gestalt. Ich sehe die Böschung hinunter, wo das

Steinchen verschwunden ist, drehe mich um und frage ihn: »Und wieso sind Sie uns gefolgt?«

Er macht einen Schritt zur Seite, knöpft sich den Hemdkragen auf und sagt: »Im Auftrag von Doktor Lòuel, Herr Doktor Barna. Zum Schutz Ihrer persönlichen Sicherheit.« Er dreht sich zum Wagen und gibt der Stoßstange einen leichten Tritt.

»Ah«, sage ich und kratze mir den Hals. »Aber ich bin nicht Doktor, ich habe nicht mal das Abitur.«

»War nur so hingesagt«, murmelt er. Tritt ein paar Schritte vor, geht an den Rand der Böschung und reckt sich, um nach dem blauen Fiat zu sehen, der zwanzig Meter weiter unten festgerammt vor der Tanne steht, metallisch glänzend im Scheinwerferlicht. Ich trete neben ihn. Er schaut hinunter, schlägt sich die Hand vor die Augen, läßt sie langsam ein wenig tiefer gleiten, spreizt die Finger, um noch einmal hinzusehen, und sagt: »Madonna, was'n Desaster!«

»Uns ist aber nichts passiert«, sage ich. »Wir haben uns weder den Kopf aufgeschlagen noch die Beine gebrochen noch sonst was.« Ich fahre mir mit der Hand durchs Haar und lache. »Gehen wir runter, nach Sue und dem Kind sehen.« Ich gehe die Straße hinunter, er folgt mir.

Wir gehen um die Kurve und erreichen den Fiat. Ich klopfe an die Scheibe, hinter der Sue mit dem Kind sitzt, und sage »Mach auf«. Sie starrt mich an mit weit aufgerissenen Augen, preßt das Kind in die Arme und rührt sich nicht. »Ist alles in Ordnung, kannst rauskommen.« Das Kind beobachtet mich. Sue öffnet die Tür, läßt das Kind heraus, steigt aus dem Wagen und starrt auf Elvio, der zwei Meter hinter mir steht mit der Hand an der Stirn.

»Das ist Elvio«, sage ich. Elvio macht eine Art kleine steife Verbeugung, murmelt verlegen »N'Abend« und tritt etwas näher.

Sue streicht sich mit zwei Fingern über die linke Augenbraue und starrt auf Elvio, dann auf mich. Ihr Haar ist aus der Fasson geraten und hängt ihr an einer Seite herunter, hell und dünn, wie es ist. Sie schüttelt den Kopf und sagt: »Jetzt bitte, was ist das für eine Geschichte?«

»Bob hat ihn geschickt«, sage ich. »Er ist, glaube ich, so eine Art Leibwächter.« Ich drehe mich zu Elvio und frage ihn: »Sie sind doch Leibwächter, oder?«

Er nimmt sich die Hand von der Stirn, läßt sie fallen und sagt: »Sie können's so nennen.«

Sue schüttelt erneut den Kopf, stößt ein kurzes, nervöses Lachen hervor, greift sich an den Hals und sagt: »Das ist doch nicht möglich!« mit Worten fast ohne Konsistenz. Beugt sich ein wenig vor, als schnappte sie bloß nach Luft. Hat immer noch eine recht elegante Figur, auch mit so aufgelöstem Haar und so verstörtem Blick und so bleichem Gesicht. Lacht von neuem, sagt noch einmal: »Das ist doch nicht möglich!«, und gleich darauf hängt sie an meinem Arm, preßt das Gesicht in meinen Ärmel und heult voll los.

Ich klopfe ihr auf den Rücken und auf den Hals und sage: »Nicht doch!« Die Kleine plärrt hoch und schrill auf ihrer Warnsirenenfrequenz. Elvio betrachtet die Szene, um die Mundwinkel eine Kummerfalte, und sagt: »Madonna!«

»Nicht weinen, ist doch alles in Ordnung«, tröste ich Sue und versuche ihr Kinn zu heben, aber sie wehrt sich. Ich sage nochmal: »Ist doch alles in Ordnung, ist doch alles okay.« Sie hebt das Kinn und sieht mich an, die Augen tränenumflort. Kleine Sturzbäche rinnen ihr über die Wangen, über das Kinn, benetzen mir die Innenseite der Hand. »Na komm, das Ganze ist doch eigentlich eher komisch.«

Sie lächelt, öffnet die geröteten Augen und schnieft. Holt Atem, schaut mich an, ohne meinen Arm loszulassen, und sagt: »Fjodor, ich bin gestorben vor Angst.« Lacht, und noch immer kullern ihr Tränen aus den Augen.

Lynn schreit weiter, ich stoße sie mit einem leichten Tritt beiseite, da schreit sie noch lauter und hüpft hysterisch um uns herum. Elvio greift nach ihr, aber sie schlüpft ihm sehr flink durch die Hände, ohne ihr Geschrei zu vermindern. Elvio setzt ihr nach, kriegt sie an der Taille zu fassen, hebt sie hoch und sagt: »Brav, brav, brav.« Sie schaut ihn an, zappelnd, hoch in der Luft vor seinem großen ovalen Gesicht, und verstummt.

Nach zehn Minuten, die wir jetzt am Straßenrand stehen, wird es empfindlich kalt. Sue sagt: »Mir sind die Tränen angefroren.« Ich lege ihr einen Arm um den Rücken und sage: »Laß uns rauffahren und was essen.« Elvio sagt: »Wir nehmen wohl besser meinen Wagen.« Wir betrachten alle drei den an die Tanne gerammten Fiat. Ich nehme die Koffer heraus, wir gehen zu Elvios Wagen.

Er öffnet die Türen, läßt die Kleine vorn sitzen und mich mit Sue hinten. Es ist ein großer, fast neuer BMW mit steifen Polstern. Elvio sagt: »Ist nicht meiner, gehört der Firma.« Ich sage: »Weit sind wir, glaube ich, sowieso nicht gekommen.« Er dreht sich kurz um und sagt: »Weiß nicht.« Dann läßt er den Motor an, wendet und fährt die Straße hinauf.

Jetzt ist mir wohl wie selten. Diese Situation ist fließend und homogen, man gleitet in ihr umher, ohne auf Hindernisse oder Sperren zu stoßen: keine toten Punkte oder Engpässe oder Zwischenräume oder Trennwände oder

Filter. Mir wird ganz schwummrig, wenn ich denke, wieviel Energie man normalerweise aufwenden muß, um so einen Zustand zu erreichen; wieviel Zeit man vergeudet, um sich von Ort zu Ort zu bewegen und von Stimmung zu Stimmung und von Null- zu Nullzustand und von Minus- zu Minuszustand, immer hinter Bildern her, die man zusammen- und wachhalten und überwachen muß, damit sie nicht unterwegs an Farbe und Konsistenz verlieren. Es ist schon lächerlich, ständig verfolgt man diese angenehmen Zustände, und die meiste Zeit ist man draußen; wie einer, der in ein Auto einsteigen will, zu dem er die Schlüssel hat, bloß weiß er nicht, in welcher Tasche, und jetzt sucht er herum wie ein Wilder und zappelt und gestikuliert und stellt alles mögliche an, und schließlich hat er das Auto aufgekriegt und steigt ein und ist doch gleich wieder draußen, ohne recht kapiert zu haben, was ihm geschehen ist.

Ich sitze wohlig im Fond des Wagens, der durch das Dunkel den Berg hinaufkurvt, habe Sue einen Arm um die Schultern gelegt, und mir geht durch den Sinn, daß ich vielleicht ein bißchen zuviel draußen rumgerannt bin. Nicht daß ich je viel gelaufen wäre: es geht nicht um physische Müdigkeit. Mir geht durch den Sinn, daß ich gern auf Dauer in einem Zustand wie diesem wäre; ja, ich möchte drin *schwimmen*, ohne ihn je wieder zu verlassen, ohne auch nur die Nasenspitze oder den großen Zeh rauszustrecken.

Wir kommen auf das Hochplateau mit dem großen Parkplatz, vor uns liegen die Lichter des Einkaufszentrums. Ich bin ziemlich versunken im Duft der Haare von Sue und dem ruhigen Brummen des Motors und dieser gleitenden Fahrt durch die Nacht. Elvio fährt in die Tiefgarage und parkt auf irgendeinem der dreihundert leeren Plätze. Wir steigen aus und gehen zum Fahrstuhl.

Wir betreten die Wohnung, und das Licht ist so grell, unsere Gesten so ziellos und fahrig in dem zu voll möblierten Raum, daß kein Zweifel besteht: wir sind wieder draußen. Elvio beugt sich nieder, um Lynn abzusetzen, aber sie klammert sich an seinen Arm und schreit: »Will noch nicht runter!« Er macht sich frei, stellt sie auf den Boden und wehrt sie ab, als sie versucht, wieder auf seinen Rücken zu klettern. Sue windet sich aus meinem Arm und sagt: »Ich geh mir rasch das Gesicht waschen. Ich bin ganz verschmiert von den Tränen.« Ihr Lidschatten hat sich aufgelöst wie Wasserfarbe, hat die Tränen gefärbt und blaue Spuren auf dem Hell ihrer Wangen gelassen. Sie macht zwei, drei nervöse Schritte, rückt ein peruanisches Tonpferdchen auf einem Wandbord zurecht und geht ins Bad. Ich bleibe ein bißchen schwankend am Fenster.

Elvio steht neben dem runden Tisch, ohne irgendwohin zu sehen. Ich frage ihn: »Warum bleiben Sie nicht und essen noch was mit uns?« Ich weiß nicht recht, wo ich mich aufstützen soll.

»Nein danke, Herr Barna. Ich hab schon vorher gegessen. Vor dem Desaster.« Er hat ein kleines ironisches Lächeln, schüttelt den Kopf.

»Sie brauchen mich nicht Herr Barna zu nennen, wirklich.« Ich schaue aufs Sofa, auf den ausgeschalteten Fernseher. »Vielleicht finden Sie den Namen Fjodor lächerlich.«

»Aber nein, er ist nur ungewohnt.« Er pariert mit der offenen Hand die kleinen Fausthiebe von Lynn, die um ihn herumtanzt.

»In Wirklichkeit *ist* er ganz schön lächerlich«, sage ich. »Als ich klein war, habe ich immer davon geträumt, ihn gegen einen normalen tauschen zu können, aber inzwischen hab ich mich einigermaßen daran gewöhnt, auch wenn er eine von diesen Ideen meines Vaters war.«

Er hört mir zu, zwei Meter von mir entfernt, den Kopf ein wenig zur Seite gelegt. Läßt eine halbe Minute verstreichen, ich glaube ohne sich eine Antwort zu überlegen, und sagt dann: »Ideal wär's, wenn man sich selbst 'n Namen aussuchen könnte.« Schaut auf ein niedriges Tischchen, auf seine Füße. Sagt schließlich: »Also, ich geh dann jetzt. Sonst wär meine Arbeit hier sinnlos.« Er deutet zur Tür.

»Aber draußen krepiert man vor Kälte. Draußen ist's scheußlich!«

»Ich geh ja auch nicht nach draußen«, sagt er. »Jetzt, wo Sie hier sind, kann ich in der Wohnung drüben bleiben.« Er zieht einen Schlüssel mit einem kleinen Plastikschild aus der Tasche. »Herr Lòuel hat mir die Wohnung nebenan zur Verfügung gestellt. Ich hab schon das Bett in den Eingang geschoben, so kann ich die Tür auflassen und alles, was vorgeht, kontrollieren, auch wenn's ja nicht viel ist.« Sein Blick ist jetzt unbefangener und er bewegt sich viel lockerer als vorhin unten am Straßenrand.

»Trinken Sie wenigstens noch ein Glas Wein mit uns«, sage ich und deute auf eine doppelte Reihe von Flaschen in einem Regal. Es tut mir leid, daß er so wenig kommunikativ ist.

Sue kommt aus dem Bad, gekämmt und wieder zurechtgemacht, sieht uns an und sagt rasch zu mir: »Warum läßt du ihn denn nicht gehen? Siehst du nicht, wie verlegen er ist?« Dabei ist sie es, scheint mir, die sich hier unbehaglich fühlt: sie mit ihrem Drang, sich herzurichten, um nicht so schutzlos und unsicher dazustehen.

»Er ist nicht verlegen«, sage ich. »Er ist bloß vielleicht nicht so kommunikativ. Ich fänd's nett, wenn wir alle zusammen noch einen Schluck Rotwein trinken würden.«

Ich bücke mich, um mir eine Socke hochzuziehen, und sage: »Kannst du dich nicht mal ein bißchen entspannen?«

»Ich bin völlig entspannt«, sagt sie und verschiebt einen Aschenbecher auf dem Tisch.

Elvio betrachtet die Wand, während wir diese Worte auf Englisch wechseln, und hält sich mit einer Hand die Kleine vom Leib. Als er sieht, daß wir still sind, sagt er: »Entschuldigen Sie, aber ich sollte jetzt rübergehen.«

Ich drücke ihm die Hand. »Na dann gute Nacht.« Er macht eine kurze Verbeugung zu Sue, befreit sich mit sanfter Gewalt von Lynn, die seine Beine umklammert hält, geht hinaus und schließt die Tür.

»Jetzt marsch ins Bett!« sage ich zu Lynn.

Sue sieht mich an. »Aber sie hat noch gar nichts gegessen!«

»Sie ist zu müde«, sage ich. »Sie braucht erstmal Schlaf.«

Sue sieht die Kleine an, meint: »Vielleicht hast du recht, die Arme!«, nimmt sie bei der Hand und bringt sie zu Bett.

Ich stelle den Backofen an und lege vier Toastscheiben auf den Rost. Entkorke eine Flasche alten Barolo, gieße mir ein Glas voll und trinke es in wenigen Zügen leer. Als die Toastscheiben warm sind, bestreiche ich sie mit einem Ziegenkäse, der schon vor ein paar Tagen, vermutlich für Bob, gekauft worden sein muß. Die weiße Masse gibt unter dem Druck des Messers nach, zerfließt zu einer cremigen Paste und dringt in die gebräunten Toastscheiben ein. Ich lege die Scheiben auf zwei Teller und stelle sie auf den Tisch.

Sue kommt zurück und sagt: »Du hast recht gehabt, sie ist sofort eingeschlafen.« Setzt sich und trinkt einen

Schluck Rotwein. Ein Tröpfchen bleibt ihr im Mundwinkel hängen, ich sage es ihr, sie gleitet mit der Zungenspitze darüber, entfernt es und lächelt.

Wir machen uns über die Toastscheiben her und verschlingen sie hungrig, ohne zu reden. Wir trinken die halbe Flasche Barolo, lehnen uns in den Stühlen zurück und warten, daß wenigstens *etwas* von der Situation im Fond von Elvios Wagen zurückkommt. Wir verlangsamen unsere Gesten und Blicke.

Ich stehe auf, um noch zwei Toastscheiben warm zu machen. Sue dreht sich um, legt mir die Hände auf die Hüften und sagt mit belegter Stimme »Fjodor«. Wir lachen beide, ich mit einer Toastscheibe in der Hand, sie mit den Fingern auf meinem Gürtel.

Wir stehen neben dem runden Tisch, die Lippen fast aufeinander.

Wir sitzen auf der Sofakante, die Lippen fest aufeinander und die Finger feucht an den Spitzen.

Wir liegen am Boden vor dem Sofa, die Hände einander unter den Hemden.

Ich bin wie benommen jetzt, dumpf und träge, lasse mich treiben wie ein Fisch in einer warmen Strömung; meine Empfindungen kreisen in einem begrenzten Spektrum ohne Höhen und Tiefen. Ich öffne den grauen Wollrock von Sue, und mir scheint, ich bin genauso an der Konsistenz des Stoffes interessiert wie an dem, was darunter ist; ich ziehe ihn ihr behutsam aus, und meine Bewegungen werden mit jeder Sekunde langsamer. Ich ziehe ihr die Strümpfe aus, rolle das hauchdünne Nylongewebe hinunter, enthülle ihr nach und nach die weißen Schenkel und Knie und Waden und Knöchel. Ich starre vielleicht drei Minuten lang auf einen Knöchel, streichle ihn kreisend mit zwei Fingern, bis sie sich den Pullover auszieht und das Hemd und nach mir greift und mich an den Haaren zu sich hinabzieht. Ich gleite zu ihren Knien hinunter, die Augen dicht über ihrer Haut in der Perspektive eines Fliegers, der im Tiefflug über die Senken und Erhebungen einer Wüstenlandschaft dahinjagt. Ich überfliege das Weiß der Knie, das Blau des Slips, die leicht ansteigenden Linien zum Nabel, die schmale Taille, die nahezu schneeweißen Hügel der Brüste, den mageren Hals. Ich betrachte die Kehle, das Kinn, das Gesicht aus dieser Perspektive; die halbgeschlossenen Augen, die gerade noch einen blaßblauen Schimmer zwischen den Lidern durchscheinen lassen.

Ich gleite erneut nach unten, die Lippen so zart auf der Haut, daß sie nur die feinsten Oberflächenempfindungen aufnehmen, die sich Millimeter um Millimeter ablösen und vermischen; die Augen jetzt nur für Momente geöffnet. Ich verweile auf einem Knie, und mir scheint nicht, daß ich besonders zufrieden bin; ich verweile ohne die allergeringste Klarsicht auf jedem einzelnen Zeh ihres linken Fußes.

Ich gleite wieder hinauf, und inzwischen sind meine Eindrücke instabil und verschwommen wie Milchfermente unter dem Mikroskop. Meine Gesten verfangen sich in einem feinen Netz von Unschlüssigkeit und bleiben zwischen den Maschen hängen, auch wenn sie quasi schon Fakten geworden sind. Sue versucht sie fortwährend zu ermuntern und zu dirigieren, um zu verhindern, daß sie ganz in der Schwebe bleiben, erfindet Bewegungen, die andere nach sich ziehen oder anlocken oder hervorrufen, kratzt mir über den Rücken mit glücklicherweise nicht zu langen Nägeln, zieht mich an den Haaren, leckt mir das Kinn und die Ohren, dreht und wälzt sich, streckt sich und zieht sich zusammen: so schnell, daß keine meiner Ideen Zeit findet, sich zu setzen.

Ich bin ziemlich verwirrt und müde, planlos und ohne

bestimmte Wünsche, und mir ist warm, und meine Bewegungen sind gehemmt und zäh, und mir kommt ein Gefühl von Bedauern hoch, das auftaucht und sich in meine Bewegungen mischt und wieder absinkt für lange Momente. Ich versuche, dem zuckenden Auf und Ab und den horizontalen Impulsen von Sue zu folgen, und mit einem Mal scheint mir, es packt mich und reißt mich wie einen Fisch in den Strudel. Sue ist völlig versunken, hält die Augen geschlossen, atmet in heftigen Stößen und preßt mich an sich. Dann sind wir magnetisiert, magnetisch angezogen und abgestoßen und angezogen, konvulsivisch gedehnt und zusammengepreßt und gedehnt, bis wir zerspringen wie zwei Melassekrüge und ineinander zerfließen und hingegossen daliegen auf dem weißen Velour.

Wir bleiben bewegungslos vor dem Sofa liegen. Verschränken die Finger, rollen uns auf die Seite, um uns in die Augen zu sehen, und was ich vor allem jetzt fühle, ist Müdigkeit.

»Wo bin ich?« fragt Sue. Setzt sich auf mit einer fließenden, kantenlosen Bewegung, ohne Ecken und Brüche. Schaut zur Decke, am Boden sitzend, die Beine gestreckt, die Hände im Rücken, den Kopf im Nacken, so daß ihr dünnes helles Haar auf die Schultern fällt. Lächelt und schüttelt den Kopf. Zieht das rechte Bein hoch. Zieht das linke Bein hoch. Schlingt die Arme um die Knie und verschränkt die Finger zum Abschluß der Position.

Ich betrachte sie zwei oder drei Minuten lang wie benommen, ganz vertieft in das Spiel der Lichter auf ihrer Figur, und allmählich wird mein Bedauern zehrend und höhlt mich aus und läßt mich erschlafft auf den Boden sinken. Ich mag nicht hier liegen, in dieser Situation, die so plötzlich hereinbricht und dabei schon alles, was sie enthält, so klar definiert, ohne noch Ränder im ungewissen zu lassen. Und mit diesem Bedauern mischt sich in meinem Kopf ein Bild von Malaidina, wie sie in den Fahrstuhl tritt und sich ins Profil dreht, während die Tür zugeht.

Sue dreht sich ins Profil, sinkt rücklings auf einen Ellbogen und sagt »Fjodor?« Sieht mich an und sagt: »War es nicht wunderbar?«

»Ja«, sage ich mit belegter Stimme.

»Ehrlich?« sagt sie, dreht sich wieder ins Profil und verzieht die Lippen zu einem langsamen Lächeln.

»Ja«, sage ich und vergleiche ihre Figur mit der Figur von Malaidina: ihr Haar, ihre Nase und ihre Lippen, das Kinn, den Hals, die Brüste, die Arme und Hände und Finger mit denen von Malaidina. Ich tue das nicht absichtlich, die beiden Figuren vergleichen sich ganz von allein, und ich betrachte sie nur. Mir ist kalt, und der Velourteppich ist nicht so weich. Ich setze mich auf und kratze mich an der Schulter.

Sue nimmt wieder ihre vorherige Haltung ein, die Hände um die Knie geschlungen und die Finger verschränkt. Dreht sich zu mir und fragt leise: »Also gefalle ich dir?« Der Klang ihrer Stimme und das Licht in ihren Augen vibrieren auf derselben Frequenz.

Ich ziehe die Beine hoch, nehme die gleiche Haltung wie sie ein und sage: »Ja.«

»Wie sehr?« fragt sie noch leiser und sieht mir direkt in die Augen.

Ich weiß nicht recht, was ich sagen soll; je länger ich nachdenke, desto weniger. Ich schaue zur Tür und sage: »Es ist kalt.«

»Dann gehen wir ins Schlafzimmer«, sagt sie.

Ich stehe auf, reiche ihr die Hand und ziehe sie hoch. Wir gehen ins andere Zimmer, ohne die am Boden verstreuten Kleider aufzusammeln. Wir stehen einen Moment auf der Schwelle und schauen auf das noch unbezogene Bett. Sue sagt: »Ich komme gleich« und huscht ins Bad.

Ich öffne einen Wandschrank auf der Suche nach Laken und Decken, aber da hängen Kleider von Sue auf Bügeln, säuberlich eins nach dem anderen. Ich betrachte sie, und sofort kommt mir wieder das heftige, aber unbestimmte Bedauern. Ich bedauere, daß ich den Schrank geöffnet und die Kleider so aufgedeckt habe, zusammen mit den Gründen, aus denen Sue sie ausgewählt und gekauft und hier hingehängt hat, und vielleicht auch mit ihren Gedanken, wenn sie sie morgens anzieht. Ich öffne einen anderen Schrank, und da hängen acht oder neun große Jacken von Bob, aus Baumwolle oder Flanell, blau und braun und sandfarben. Auch das gefällt mir nicht, denn es sind häßliche amerikanische Jacken, steif und schwer, zum Anziehen über Hemden mit breiten Manschetten und Krawatten mit blauen und lila Streifen über breiten und langen Brustkörben, ohne Sinn und Verstand.

Sue kommt ins Zimmer und gibt mir einen Kuß, der nach Mentholzahnpasta schmeckt. »Ich finde kein Bettzeug«, sage ich. Sie lacht: »Du Dummer, das mach ich schon.« Ich sehe ihr zu, wie sie mit rascher Bewegung das Laken ausbreitet; ich gehe ins Bad.

Als ich wiederkomme, liegt sie bereits im Bett. Ich schlüpfe neben ihr unter die Decke. »Reden wir noch ein bißchen«, sagt sie und berührt mir das Haar, redet dann aber so leise, daß ich gleich einschlafe.

Sechzehn

Am späten Vormittag machen wir einen Spaziergang, diesmal auf einem weniger schmalen und steilen Weg als gestern. Elvio geht etwa zehn Meter hinter uns her; alle naselang zieht er ein Fernglas aus einem Lederetui und bleibt stehen, um den Hang abzusuchen, die Hänge und Rippen und Kämme der Berge ringsum, die Lichtungen und die Tannendickichte. Sue redet mit mir in einem Ton, als wäre ich eine Art Freund der Familie, vermutlich wegen Elvio und der Kleinen; nur für Momente nehmen ihre Augen und ihre Stimme eine besondere Färbung an, werden aber so blitzschnell wieder normal, daß man es kaum bemerkt. Die Kleine unterbricht uns dauernd mit irgendwelchen Beschwerden und beharrlichen Wünschen und sinnlosen Fragen nach diesem und jenem.

Gegen Mittag machen wir Halt, um uns auf ein paar blanken Felssteinen auszuruhen. Die Sonne ist hinter niedrigen Wolken verschwunden, die sich auf halber Höhe in eine Art flaumigen Dunst auflösen. Es ist kalt, wir fühlen uns unbehaglich, wechseln alle dreißig Sekunden die Sitzposition.

Wir gehen im Gänsemarsch runter ins Tal, und auf halber Strecke beginnt es zu schneien. Im Handumdrehen wird die Landschaft weiß, lange bevor genug Schnee gefallen ist, um sie ganz zu bedecken. Sue sagt: »Kommt nicht oft vor, daß es so spät noch schneit.« Elvio schaut nach oben, schaut in alle Richtungen. Mir kommt der Schnee in den Kragen.

Am Abend gehen wir Pizza essen in einer völlig leeren Pizzeria im Einkaufszentrum. Der Kellner schaut immer wieder durchs Fenster hinaus auf die imitierte Pflasterstraße, die sich mit Schnee bedeckt. Ich bemühe mich, zwanglose Konversation zu machen wie ein Freund der Familie, aber mir fallen nicht viele Gesprächsthemen ein. Elvio sagt zu mir: »Heute morgen um neun hab ich Ihren Wagen abschleppen lassen. Die Reparatur wird ein paar Wochen dauern.« Er schaut auf die Uhr, ißt seine Pizza und versucht, sich aus dem Umkreis unserer Tafelgesten herauszuhalten.

Wir zahlen und gehen, stapfen durch den zehn Zentimeter hohen Schnee nach Hause, und kaum sind wir auf der Straße am Hang, sehen wir unten Scheinwerfer um die Kurven biegen und Lichtkegel in das nächtliche Schneetreiben werfen. »Na endlich kommen jetzt ein paar Leute«, sagt Sue. Wir bleiben ein paar Minuten lang stehen, um die großen Mercedes und Volvo-Kombis und Range Rovers zu betrachten, die reihenweise im Dunkel herangleiten und in die Tiefgarage einfahren.

Wir kommen nach Hause. Elvio verzieht sich nach nebenan, Sue dreht den Schlüssel dreimal im Schloß und bringt die Kleine zu Bett. Ich setze mich mit einem Glas Rotwein aufs Sofa. Das Haus belebt sich allmählich: aus verschiedenen Richtungen kommen Geräusche von schlagenden Türen und trappelnden Schritten und Wasserspülungen und laufenden Fernsehern, streitende Stimmen und Rufe von einem Zimmer ins andere. Sue tritt wieder herein, gießt sich ein Glas voll und setzt sich an meine Seite. Wir reden nichts, horchen auf die Geräusche, die durch die Wände dringen und in dem niederen Raum des Luxusapartments verlöschen.

Nach einer Weile frage ich Sue: »Wie geht's dir?«

»Bestens«, sagt sie mit nicht sehr überzeugter Stimme.

»Klingt aber nicht sehr überzeugt.«

»Ach was.« Sie trinkt einen langen Schluck, stellt ihr Glas auf den Tisch und schaut zur Seite.

Ich trinke auch einen Schluck und beuge mich zu ihr; sie dreht sich zu mir, wir sehen uns in die Augen. »Nein, nichts«, sagt sie. »Es ist nur, daß ich nie weiß, was du grad denkst. Immer hast du so eine nette und interessierte Art, aber nie wird einem klar, was dir dabei durch den Kopf geht.« Ein bekümmertes Lächeln huscht ihr übers Gesicht.

»Stimmt doch gar nicht«, sage ich. Ihr erwartungsvoller Blick und ihr verhaltener Atem und ihr drängender Ton versetzen mich langsam in Panik. Ich sehe mit halbgeschlossenen Augen knapp über den Rand meines Glases.

»Na jetzt zum Beispiel, woran denkst du jetzt gerade?« fragt sie und rückt mir noch etwas näher und sieht mich noch fester an.

Ich beuge mich vor und stelle das Glas auf den Tisch. »An nichts. Ich denke an gar nichts. Wirklich.« Ich kratze mir das Knie. Strecke den Arm vor, um das Glas wieder zu nehmen, aber da fängt sie ihn ab und hält mich am Handgelenk fest.

Sue telefoniert mit Bob und sagt ihm, sie wolle die ganze Woche hier draußen bleiben, die Kleine brauche die frische Bergluft und sie ein bißchen Erholung. Ich warte draußen vor der verglasten Schalterhalle mit den Telefonkabinen und stelle mir vor, wie Bob allein in einem Restaurant ißt. Ich stelle mir vor, wie er einen Plastiksack voller Kleider in eine Wäscherei bringt, wie er Tiefkühlkost in einem Supermarkt einkauft und die Schachteln lange studiert, bevor er sie zögernd in den Einkaufswagen legt.

Sue kommt aus der Kabine, geht an den Schalter, um zu bezahlen, tritt auf die Straße und ruft nach der Kleinen, ohne mich anzusehen. Wir schlendern die Ladenstraße entlang, wo der Schnee nur noch dünn liegt, pappig wie breitgetretenes Styropor, in schmutzigen Placken, die rasch in der Sonne vergehen. Viele Leute sind unterwegs: Paare in pelzgefütterten Jacken und Hosen und Stiefeln und Mützen, die vor Schaufenstern stehen oder mit ähnlichen Paaren plaudern, Skilehrer in Skidreß, die sich vor einem Café versammeln, um gestikulierend über die Sonne zu schimpfen, Kellner, die mit Tabletts in der Hand vor Restaurants und Pizzerien jonglieren, breitärschige Damen, die in Boutiquen Freizeitjacken und Schals anprobieren, vollgefressene Kinder, die vor den Läden umhertollen, ganze Familien, die auf- und abspazieren in Partnerlook mit Partnerblicken und Partnerfrisuren. Elvio folgt uns wenige Schritte nach, beobachtet das Gewimmel und die Kleine, die lustlos hinter uns hertrottet.

Ich frage Sue: »Bist du nervös wegen Bob?«

»Überhaupt nicht«, sagt sie mit nervöser Stimme und nervösem Blick.

»Wenn du nervös bist, kannst du es ruhig sagen. Das macht mir nichts aus.« Wir sind bei der Weinhandlung angelangt, in die wir uns vorgestern geflüchtet haben; wir gehen auf die andere Straßenseite und kehren um.

»Na ja, ich bin schon ein bißchen nervös«, sagt sie, schaut achtlos in die Schaufenster und auf die Leute davor. »Aber ich glaube, das ist ganz normal.«

»Sicher ist das normal«, sage ich. Wir gehen sehr langsam, die Hände tief in den Taschen. Ich frage sie: »Willst du nach Mailand zurück?«

Sie bleibt stehen, schaut sich um, wo die Kleine ist,

und sagt dann: »Ich will hierbleiben, mit dir. Ich will bestimmt nicht nach Mailand zurück.«

Wir gehen ein längeres Stück, ohne zu reden. Schließlich frage ich sie: »Wie ist Bob eigentlich so? Ich meine, wie ist das Leben mit ihm?«

Sie schaut mich an, streicht die Hand durch das Haar und sagt: »Gott ja.« Lacht ein bißchen und blinzelt. »Das einzige, was ihn wirklich interessiert, ist die MultiCo. Auch das einzige, was ihm *Spaß macht*. Ansonsten ist er immer ziemlich zerstreut und mit den Gedanken woanders.« Sie schaut sich auf eine Hand. »Aber warum fragst du?«

»Nur so«, sage ich. Wir überholen einen älteren Typ mit Biberpelzjacke, der einem älteren Ehepaar einen sehr mageren und nervösen Dobermann vorführt.

»Wenn er abends aus dem Büro kommt, ist er immer so müde, daß ihm gar keine Kraft mehr bleibt, sich mit mir und der Kleinen zu beschäftigen. Er nimmt einen Drink und ißt und sieht fern oder liest noch irgendwelche Berichte.« Wir kommen an einem Café vorbei und betrachten die Leute, die an den Tischen sitzen und Crêpes au chocolat verzehren. »Und nie reden wir über wichtige Dinge, bloß immer über *Einzelheiten*. Und dabei hat er ständig diesen besorgten Ton am Leibe, auch wenn er vor Müdigkeit umfällt und an was ganz anderes denkt.«

Wir biegen nach links ab, steigen ein paar Stufen hinauf und kommen durch eine gepflasterte Gasse auf eine große offene Wiese. Sue zündet sich eine Zigarette an und hustet. »Ich denke oft an das Leben, das wir so führen, Bob und ich, und dann möchte ich raus und krieg Lust, allein was zu unternehmen, allein zu verreisen oder auch nur mal tanzen zu gehen oder jemand kennenzulernen. Aber das ist keine sehr konkrete Lust, wie wenn man

Lust auf eine Speise kriegt oder auf ein Bad. Ich weiß nicht.«

Wir kommen an einen leeren Sessellift, der aus unerfindlichen Gründen noch läuft; die gitterbewehrten Sitze schweben in endloser Reihe den Hang hinauf und hinunter. Zwei Liftangestellte hocken vor einem Holzhäuschen in der Sonne und starren trübsinnig auf das trockene Gras.

»Als wir heirateten, war Bob ein ganz anderer Mensch. Er war so unglaublich aktiv und aufgeschlossen, voller Ideen und Phantasien. Du kannst dir nicht vorstellen, wie er war.«

Tatsächlich kann ich mir Bob nicht gut voller Phantasien vorstellen, auch wenn's vielleicht davon abhängt, was für Phantasien. Ich kann ihn mir bloß etwas jünger und schlanker vorstellen, mit weniger wäßrigen Augen.

»Ich weiß nicht«, sagt sie. »Er hatte eine ganz andere Art, sich zu bewegen, einen Gegenstand in die Hand zu nehmen, zum Beispiel einen Schuh aufzuheben. Er hatte eine ganz andere Art, dich anzusehen und dir zuzuhören, als ob's ihn wirklich interessierte. Jetzt ist er dauernd von irgend einem komplizierten Problem der MultiCo absorbiert und merkt fast gar nicht, was um ihn herum geschieht; er achtet kaum noch auf seine eigenen Gesten. Es ist beinahe, als wäre sein öffentlicher Teil sozusagen vorwärtsgegangen, um Karriere zu machen und die Welt zu erobern, und sein privater Teil zurückregrediert in die Kindheit. Und so stand ich auf einmal da mit diesem großen zerstreuten und hilfsbedürftigen Kind, ohne richtig begriffen zu haben, wie und wann alles so anders geworden war.«

Ich stelle mir Bob vor, wie er sich bückt, um einen Schuh aufzuheben: zehn- oder fünfzehnmal hintereinander, jedesmal etwas plumper und infantiler. Ich stelle mir Sue jungverheiratet vor, wie sie ihn den Schuh aufheben sieht: mit etwas volleren Wangen, das Haar gewellt, in einem engen Kleid. Ich frage sie: »Warum versuchst du nicht mal, etwas nur für dich zu machen?«

»Ich hab's ja versucht. Ich hab einen Yogakurs angefangen und einen Zeichenkurs und einen Webkurs, aber jedesmal hab ich's mittendrin abgebrochen. Ich bin wohl nicht sehr systematisch, glaube ich. Letztes Jahr hab ich auch mal versucht, einen Monat lang in der PR-Abteilung der MultiCo zu arbeiten, aber mir schien, daß ich da nichts lernte, und außerdem hatte ich Schuldgefühle, weil ich mich nicht mehr genug um Bob und Lynn kümmern konnte.« Sie tritt mit der Fußspitze an einen Brocken pappigen Schnee, der zerkrümelt. »Jetzt komme ich mir ganz blöde vor, weil das einzige, was ich kann, ist die brave Haus- und Ehefrau spielen, und auch das nicht mal besonders gut.«

»Mein Gott, jetzt red doch nicht so!« sage ich. »Du bist vierunddreißig und hast einen hellen Kopf und kannst schließlich immer noch alles machen, was dir in den Sinn kommt!«

»Dreiunddreißig, was das betrifft.« Sie lacht verlegen und hält sich die Hand vor den Mund.

Es schneit nochmal, und noch mehr Leute kommen mit allerlei Skigerät, schlendern durchs Einkaufszentrum und mustern mit besorgten Blicken die Hänge, den Sessellift und den Himmel. Am nächsten Tag scheint die Sonne wieder sehr warm; die dünne Schneedecke schmilzt, legt matschbraune Grasflecken frei, die rasch größer werden und zusammenwachsen, bis sie eine einzige braungelbe Fläche bilden. Die Leute verschwinden wieder, die großen

Wagen fahren die Kurven hinunter ins Tal. Die Angestellten im Ladenzentrum dösen wieder in ihren hellen Terrarien, die Skilehrer rücken nach Frankreich ab. Wir unternehmen nicht viel, Sue und ich, außer ein paar Spaziergängen am Tag.

Siebzehn

Ich sitze auf dem Balkon und blättere mit der Kleinen in einem prächtigen bunten Bilderbuch namens *Vögel der Welt*. Sie legt ihre Patschhändchen auf die Bildunterschriften und wartet, daß ich die Namen der abgebildeten Vögel sage. Ich sage die Namen; sie zieht die Hände behutsam weg, schaut nach und guckt mich verwundert an, als ob ich sie irgendwie reingelegt hätte.

Sue kommt vom Telefonieren zurück, bleibt in der Balkontür stehen und schaut uns ein paar Minuten lang zu. Dann tritt sie näher, wirft einen Blick über meine Schulter ins Buch und lacht. »Woran erkennst du sie immer so schnell?«

»Sie sind das einzige, was ich gut kenne«, sage ich ohne aufzublicken. Die Kleine will weiterspielen und zerrt mich ungeduldig am Arm. Sue stützt sich auf das Balkongeländer und schaut hinunter auf den grasigen Hang.

Die Kleine hat genug von dem Spiel, klappt mir das Buch auf die Finger und läuft ins Zimmer. Sue und ich bleiben fünf Minuten lang stumm und reglos.

Dann frage ich: »Was gedenkst du zu tun?«

Sie fährt herum. »Und du?«

»Ich hab dich zuerst gefragt.« Ich lasse die Seiten des Buches rasch durch die Finger laufen.

»Du bist unredlich«, sagt sie, dreht sich ins Profil und senkt die Lider, um das Sonnenlicht abzuschirmen.

Sue telefoniert mit Bob und winkt mir durch die Scheibe der Kabine, ich solle rasch kommen, er wolle mich sprechen. Ich schüttle den Kopf und winke ab und trete zwei Schritte zurück, da macht sie die Tür auf, sagt in den Hörer: »Er kommt« und hält ihn mir hin. Ich gehe hinein.

»Fjodor«, sagt Bob, »ich muß dich mal einen Augenblick ernsthaft sprechen.«

»Schieß los«, sage ich und betrachte das Innere der Kabine: die Decke, die Wände. Ich stelle mir vor, wie er am anderen Ende der Leitung dasteht: in einem zerknitterten Hemd, mit einer Schachtel tiefgefrorener Fischstäbchen in der Hand. Ich stelle mir vor, was er sagen wird: drei, vier mögliche Sätze über sein irreparabel beschädigtes Leben.

Er sagt: »Ich hab heute morgen mit Leo gesprochen. Er macht sich immer mehr Sorgen um dich. Ich hab ihm gesagt, daß du mir versprochen hast, ernsthaft über deine weiteren Pläne nachzudenken, aber mir kommen allmählich Zweifel, ob du es wirklich tust.« Sein Ton ist besorgt und drängend, mit einem gereizten Beiklang in jedem Wort. Ich glaube, er hält mich inzwischen für einen nöligen, anmaßenden und verzogenen Dussel, dem es Spaß macht, andere in schwierige Situationen und Verlegenheiten zu bringen. Ich glaube, er wünscht mich inzwischen zum Teufel.

»Hör zu, Bob, ich weiß nicht, was ich dir sagen soll.« Mir scheint, auch meine Stimme klingt jetzt arrogant und dußlig in seinen Ohren.

»Fjodor, so geht das nicht weiter, du *mußt* etwas sagen! Du bist seit drei Wochen in den Bergen. Du kannst nicht ewig da bleiben und dich vor jeder Entscheidung drücken.«

Ich sehe zu Sue, die durch die Scheibe zu Lynn sieht, die auf der leeren Straße zu Elvio sieht. Ich sage zu Bob: »Hör zu, es tut mir alles sehr leid, die ganze Situation tut mir leid und daß ich dir Schwierigkeiten bereite und daß ich zur MultiCo gekommen bin wie ein Idiot und daß ich dir nichts zu sagen habe, aber weißt du, ich fühl mich zur Zeit sehr verunsichert und bin mir noch nicht im klaren, was ich tun soll, und auf jeden Fall werd ich versuchen, allein klarzukommen.« Ich weiß nicht recht, warum ich ihm das erzähle, aber es macht mich auf einmal so nervös, daß ich den Hörer abrupt in die Gabel knalle und aus der Kabine stürze, bezahle und auf die Straße laufe, ohne Sue auch nur anzusehen.

Wir gehen rasch die Straße hinunter, auf der keine Spur von Schnee mehr liegt, Sue hinter mir und die Kleine hinter ihr und hinter der Kleinen Elvio. Wir gehen im Gänsemarsch an den Läden vorbei bis zum Ortsausgang, wo die Straße zu den Apartmenthäusern beginnt. Ich bleibe stehen, Sue holt mich ein, die Kleine bleibt hinterher stehen und sieht auf den Boden, Elvio bleibt stehen und sieht sich um.

»Was hast du ihm gesagt?« fragt Sue nervös.

»Nichts«, sage ich. »Daß ich nicht weiß, was ich ihm sagen soll.« Ich schaue ins Tal hinunter und kaue auf einem Daumennagel.

Sue dreht sich zu der Kleinen und sagt ihr, sie solle nicht Steine auflesen und nicht die Finger in den Mund nehmen und so weiter.

»Laß doch die Göre in Ruhe!« sage ich. »Laß sie doch tun, was ihr Spaß macht!«

»Nenn sie nicht Göre!« faucht Sue und fährt herum. Tritt dicht vor mich hin mit tiefen, dunklen Augen und sagt: »Fjodor, wir müssen eine Entscheidung treffen. Wir können nicht weiter einfach alles verdrängen und permanent so in der Schwebe bleiben.«

Mir scheint, ich kann mich in keiner Weise mehr konzentrieren; mir scheint, die Sache gleitet mir aus der Hand wie ein Aal. Ich frage: »Und was für eine Entscheidung treffen wir?«

Sie reagiert mit einer Art kleinem innerem Ruck, einem kurzen Aufblitzen in den Augen. »*Du* mußt mir sagen, was für eine Entscheidung wir treffen! Wie kannst du bloß immer so unsicher sein, so unentschlossen und vage in allem? Wie kannst du so *gar* keine Ahnung haben, was du eigentlich willst?« Sie fährt nervös mit den Händen umher auf der Suche nach Definitionen und Sicherheiten.

»Aber ich kann nicht so einfach Entscheidungen treffen. Ich muß warten, bis die Dinge sich irgendwie selber in eine Richtung entwickeln.« Ich kann nicht mal mehr überzeugend reden, mir fallen die richtigen Worte nicht ein. Ich stehe belemmert am Straßenrand vor dem Hang und weiß keinen einzigen überzeugend klingenden Satz, und nach ein paar Minuten wird die Unsicherheit in mir so dick und würgend, daß sich meine Augen, noch ehe ich's merke, mit Tränen füllen.

»Fjodor, spinnst du?« fragt Sue erstaunt. Hebt eine Hand und berührt meine Schulter, mit einer so leichten Bewegung, daß es harmlos aussieht in den Augen der Kleinen, dreht mich herum, betrachtet mich erst von der linken Seite, dann von der rechten, und sagt schließlich: »Heulst du im Ernst?«

»Ich heul überhaupt nicht«, sage ich mit brüchiger Stimme. »Es ist nur, ihr macht mich noch ganz verrückt mit diesem Gerede über Entscheidungen.« Ich trete zwei oder drei Schritte vor, sie folgt mir. Ich schaue ins Tal und hole tief Luft. Drehe mich wieder zu ihr und sage: »Laß uns doch wenigstens jetzt nicht streiten!«

Sie schaut mich an mit einem verwunderten Lächeln. »Du bist schon recht seltsam, Fjodor.«

Wir gehen ein Stück die Straße hinunter.

Achtzehn

Vor dem Essen schaue ich kurz bei Elvio rein. Die Tür steht offen, er sitzt vor dem Fernseher und verzehrt ein Sandwich mit Schinken und grünem Salat. Er dreht sich um, hebt grüßend die Hand und sieht wieder auf den Bildschirm.

Ich trete näher, stütze mich auf die Rückenlehne von seinem Sofa und sehe ein bißchen Putzmittelreklame. Frage dann: »Wie geht's?«

»Ganz gut«, sagt er, beißt in sein Sandwich und fixiert einen Nachrichtensprecher in schulterstrammem Jackett mit strammgebundener Krawatte und entsprechend steifer Haltung und Mimik und Stimme.

Ich sehe mich um, betrachte die Möbel, die fast die gleichen sind wie bei Sue, betrachte die Wände. Ich gehe wieder zur Tür, schaue zurück, um zu grüßen, und auf dem Bildschirm ist eine Fotografie des blonden Freundes von Malaidina. Es muß eine ältere Aufnahme sein, so daß ich einen zerstückelten Eindruck bekomme, der die verschiedenen Züge seines Gesichts getrennt voneinander wahrnimmt und sie anhand des Bildes zusammensetzt, das ich von ihm seit einem Monat im Hinterkopf habe. Meine Aufmerksamkeit konzentriert sich auf die Mattscheibe wie ein scharfer dünner Lichtstrahl: so scharf und dünn, daß sie alle übrigen Bilder im Raum ausblendet, auch alle Töne aus dem Lautsprecher, was ich erst merke, als ich sie langsam wieder auftauchen höre, nachdem das Foto verschwunden ist.

»Wer war das?« frage ich Elvio. Das Herz schlägt mir unregelmäßig.

»Parchi«, sagt er, ohne sich umzudrehen.

»Und wer ist Parchi?« Ich versuche beim Reden gleichzeitig auf den Nachrichtensprecher zu hören.

»Na der von den NUG. Drei Jahre sind sie jetzt hinter dem hergewesen, Madonna!«

»Haben sie ihn gefaßt?« Die Töne aus dem Fernseher hallen zwischen den Zimmerwänden und vermischen sich dröhnend in meinem Kopf.

»Abgeknallt haben sie ihn. Umgelegt. In einer konspirativen Wohnung, haben sie gesagt.«

»Soll das heißen *getötet*?«

»Ja«, sagt Elvio und dreht sich verwundert um. »Heute morgen in Mailand.«

»Wer war sonst noch dabei?« frage ich rasch. »Hast du gehört, wer sonst noch dabei war?« Ich glaube, ich rede ziemlich heftig und laut, aber ich kann meine Stimme kaum hören. Ich muß etwas an den Ohren haben, und der Sprecher verhaspelt sich in einer endlosen Reihe von Namen und Abkürzungen, und der Ton ist viel zu laut eingestellt, und ich kann nicht mehr klar unterscheiden, wer spricht und wer zuhört. Ich wanke zum Fernseher, drücke aufs Geratewohl ein paar Tasten, aber die Bilder und Töne wechseln nur, statt zu verschwinden. Elvio steht auf, drückt die richtige Taste und schaltet das Gerät aus.

Ich frage ihn: »Wer ist sonst noch getötet worden? Wer war sonst noch dabei?« Jetzt höre ich meine Stimme, aber ich hatte sie mir nicht *so* aufgeregt vorgestellt.

»Niemand, glaube ich«, sagt er. »Sie haben nur von Parchi gesprochen. Sie haben gesagt, daß sie weiterfahnden.« Er mustert mich aus einem halben Meter Entfernung, die Hände in die Hüften gestützt, den Kopf zur Seite geneigt.

»Ist das sicher?«

»Ziemlich.«

Jetzt kann ich nicht mehr klar unterscheiden, was ich denke und fühle. Wirre Bilder schießen mir kreuz und quer durch den Kopf: Bilder von Malaidina, die eine Treppe hinunterläuft; Malaidina, die durch das Gedränge auf einem Gehsteig läuft; Malaidina, die über eine Kreuzung läuft und sich im Laufen umsieht.

»Wir müssen sofort nach Mailand«, sage ich. »Und zwar mit Vollgas!« Ich gestikuliere aufgeregt, stürze zur Tür, kehre um und sage nochmal: »Wir müssen sofort los!«

Er sieht mich an, sagt ruhig »Okay« und legt den Rest von seinem Sandwich auf ein niedriges Tischchen.

Ich haste die wenigen Meter hinüber in die andere Wohnung, lasse die beiden Türen offen. Sue steht am Küchenbord und legt gerade Rosmarinzweige in die Bauchhöhle eines Bratkaninchens. Hebt den Blick, als sie mich hereinstürzen sieht.

»Sue, leg alles weg, wir fahren sofort nach Mailand!« Ich komme mir vor wie elektrisiert, angetrieben von einer elektromagnetischen Welle, die meine Schritte durchs Zimmer beschleunigt und meine Gesten verlängert und die Konturen meiner Worte erweitert. Ich bin schon am anderen Ende des Raumes, vor dem Fenster, ziehe die Vorhänge zu.

Sue starrt mich an, die Hände im Bauch des Kaninchens, die Augen weit aufgerissen. »Nach Mailand?«

»Ja, sofort. Wir haben keine Zeit zu verlieren. Los!« Ich schreie nicht, aber meine Stimme ist so erregt, daß es klingt wie geschrien.

Ich stürze ins Kinderzimmer, schnappe mir einen weißen Segeltuchkoffer vom Boden und stopfe alles hinein, was ich herumliegen sehe, Strümpfe und Schuhe und Hemdchen und Söckchen, wie's gerade kommt. Mir scheint, ich brauche bloß an einen Handgriff zu denken, und schon ist er ausgeführt, ohne daß Zeit vergangen wäre: Ich brauche bloß daran zu denken, einen Pulli am anderen Ende des Zimmers aufzulesen, und schon hab ich ihn in der Hand, schon in den Koffer gestopft. Die Kleine sitzt auf dem Bettrand und guckt mir zu; fängt aber gleich an zu schreien, als ich ein Jäckchen vom Türhaken nehme und es ihr anzuziehen versuche.

Sue erscheint in der Tür. »Was machst du denn da?«

Ich fahre herum und sehe sie an, und sie kommt mir unendlich langsam vor, gehemmt in jeder kleinsten Bewegung. Mir scheint, sie braucht Stunden, um bloß von einem Gesichtsausdruck zum anderen überzugehen, von einer Tonlage in die andere. »Ich bemühe mich schnell zu machen«, sage ich. »Hilf mir bitte mit dem hier.« Ich halte ihr das Jäckchen der Kleinen hin, drücke es ihr in die Hand.

Sie schüttelt den Kopf, kneift die Augen zusammen und sieht mich durch die Wimpern an. »Bist du verrückt geworden, Fjodor? Plötzlich um acht Uhr abends kurz vor dem Essen fällt dir ein, daß du Hals über Kopf nach Mailand mußt?« Sie schaut mich an, schaut im Zimmer umher.

Ich würd ihr ja gern was erklären, aber ich kann nicht. Ich kann nicht mal daran denken. Ich schreie: »Sei so gut und beeil dich! Wir müssen los!« Ich stürze aus dem Zimmer, zur Eingangstür, in den Wohnraum. Meine Bewegungen sind jetzt nicht mehr so deckungsgleich mit ihren Vorwegnahmen in Gedanken, im Gegenteil, ich kann den Rhythmus nicht halten, sie überstürzen sich und verheddern sich ineinander. Ich packe rasch meinen Koffer und mache ihn zu und bringe ihn an die Tür und bleibe stehen und nehme die Jacke von Sue vom Garderobehaken und ein Halstuch der Kleinen vom Boden und kehre um und laufe ins Bad und mache den Koffer wieder auf und stopfe Zahnbürste, Zahnpasta und Rasierzeug hinein, und das Rasierwasserfläschchen gleitet mir durch die Finger und fällt auf den Boden und zerbricht in tausend Stücke. Ich laufe zurück in den Wohnraum, stolpere über den Fuß einer Stehlampe, knipse sie aus, mache drei Sprünge zum Küchenbord, schnappe mir das Kaninchen, stecke es in einen Plastikbeutel, hole zwei schmutzige Kaffeetassen von einem niedrigen Tischchen, packe sie in das Spülbecken, laufe zur Tür, lösche das Licht im Wohnraum, stolpere erneut, stoße beinahe mit Sue zusammen, die sich an der Wand entlang tastet mit dem Jäckchen der Kleinen in der Hand, und sage: »Sue, ich *bitte* dich, mach mich jetzt nicht verrückt! Ich hab dir gesagt, daß wir los müssen! Wir haben keine Zeit mehr!« Ich muß ihr reichlich irre und durchgedreht vorkommen, nach der Art zu urteilen, wie sie mich ansieht.

Elvio erscheint in der Tür, bleibt stehen und sagt: »Da bin ich.« Er betrachtet mich mit einem seltsamen, neugierig forschenden Blick.

»Könnten Sie mir bitte helfen?« sag ich und deute dabei auf das Kinderzimmer, auf Sue, die Koffer, die ganze Situation. Ich bewege mich hektisch, mit vagen Gesten, getrieben von abrupt wechselnden Intentionen.

»Kein Problem«, sagt er, nimmt die Koffer und trägt sie hinaus. Ich greife mir zwei, drei verstreute Jacken und folge ihm durch den Korridor. Vor der Fahrstuhltür hol ich ihn ein und sage: »Ich weiß nicht, was ich noch tun soll, daß Sue und die Kleine sich mehr beeilen.«

Er tritt mit den Koffern in den Fahrstuhl und sagt: »Jetzt kommen sie gleich.«

Ich laufe zurück, und tatsächlich ist Sue schon reisefertig und gerade dabei, die Kleine anzuziehen. Ich treibe sie weiter zur Eile, aber sie bewegt sich jetzt rasch und präzise, verschwindet im Schlafzimmer und erscheint nach kaum zwei Minuten mit ihrem Koffer, drängt die Kleine und mich hinaus, löscht das Licht und schließt die Wohnungstür, ohne etwas zu sagen oder mich auch nur anzusehen. Wir eilen durch den Korridor, sie jetzt rascher als ich. Ich will ihren Koffer nehmen, sie sagt nur »Laß«.

Wir fahren in die Garage hinunter, wo Elvio schon mit laufendem Motor und offenen Türen wartet. Ich will Sue vorn einsteigen lassen, aber sie hat schon mit der Kleinen im Fond Platz genommen. Wir schlagen die Türen zu, Elvio braust los. Wir sind im Handumdrehen draußen, donnern über den leeren Parkplatz, entfernen uns rasch von den langgestreckten Apartmenthäusern, vom Einkaufszentrum, von den Lichtern des Einkaufszentrums. Ich klammere mich am Haltegriff fest, strecke die Beine aus und drücke den Kopf nach hinten. Wir preschen in Wahnsinnstempo die Kehren hinunter.

Wir rasen zu Tal, und meine Gedanken fliegen so weit ins Dunkel voraus, daß mir scheint, ich habe den Kopf ganz leer und kann nur mechanisch das Rütteln und Schleudern und Bremsen und Gasgeben wahrnehmen. Wir erreichen Melavio-Dorf, durchqueren die schlafende Ortschaft und kommen rasch wieder in Fahrt auf der breiteren, geraderen Talstraße. Ganz allmählich lassen sich meine Gedanken einholen, aber im gleichen Maße, wie ich sie wieder zu fassen bekomme, verflachen sie und hängen sich an die mechanischen Sinneseindrücke, ohne sie groß zu verändern.

Elvio gibt Vollgas auf den Geraden, schneidet die Kurven, schaltet herunter, um den Motor auf Touren zu halten, fegt rasant an den äußersten Rändern der Fahrbahn dahin. Sagt kein Wort und schaut geradeaus. Sue hinter mir umklammert den Haltegriff, stöhnt jedesmal leise auf, wenn Elvio ein schroffes Manöver vollführt, und drückt einen Arm der Kleinen, die aber ganz ruhig wirkt. Ich sage zu ihr: »Mach dir keine Sorgen. Schau doch mal, Elvio fährt so professionell. Es besteht überhaupt keine Gefahr. Wirklich!« Sie antwortet nicht, schaut zum Fenster hinaus, obwohl es so dunkel ist und wir so schnell fahren, daß man nichts sieht, beißt sich auf die Lippen und tut, als ob sie mich gar nicht hört.

Ich drehe mich alle zwei oder drei Minuten nach ihr um, aber sie bleibt unverändert. Ich versuche ihren Arm zu berühren, aber sie zieht ihn mit einer kleinen gereizten Bewegung zurück. Es tut mir leid, auch wenn ich's nicht schaffe, lange genug darüber nachzudenken, wie sehr und warum genau. Ich sage: »Sue, es tut mir leid. Aber es hängt nicht von mir ab. Ich meine, es hängt schon von mir ab, aber ich kann nichts dagegen tun.« Sie dreht den Kopf auf die andere Seite, ins andere Profil.

Wir fahren vielleicht eine halbe Stunde, ohne ein Wort zu reden, versunken in das Brummen des Motors und das Heulen der Reifen und das unaufhörliche Sausen des Fahrtwinds. Wir überholen zwei oder drei sehr langsam fahrende Laster und lassen sie hinter uns wie schläfrige Riesenwale. Wir kommen zur Autobahn, passieren die Mautstelle und drehen voll auf. Wir rasen mit annähernd zweihundert Sachen auf der Überholspur dahin, dicht an den weißen Leitplanken vorbei. Immer wieder kommen wir fast in Stoßstangenkontakt mit langsamer fahrenden Wagen. Elvio blendet die Lichthupe auf, die Wagen gleiten beiseite und sind kurz darauf schon weit hinter uns, zusammengeschrumpft zu leuchtenden Punkten.

»Wir fahren wirklich sehr schnell«, sage ich und sehe auf den weißen Streifen der Überholspur.

Er schaut geradeaus. »Na ja, es geht.« Schaut ein paarmal rasch zu mir herüber, mit den gleichen neugierig forschenden Augen wie vorhin in der Tür.

Wir haben bereits die Hälfte der Autobahnstrecke.

Wir haben zwei Drittel der Autobahnstrecke.

Als wir zwanzig Kilometer vor Mailand sind, drehe ich mich zu Sue und frage sie: »An was denkst du?« Sie zeigt mir weiter ihr Profil, bleibt stumm und neutral im Ausdruck. Ich stelle die Frage zwei-, dreimal hintereinander. Der Hauptstrom meiner Unruhe teilt sich in mehrere Nebenströme, die sich in meine Stimme ergießen. Es tut mir jetzt richtig *weh*, daß wir nicht einmal mehr miteinander reden und daß alles so rasch und irreparabel zerfällt. Ich dränge sie: »Sag mir doch endlich, an was du denkst!«

»An nichts«, sagt sie schließlich knapp.

»Das ist doch lächerlich! Klar denkst du an was!« Mindestens ein Drittel meiner Unruheströme ist jetzt auf sie gerichtet und prallt von ihr auf mich zurück wie ein Lichtstrahl von einem Spiegel.

»Jedenfalls glaube ich nicht«, sagt sie, »daß es dich was angeht.«

»Klar geht es mich was an! Es geht mich was an, weil wir zwanzig Kilometer vor Mailand sind und gleich da sein werden und ich nicht will, daß wir auf so eine häßliche Art auseinandergehen: du ohne ein Wort zu reden und ohne mich anzusehen und weiter in dieser eisigen Haltung, dabei haben wir nicht mal gestritten oder uns irgendwas

Besonderes gesagt.« Ich recke mich ihr entgegen, zu drei Vierteln umgedreht und mit langem Hals, und kann nicht mehr klar unterscheiden zwischen den verschiedenen Unruheströmen.

Sie starrt weiter auf das dunkle Fenster, dreht sich dann plötzlich zu mir und sagt: »Du meinst also, *ich* hätte dir was zu erklären.« Eine Art kleines bitteres Lächeln kommt ihr auf die Lippen und läßt sie leicht zittern.

»Sue, es tut mir leid, verdammt nochmal! Ich hab dir gesagt, daß es mir leid tut, aber hier gibt es nicht viel zu erklären. Keiner von uns hat den anderen in diese Geschichte reingezogen, keiner von uns hat den anderen ausgenutzt oder Gefühle aufgewühlt oder Zwangslagen geschaffen.« Jedes Wort, das ich sage, ist jetzt prallvoll drängender Unruhe und kommt hervorgesprudelt, ohne daß ich Zeit hätte, darüber nachzudenken. »Warum müssen wir plötzlich alles in so ein häßliches Licht stellen? Warum müssen wir in diesem blöden Ton miteinander reden, mit diesen blöden Gesichtern, ohne uns auch nur einmal in die Augen zu sehen? Mein Gott, Sue, du weißt doch genau, daß du nicht mal daran *gedacht* hast, Bob zu verlassen und wegzugehen, um ein anderes Leben zu führen mit einem anderen. Ich meine, wir haben jedenfalls nie darüber gesprochen und nichts. Und den ganzen Monat lang hast du jeden Tag zweimal mit ihm telefoniert, um ihn zu fragen, was er zu Mittag gegessen hat und wie er angezogen ist und wen er getroffen hat und was er dir rät. Du hast praktisch die ganze Zeit immerzu an ihn gedacht. Das weißt du genau.«

Sie hört mir schweigend zu, und als ich am wenigsten darauf gefaßt bin, dreht sie den Blick zur Seite, und ein paar Tränen schimmern in ihren Augen.

Ich recke mich ihr noch mehr entgegen und versuche,

ihren Kopf zu berühren oder ihre Schulter, um einen Kontakt herzustellen, aber da rückt sie rasch aus der Reichweite meiner Finger. Ich sage mit panikverzerrter Stimme: »Sue, sei doch nicht so, bitte sei doch nicht so«, und meine Gedanken gleiten von ihr auf die Straße zu Malaidina. Elvio tritt hart auf die Bremse und streckt den rechten Arm aus, um mich davor zu bewahren, daß ich rücklings gegen die Scheibe fliege. Ich sage »Danke«. Er kurbelt sein Fenster herunter, bezahlt die Mautgebühr und braust wieder los.

Ich drehe mich wieder zu Sue, aber sie hat die Augen schon wieder trocken, sagt »Laß mich in Ruhe« und kehrt sich weg: schneidet mich ab.

Wir sind in der Stadt, auf einer der großen Einfallstraßen ins Zentrum. Elvio fragt: »Wohin fahren wir?« Sue sagt ihm, wohin. Meine Unruhe fließt jetzt rasch wieder in eine einzige Richtung und wächst mit jeder Kreuzung, die wir überqueren. Elvio flitzt an den Ampeln zwischen den anderen Autos hindurch, kurvt nach rechts und nach links, beschleunigt und bremst und beschleunigt. Seltsam, wie gut er es schafft, dem Rhythmus meines Herzschlags zu folgen.

Wir sind vor dem Haus von Bob und Sue, Elvio hält. Jetzt ist keine Zeit mehr, noch viel zu sagen, ich bin in Eile, ich bin in Eile. Sue und die Kleine sind draußen, warten schon vor dem Kofferraum, ohne mich auch nur anzusehen. Elvio und ich steigen aus, Sue fragt ihn in unpersönlichem Ton: »Könnten Sie uns die Koffer raufragen?« Er nimmt einen Koffer, ich nehme den anderen; wir folgen Sue und der Kleinen durchs Gartentor, den kurzen Weg hinauf und durch die Glastür ins Vestibül, ohne daß sie ein einziges Mal zurückschauen, um zu sehen, ob wir nachkommen.

Wir warten mit den Koffern in der Hand, während Sue den Fahrstuhl holt. Wir stehen dreißig Sekunden lang alle vier stumm und reglos, die Augen auf die aluminiumfarbene Schiebetür gerichtet. Der Fahrstuhl kommt, die Tür geht auf, Sue und die Kleine treten hinein und drehen sich ins Profil. Elvio und ich stellen die Koffer hinein, wir treten zurück. Die Tür geht zu. Ich stoppe sie mit der Hand, sie geht wieder auf. Sue sieht mich an, die Augen kühl, ohne den Finger vom Knopf zu nehmen. Ich ziehe die Hand zurück, die Tür geht zu. Ich stoppe sie zum zweiten Mal, sie geht wieder auf, ich sage »Sue!«, aber es ist jetzt wirklich keine Zeit mehr, ich muß schleunigst weg. Sue sagt »Fjodor, hör auf«, und ich bin schon draußen vor der Glastür hinter Elvio, der zur Straße hinunterläuft. Wir hasten durchs Gartentor, springen ins Auto und preschen davon.

Es dauert nur ein paar Minuten, bis wir im Zentrum sind, wir überfahren ein Rotlicht und schneiden die anderen Autos. Die Unruhe ist jetzt drängende Angst und dreht sich so rasend in meinem Kopf, daß ich nicht mehr imstande bin, einzelne Gedanken oder Bilder oder Gefühle zu isolieren; ich starre hinaus mit klopfendem Herzen.

Wir sind vor der Haustür. Elvio bremst, hält, stellt den Motor ab. Schaut mit seinen kleinen blauen Augen zu mir herüber und sagt: »Da sind wir.«

»Danke.«

»Wofür?«

»Für alles. Wirklich.« Ich weiß nicht, was ich sonst sagen soll. Ich möchte rauf. Wir steigen aus, jeder auf seiner Seite, gehen symmetrisch halb um den Wagen und treffen uns vor dem Kofferraum. Elvio macht ihn auf und gibt mir den Koffer. Wir sehen uns an, reglos vor dem geöffneten Kofferraum, im Licht einer Straßenlaterne.

»Was wirst du jetzt tun?« fragt er.

»Weiß nicht. Keine Ahnung. Ich geh erstmal rauf.«

Es gefällt mir, daß er mich jetzt duzt, aber ich hab keine Zeit, darüber nachzudenken. Ich hab überhaupt keine Zeit mehr, jetzt irgendwas zu denken. Ich laufe zur Haustür.

Elvio folgt mir und sagt »Warte«. Wühlt in seinen Taschen und reicht mir eine Visitenkarte. »Für den Fall, daß du mal Hilfe brauchst.«

Ich stecke das Kärtchen in die Tasche, suche nervös nach dem Schlüssel, sage »Nochmals vielen Dank« und öffne die Haustür.

Ich nehme den Fahrstuhl, fahre hoch, schließe auf, trete ein und schlage die Tür zu.

Ich laufe ins Telefonzimmer, schlüpfe unterwegs aus der Jacke und lasse sie auf den Boden fallen. Drücke die Tasten des Anrufbeantworters, aber mir schlägt das Herz so heftig, daß meine Bewegungen sich überstürzen: Meine Finger hauen wild auf die Tasten und lassen das Band verkehrt herum laufen. Ich hole tief Luft, lasse das Band zurücklaufen, drücke die Abhörtaste, und höre die Stimme von Leo: »Ruf mich sofort zurück.« Das muß an dem Morgen nach der Schießerei gewesen sein, bevor ihn Bob informierte. Sonst nichts.

Sonst nichts.

Ich drücke die Tasten, wie's gerade kommt, lasse das Band zurück- und vor- und zurücklaufen, zehnmal hintereinander, höre wieder und wieder die Stimme von Leo, das sinnlose Klicken davor und danach, das Grundrauschen und die tausend winzigen elektronischen Interferenzen, die sich dem Magnetband eingeprägt haben. Ich springe auf, gebe dem Apparat einen Fußtritt, reiße ihn aus der Dose und schleudere ihn in eine Ecke. Ich nehme den Hörer ab, um zu prüfen, ob das Telefon noch funktioniert: Es funktioniert.

Ich gehe in die Küche, öffne einen Wandschrank, einen zweiten Wandschrank und einen dritten. Ziehe alle Schubladen eines Schubladenschränkchens auf und schiebe sie wieder zu, immer zwei auf einmal. Laufe im Kreis, die Hände tief in den Taschen, und mir scheint, daß die Wände rasch näher und näher rücken. Greife mir eine Schachtel Kekse von einem Regal, reiße sie auf und zerfetze sie, greife zwei Mürbekekse heraus, die mir zwischen den Fingern zerbröckeln, stecke mir einen davon in den Mund, kaue zweimal und mag ihn nicht mehr, spucke ihn in den Ausguß und werfe den anderen mit dem Rest der Schachtel in den Mülleimer.

Ich gehe ins Bad, drehe den Warmwasserhahn auf und verbrühe mir die Fingerspitzen. Drehe den Kaltwasserhahn auf und halte die Stirn, den Hals und die Schläfen darunter, ohne daß es viel hilft. Ich trockne mir das Gesicht an einem wollenen Bademantel und die Hände an den Hosenbeinen.

Ich gehe ins Gitarrenzimmer, schalte den Verstärker ein und spiele ein Durcheinander von schnellen Noten, die Finger der linken Hand unten am Griffbrett und die der rechten zuckend in einem frenetischen Rhythmus. Ich spiele ungefähr drei Minuten lang, etwa als rauchte ich eine Zigarette aus Noten: jede Note ein Vorstellungsbild, das sich in Sequenzen wiederholt oder verschwindet und nach einer Weile wiederkommt oder nur einmal auftaucht und allmählich verblaßt bis zur Unkenntlichkeit oder auch an Tiefe gewinnt und die Boxen und Fensterscheiben vibrieren läßt.

Ich schalte den Verstärker aus, packe die Gitarre zurück in den Kasten, laufe den Flur entlang, kehre um, gehe ins

Schlafzimmer, setze mich auf die Matratze, stehe gleich wieder auf, stecke die Hände in die Taschen, ziehe sie wieder raus, gehe erneut in den Flur, zurück ins Gitarrenzimmer, laufe die Wände entlang und wedele mit den Armen, laufe zurück in die Küche, mache einen Schrank auf, mache ihn wieder zu, wieder auf, wieder zu.

Das Telefon klingelt.

Das Schrillen dringt mir ins Hirn, während ich mit den Fingern am Türgriff bin: zuckt im Zickzack und in Spiralen, erzeugt einen Blitz, der mich blendet und dann zerplatzt in winzige scharfe Strahlen, die mir in Arme und Beine fahren und mich in rasendem Lauf durch den Flur jagen.

Ich stürze ins Telefonzimmer, das Herz im Hals, mit pfeifenden Ohren und leicht vernebeltem Blick. Ich packe den Hörer, und im gleichen Augenblick packt mich eine wahnsinnige Angst, daß *irgendwer* anrufen könnte. Der Hörer gleitet mir aus der Hand, ich packe ihn mit beiden Händen, drücke ihn mir ans Ohr und krächze »Hallo?«

Niemand antwortet. Nur das leise Rauschen der offenen Leitung.

»Hallo?« wiederhole ich mit verzerrter Stimme.

»Hallo«, sagt Malaidina. Mein Herz tut einen so heftigen Sprung, daß ich auf einem Bein einknicke und mich am Boden wiederfinde, an den Hörer geklammert wie ein Affe an einen Ast.

Ich schreie: »Bist du's?« Es ist kein richtiger Schrei, es ist eine Art erstickter oder gedämpfter Schrei, weniger laut, aber ebenso intensiv wie ein normaler Schrei.

»Ja«, sagt sie mit dünner, zögernder Stimme.

»Wo bist du?«

»Hör zu«, sagt sie und verstummt. Ich presse den Hörer ans Ohr und halte den Atem an. Endlich, nach fünf oder sechs Sekunden, sagt sie in einem Zug, die Worte dicht beieinander: »Kann ich zu dir kommen?«

»Na sicher! Na klar! Wo bist du? Ich hol dich gleich ab. Sag mir, wo du bist!«

»Ich komme selber.« Sie hat schon aufgelegt.

Ich springe auf, stolpere, fange mich, stehe mitten im Zimmer, die Ohren knistern mir in der gleichen Frequenz wie die Deckenlampe.

Ich laufe ins Bad und wasche mir noch einmal das Gesicht. Laufe in die Küche und trinke ein Glas kaltes Wasser und gleich noch eins. Versuche an nichts zu denken, nichts in Gedanken vorwegzunehmen, verjage die Bilder, die sich mir aufdrängen. Gehe zur Wohnungstür, öffne sie, schaue hinaus, kehre um, schaue nochmal hinaus und schließe die Tür. Ich laufe im Flur auf und ab und sehe mir auf die Füße. Es läutet.

Ich bin schon am Türöffner, bin schon draußen, vor der Fahrstuhltür, mit pochendem Herzen.

Der Fahrstuhl kommt, der Knopf leuchtet grün, die Tür geht auf. Hinter der Tür erscheint Malaidina: tausendmal klarer und dreidimensionaler als ich sie erwartet hatte.

Das Bild von ihr, wie sie da im Fahrstuhl erscheint, prägt sich meiner Netzhaut so kräftig ein, daß es die anderen Bilder von ihr, wie sie heraustritt und mir entgegenkommt, überlagert und sich erst auflöst, als sie an mir vorbeigegangen ist und wir im Flur sind und die Tür zugemacht haben, ohne uns zu berühren oder etwas zu sagen.

Ich schaue sie an, wie sie da im Flur steht, und begreife nicht, wie ich imstande war, so viele Eigenheiten von ihr zu vergessen, so viele Einzelheiten an ihrer Figur und ihrem Gesicht und ihrer Augenfarbe und ihrer Art, sich zu bewegen und sich umzusehen und zu atmen, und trotzdem die ganze Zeit zu glauben, ich hätte ein ziemlich lebendiges Bild von ihr. Es ist ungefähr so, wie wenn man vier Wochen lang eine überbelichtete Farbfotokopie betrachtet und sie schon ganz wunderbar findet, und dann sieht man plötzlich das Original.

Sie geht durch den Flur, ohne zu lächeln oder sich sonst irgendwie besonders freundlich zu zeigen. Sie ist blaß, hat einen verstörten Blick und hält sich nahe der Wand.

»Du bist blaß«, sage ich, einen Schritt hinter ihr.

»Kann ich mir denken«, sagt sie mit einem kurzen nervösen Lächeln. Sie hat eine verwaschene Jeansjacke an über einem lila T-Shirt.

»Gehen wir da rein«, sage ich und zeige auf die Küchentür. Wir gehen durch den Flur, ich bleibe auf der Schwelle stehen und lasse sie vor mir rein.

Sie geht bis zum Fenster, schaut hinaus, kommt zurück in die Mitte des Raumes, setzt sich auf einen hohen Hocker und schaut auf den Boden. Hebt die Augen und sieht mich an. »Hast du vielleicht was zu trinken?«

»Ich hab bloß Wasser oder Wein«, sage ich und deute auf vier Weinflaschen in einem Regal.

»Gib mir Wasser. Ich sterbe vor Durst.« Ihre Stimme ist ziemlich dünn.

Ich gieße ihr ein Glas Wasser ein, sie leert es in einem Zug, sagt »Danke« und gibt es mir wieder. Ich fülle es gleich nochmal und stelle es neben sie auf das Wandbord. Wir bleiben zwei, drei Minuten lang stumm und rühren uns nicht.

»Tut mir leid«, sage ich. »Aber dies hier ist der einzige Raum mit Sitzmöbeln in der ganzen Wohnung.« Ich deute auf ihren Hocker.

»Ich weiß«, sagt sie. »Geht schon so.« Sie schaut auf ihre Fußspitzen; schaut mich an und sagt: »Hör zu, es tut mir leid, daß ich hier einfach so reingeplatzt bin. Ich hab dich schon heut nachmittag zu erreichen versucht, aber da war bloß dieser gräßliche Anrufbeantworter, und ich hab gleich wieder aufgelegt.« Sie hält die Arme verschränkt, als wäre ihr kalt. Ihre Stimme gewinnt erst wieder ein bißchen an Konsistenz, als sie sagt »dieser gräßliche Anrufbeantworter«.

»Ich war weg«, sage ich. »Bin zurückgefahren, so schnell ich konnte, aber bin erst vor einer Stunde angekommen.« Ich betrachte sie aus einem Meter Entfernung und wage nicht, mich ihr zu nähern. Ich lehne mich an einen Wandschrank und versuche, entspannter zu wirken, als ich bin, aber ich kann meine Stimmlage nicht kontrollieren.

»Wieso zurückgefahren, so schnell du konntest?« Sie nimmt das Wasserglas, trinkt es halb leer und betrachtet mich über den Rand.

»Ich dachte mir schon, daß du dich melden würdest.« Ich straffe mich, mache zwei Schritte auf sie zu, dicht an der Eisschrankkante entlang. »Ehrlich gesagt, ich war sogar ziemlich *sicher*, daß du dich melden würdest.« Ich stehe jetzt dicht vor ihr, und mir zittert die Stimme.

Sie schaut mich an, die Augen noch klarer als vorhin im Flur. »Versteh ich nicht. Wir haben uns seit mindestens einem Monat nicht gesehen.«

»Seit zweiunddreißig Tagen«, sage ich mit einem dünnen Lächeln, das mir gleich wieder erstirbt. Jetzt, wo ich sie so dicht vor mir sehe, scheint mir, daß ich in einen halbflüssigen Zustand übergehe, daß ich zerfließe zu einer puddingartigen Konsistenz.

»Und erst heute nachmittag ist mir in den Sinn gekommen, dich hier zu besuchen«, sagt sie stockend und schaut auf das halbleere Glas.

»Hör zu, ich weiß, warum du gekommen bist.« Ich räuspere mich und huste, es fällt mir schwer zu sprechen; es fällt mir schwer, auf die Worte zu achten.

»Ach ja?« Sie bewegt kaum die Lippen.

»Ich hab heute abend von der Geschichte mit Parchi erfahren.«

Sie schnappt nach Luft und wird sehr bleich, lehnt sich zurück, bis sie mit dem Hinterkopf an die Wand stößt, und diese langsame Rückwärtsbewegung saugt mich hin zu ihr wie eine abebbende Welle: eben noch lehnte ich am Regal, und im nächsten Augenblick bin ich wenige Zentimeter vor ihr, verblüfft von der Farbe ihrer Augen aus dieser Nähe.

»Was weißt du davon?« fragt sie.

»Ich weiß davon«, sage ich. »Ich hab euch einmal zusammen gesehen, und dann hab ich ihn allein gesehen, und heut abend hab ich zufällig in die Glotze gesehen, und da war ein Foto von ihm.«

Sie schaut zur Tür, dann wieder zu mir.

Ich trete einen Schritt zurück, um sie nicht noch mehr zu erschrecken. »Malaidina, bitte hab keine Angst. Ich bin extra so schnell hergefahren, um da zu sein, wenn du anrufst.« Ich stehe bewegungslos vor ihr, versunken in die Einzelheiten ihrer Erscheinung.

»Aber wie hast du wissen können... wie hast du kapiert, daß Saverio...« Sie schaut zum Fenster, zum Eisschrank. Sie weint nicht, aber ich glaube, sie fürchtet, kurz davor zu sein. Sie zieht die Luft durch die Nase, wischt sich mit zwei Fingern im Augenwinkel und sagt mit halberstickter Stimme: »Ich versteh nicht...«

»Beruhige dich, mach dir keine Sorgen«, sage ich und trete wieder ein bißchen näher, streichle ihr vorsichtig den Unterarm. Ich möchte eigentlich gar nicht reden, ich möchte bloß dastehen und sie ansehen, zwanzig, dreißig Minuten lang. Ich möchte, daß sie nicht den geringsten Grund auf der Welt hat, sich irgendwelche Sorgen zu machen; ich weiß, es ist lächerlich.

»Wie kannst du sagen, ich soll mir keine Sorgen machen? Nach dem, was passiert ist!«

Jetzt fürchte ich, daß sie mich wieder kindisch und oberflächlich findet wie damals in dem Café, als wir uns stritten. Ich versuche, aus diesem puddingartigen Zustand herauszukommen, aber es ist nicht leicht. Ich lehne mich wieder an das Regal, verschränke die Arme und frage: »Was ist denn genau passiert?«

»Nichts«, sagt sie, wieder mit halberstickter und sehr brüchiger Stimme, sieht auf den Boden, sieht aufs Fenster. »Er hat versucht, durchs Fenster zu fliehen, und da haben sie ihn erschossen.« Bei den letzten zwei Worten bricht ihr die Stimme. Sie schluckt und schnieft. Es ist kein richtiges Weinen.

»Wer sie?«

»Die Carabinieri. Er wollte grad aus dem Fenster springen. Aber sie hatten das ganze Haus umstellt, haben sie im Radio gesagt. Den ganzen Block.« Ihre Augen sind jetzt voller Tränen, sie beißt sich auf die Lippen, schnieft und zuckt mit den Schultern.

»Beruhige dich. Bitte beruhige dich«, sage ich. Es sticht mir ins Herz, sie so zu sehen.

»Ja ja, beruhige dich!« sagt sie und bemüht sich, ihre Stimme unter Kontrolle zu bringen. Wischt sich mit dem Handrücken über die Wangen, um die Nase. Löst sich die Spangen aus dem Haar, schüttelt den Kopf und beginnt mit zitternden Fingern, ihre Frisur zu richten. Schnieft und sagt mit einem Anflug von Farbe in der Stimme: »Die Schweine.«

Ich sehe sie an und weiß nicht recht, was ich sagen soll, und je länger ich sie ansehe, desto weniger weiß ich's. Tatsache ist, daß ihre Züge und ihre Farben und all ihre kleinen Eigenheiten so lebhaft geworden sind durch diesen Ausbruch ihrer Gefühle, daß der Gesamteindruck mir den Atem raubt und mich fast erstarren läßt vor Bewunderung. Dabei möchte ich ihr gern irgendwie helfen, statt dazustehen und wie gebannt ihr Erscheinungsbild in mich aufzusaugen. Ich nehme ihr Glas und trinke es aus.

»Habt ihr zusammengelebt, du und dieser Parchi?« Ich stecke die Hände in die Taschen, wippe auf den Fußsohlen.

»Na ja, zuletzt nicht«, sagt sie. »Er hatte seit einiger Zeit kapiert, daß sich was zusammenzog, und wechselte jede Woche die Wohnung.« Sie redet stockend, ohne die Worte besonders gut aneinanderzufügen.

»Aber ihr *wart* zusammen?« Ich ziehe eine Schublade auf, schiebe sie zu; ziehe sie wieder auf.

Sie erhebt sich, tritt ans Fenster, schaut hinaus, lehnt die Stirn an die Scheibe und sagt: »Aber ja.«

»Das ist nicht wahr«, sage ich.

Sie fährt herum, der Blick wieder ganz alarmiert. »Wieso nicht wahr?«

»Nach der Art, wie du's sagst, kann's nicht wahr sein«, sage ich und habe vor lauter Unruhe wieder meine fremdländische Intonation: Die Akzente verteilen sich über die Wörter, wie's gerade kommt.

Malaidina sieht mich aus den Augenwinkeln an und atmet tief durch. »Wie kannst du so sicher sein!«

»Ich bin überhaupt nicht sicher«, sage ich. »Ich wollt's nur wissen.«

Sie dreht sich wieder zum Fenster und schaut hinaus: zart, elegant, die Hände in den Taschen ihrer Jeansjacke, die Haare knapp auf der Schulter, die langen Beine in hautengen schwarzen Cordhosen.

Wir bleiben drei oder vier Minuten lang stumm und rühren uns kaum. Schließlich sage ich: »Malaidina, wenn du nicht aufhörst, so vor mir auf der Hut zu sein, springe ich aus dem Fenster.«

Sie schaut mich wortlos an.

»Im Ernst. Das ist kein Witz. Ich mach das Fenster auf und stürze mich raus.« Ich nähere mich ihr bis auf einen Meter, beuge mich vor und sage: »Malaidina, du darfst nicht vor mir auf der Hut sein. Ich hab gestrampelt wie der Frosch in der Milch, bevor ich dir begegnet bin, und kaum warst du verschwunden, hab ich wieder gestrampelt wie der Frosch in der Milch, und jetzt, wo du endlich wieder da bist, kannst du mich nicht so ansehen und auf Distanz bleiben und Angst haben, daß ich verwundert oder empört wäre über das, was du getan hast. Es interessiert mich überhaupt nicht was du getan hast. Es interessiert mich nur, was du *bist*. Verstehst du?« Ich drücke ihr den Arm und wiederhole: »Verstehst du?«

Sie legt den Kopf zur Seite und lächelt: ein richtiges Lächeln, wenn auch nur dünn. Ich fasse sie um die Taille und küsse sie auf den Mund. Sie zögert einen Moment, drückt mir die Hände in den Rücken und erwidert den Kuß.

Wir küssen uns fünf Minuten lang, glaube ich, ohne uns einen Millimeter zu bewegen oder die Lippen um einen Millimeter zu verschieben; mir scheint sogar ohne zu atmen, auch wenn das kaum möglich ist.

Wir bleiben weitere fünf Minuten lang voreinander stehen und sehen uns an und warten, daß unsere Gedanken wieder ein bißchen brauchbare Konsistenz annehmen.

»Was müssen wir tun?« frage ich schließlich. »Ich meine, was ist los? Sind sie hinter dir her?«

»Ich glaube ja«, sagt sie mit einem erneuten Blick zur Tür. »Wenn sie Saverio die ganze Zeit überwacht haben, wissen sie sicher, daß wir uns sahen. Und wissen vermutlich auch, wer ich bin.« Sie steckt die Hände wieder in ihre Jackentaschen und schaut zu Boden.

»Sag doch mal«, sage ich langsam, »mit diesem Parchi, hast du da irgendwas angestellt? Ich meine, hast du auf jemand geschossen oder sowas?«

»Quatsch, ich hab auf niemand geschossen! Und Saverio hat auch auf niemand geschossen, was das betrifft.«

»Was das betrifft, so hat er zumindest auf mich geschossen.«

»Was?« Sie fährt hoch und verengt die Augen zu schmalen Schlitzen. »Warst *du* das etwa, der ihn neulich nachts im Zentrum verfolgt hat?«

»Ich hab ihn nicht verfolgt. Ich bin ihm bloß nachgelaufen, weil ich hoffte, er würde mich zu dir führen.« Ich beuge mich ihr entgegen, ohne ihr allzu nahe zu kommen.

»Ist dir klar«, sagt sie sehr bleich, »daß er durch deine Schuld hätte geschnappt werden können?«

»Und ist dir klar, daß ich verzweifelt war und weiß Gott was getan hätte, um dich wiederzufinden?«

Sie starrt mich an. »Du bist verrückt.«

»Gar nicht davon zu reden, daß er mich leicht hätte töten können.« Ich knöpfe mir den Hemdkragen auf, um ihr die Narbe zu zeigen. »Sieh mal.«

Sie kommt etwas näher, um hinzusehen; ich nutze die Gelegenheit, um sie am Arm zu fassen, und sage: »Malaidina, bitte, werd doch nicht wieder so mißtrauisch!« Sie windet sich aus meinem Griff, sieht flüchtig auf meinen Hals und sagt: »Da ist kaum was zu sehen.« Wir bleiben ein paar Minuten lang still.

Dann sage ich: »Na jedenfalls, wenn du auf niemand geschossen oder sonstwas angestellt hast, kann die Situation nicht so schlimm sein.«

»Denen ist doch egal, was ich angestellt habe. Die brauchen nicht viel, um mich einzusperren. Die interessiert nur, daß ich Kontakt zu Saverio hatte.«

»Hast du ihn oft gesehen?«

»Ab und zu. Er sagte, ich sei die einzige Person, mit der er noch reden könnte. Rief immer wieder mal an, und dann gingen wir irgendwo essen oder fuhren auch bloß ein bißchen im Auto herum. Er tat mir leid, weil er so deprimiert war und so gehetzt. In der letzten Zeit konnte er sich kaum noch rühren, überall hing sein Foto.«

Der Gedanke, daß er sie anrufen und sehen und wer weiß wie oft mit ihr im Auto herumfahren konnte, macht mich auf einmal ganz krank. Ich frage sie: »Und gefiel er dir? Ich meine, so als Typ?«

Sie beißt sich auf einen Daumennagel, sieht mich an und sagt: »Er gefiel mir sehr, als ich ihn kennenlernte.« Sie fährt mit dem Finger über die Eisschranktür. »Als ich ihn kennenlernte, war ich eine dumme Pute, die von nichts 'ne Ahnung hatte, und er war so brillant und voller Ideen. Er war viel reifer als alle meine Freunde von damals. Er war für mich praktisch so eine Art Idol. Als wir zusammenzogen, kam's mir ganz unglaublich vor, daß ich bei ihm war und nicht mehr idiotisches Zeug studierte und nicht mehr bei meinen Eltern wohnte. Später haben wir dann gemerkt, daß wir nicht so gut zusammenpaßten. Ich weiß nicht, er war sehr deprimiert über die ganze Situation, und ich langweilte mich immer mehr. Vielleicht auch, weil wir fünfzehn Jahre auseinander waren und verschiedene Interessen hatten. Aber anfangs hat er mir einen Haufen Zeug beigebracht.«

»Das ist doch lächerlich«, sage ich. »Wie kann einer *dir* was beibringen? Wie kann ihm auch nur *in den Sinn kommen*, dir was beizubringen? Was machte dieser Saverio, lief er dir überall nach, um alles, was du sahst, mit Beischriften zu versehen? Band er kleine Zettel an die Füße der Situationen, als wären sie ausgestopfte Vögel zum Aufstellen in einem gläsernen Schaukasten?« Ich bin jetzt ganz vergiftet von Eifersucht; mir ist heiß.

»Das ist blöd, was du da redest. Du hast ihn ja gar nicht gekannt.«

»Aber ich kann's einfach nicht ertragen, wenn ich dich sagen höre, du wärst eine dumme Pute gewesen und er wär gekommen, um dir einen Haufen Zeug beizubringen!«

Sie schaut zur Seite.

»Also hast du die brave Hausfrau gespielt und ihm jeden Mittag ein Essen gekocht, und er saß rum und erklärte dir, was für hochbedeutende Dinge er tat?«

»Das ist nicht wahr«, sagt sie und macht ein paar Schritte, die Hände in ihren Jackentaschen, die Augen zu Boden gerichtet. »Er hat sich immer bemüht, mich rauszuhalten aus dem, was er tat. Er ging oft aus, um Leute zu treffen, oder saß zu Hause und schrieb oder las irgendwas, aber er wollte mir nie genau sagen, worum's dabei ging. Das einzige Mal, daß wir darüber gesprochen haben, war, als es hieß, er wäre der theoretische Kopf der NUG, und da waren wir schon seit Monaten auseinander. Er war so unheimlich deprimiert, weil er keine Möglichkeit hatte, die Sache zu klären, sein Foto war in allen Zeitungen und im Fernsehen, und er konnte nicht mal mehr mit seinem Anwalt reden. Er sagte mir, er hätte schon mindestens seit drei Jahren nichts mehr mit den NUG zu tun, er hätte sich lange bevor wir uns kennenlernten von ihnen getrennt. Er sagte, sie würden allmählich alle verrückt, aber er wußte nicht, was er tun sollte. Es war nicht leicht für ihn.« Sie schaut zur Deckenlampe, zur Tür. Schaut zu mir und sagt: »Warum bist du so wütend auf Saverio?«

»Ich bin gar nicht wütend auf ihn«, sage ich. »Aber wenn ich an diese Typen denke, die rumlaufen und auf Leute schießen, bin ich in gar keiner Weise einverstanden.«

Sie fährt sich mit einem Finger in den Halsausschnitt ihres T-Shirts und blickt zu Boden. »Damit war auch Saverio nicht einverstanden, das hab ich dir doch gesagt.« Ihre Stimme klingt ein bißchen verwirrt; sie schiebt sich die Hände erneut in die Taschen und hebt die Augen. »Aber du hast keine Ahnung, wie empörend und widerwärtig die Situation in diesem Land hier ist. Du hast keine Ahnung, wie die Leute beschissen werden, all die Jugendlichen, die zur Schule gehen und fünf Jahre mit Latein und Griechisch vertrödeln und dann nochmal fünf Jahre auf der Uni mit Philosophie, bloß weil sie nicht wissen, was sie tun sollen, und weil sie keine Arbeit finden und keine Wohnung weit und breit und bei den Eltern leben müssen, bis sie dreißig sind, und ein eigenes Leben erst anfangen können, wenn sie schon gar keine Lust mehr haben und sich für nichts mehr interessieren.« Ihre Stimme wird lebhaft, ihre Wangen bekommen Farbe und ihre Augen blitzen. »Und du müßtest mal sehen, was für Typen das sind, die in der Regierung sitzen, was für *Monster*! Einmal hab ich im Fernsehen einen Minister, ich glaube den Innen- oder den Außenminister gesehen, der in irgendeinem Kongreßsaal sprach, und dann kam dieser Interviewer, der wie ein Verkäufer in einem Autosalon gekleidet war und sich beflissen vorneigte und seine Fragen in einem so servilen Ton stellte, daß es mehr Einladungen waren als richtige Fragen, und der Minister lehnte sich so behäbig zurück, daß er praktisch in seinem Sessel *lag*, mit einer Zigarette in der Hand und aufgeknöpftem Jackett und die Wieselaugen halb zu, und seine Antworten hatten nicht den *geringsten* Sinn, und er sagte sie mit dieser nöligen, angeödeten Stimme, als hätten sie ihn zu Hause beim Baden gestört. Du hast keine Ahnung, Fjodor. Und die von der anderen Partei sind genauso widerwärtige Typen, und wenn sie an die Regierung kämen, wär's tupfengenau dasselbe, und so besteht keine Chance, daß sich in diesem Land je was ändert. Ich meine, es *kommt* einem schon mal die Lust, hier alles hochgehen zu lassen!« Sie blitzt mich an mit funkelnden Augen.

»Kann ich mir vorstellen«, sage ich. »Aber mehr oder weniger ist es doch überall die gleiche Scheiße.« Ich zupfe mir an einem Hemdknopf.

»Ja, schon«, sagt sie, »aber hier ist es eine so miserable und *klägliche* Scheiße. Hier ist es keine grandiose Scheiße, die einen beeindruckt und erschauern läßt. Hier ist es eine Scheiße, die einen hauptsächlich deprimiert.«

»Ich weiß nicht«, sage ich. »Vielleicht deprimiert einen immer die Scheiße am meisten, die man am besten kennt, weil man sie so aus der Nähe sieht und so lange, daß sie eine Art unerträgliche Verwandte wird.«

Aber komisch, da reden wir so und ereifern uns mächtig, und plötzlich habe ich Hunger. Ein richtiger Heißhunger überfällt mich auf einmal und drängt alle anderen Gedanken beiseite und läßt mich mitten im Argumentieren verstummen. Ich sage: »Hör mal, wollen wir nicht was essen? Wir können nachher weiterreden.«

Sie guckt verblüfft und sagt: »Auch ich habe furchtbaren Hunger!« Sie lacht, mit blitzenden Zähnen und blitzenden Augen, lacht wie eine japanische Nachtigall.

Ich mache den Eisschrank auf, und da ist nicht viel.

Zwei Eier im Eierfach. Eine Packung Broccoli in einer Plastikhülle, verschimmelt. Ein Stückchen ranzige Butter im Butterfach. »Da ist nicht viel«, sage ich.

Malaidina schaut mir über die Schulter, ich spüre ihren Atem an meinem rechten Ohr. »Da ist wirklich nicht viel«, sagt sie. Schaut mich an und sagt: »Aber ich hab Hunger!«

Ich mache einen Wandschrank auf, und da sind zwei Dosen Campbell's Spargelcremesuppe, ein Päckchen Salz, eine Büchse Tee und eine Tüte Crackers. Ich öffne eine der Dosen, gieße sie in einen Topf, gebe warmes Wasser aus dem Boiler dazu und stelle den Topf auf den Herd. Lege die beiden Eier zum Kochen in einen zweiten Topf. Reiße die Crackers-Tüte auf und reiche sie Malaidina. Öffne eine Flasche piemontesischen Rotwein und fülle zwei Gläser. Wir trinken den Rotwein und knabbern die Crackers und beobachten die beiden Töpfe.

Ich nehme die Suppe vom Herd und gieße sie in zwei tiefe Teller. Wir setzen uns hin und löffeln die Suppe, heiß wie sie ist, und können vor Hunger kaum sprechen. Löffeln jeder gleich noch einen zweiten Teller und essen die beiden gekochten Eier, nachdem wir uns an den Schalen die Finger verbrannt haben. Reden fast nichts dabei, machen nur kurze periphere Bemerkungen zu unseren Gesten.

Als wir alles vertilgt haben, bleiben wir sitzen und sehen uns an und grinsen und trinken mit kleinen Schlückchen den Rotwein aus. Ich scheue mich, irgend etwas zu sagen oder zu tun, weil mir alles so richtig scheint, wie es ist: so im Gleichgewicht. Ich stütze mich auf einen Ellenbogen und betrachte Malaidina, die mich betrachtet; ich atme langsam.

Das Telefon klingelt.

Ich stehe mitten im Raum und starre erschrocken auf Malaidina, die am Tisch sitzt, noch erschrockener als ich. Das Telefon klingelt. Ich gehe zur Tür und drehe mich um. Malaidina ist sehr bleich; schaut mich an und sagt: »Hast du 'ne Ahnung, wer das sein kann?«

Ich sehe auf die Uhr: zwanzig Minuten nach Mitternacht. »Ich hab nicht die blasseste Ahnung.«

»Geh nicht ran«, sagt sie mit dünner Stimme, kaut sich die Nägel und starrt auf die Tür.

Das Telefon klingelt. Schrillt durch die leere Wohnung, hallt durch den Flur, in die Küche, wo wir uns keinen Millimeter bewegen.

Es hört auf, nach mindestens fünf Minuten beharrlich immer wiederkehrendem Schrillen. Mir ist die Spargelcremesuppe im Magen gefroren.

Ich frage Malaidina: »Hat dich jemand gesehen, als du gekommen bist?«

»Ich glaube nicht«, sagt sie. »Ich bin einen komplizierten Zickzackweg gegangen.« Sie guckt sehr erschrocken und kaut sich die Nägel.

»Hör auf, dir die Nägel zu kauen«, sage ich.

Sie hört auf, sieht aber nicht viel entspannter aus. Sitzt am Tisch, die Hände flach auf der Platte, die Augen klar und sorgenvoll auf die Tür gerichtet.

»O Scheiße!« sage ich. Fahre mit der Hand über ein Regal, betrachte die wolligen Staubflöckchen an meinen schweißnassen Fingerkuppen und sage: »Hör zu, es gibt überhaupt keinen Grund zur Beunruhigung.«

Sie schaut mich an. »Meinst du?«

»Sicher.«

Sie steht auf, tritt nahe zu mir und sagt: »Fjodor, ich bin aber trotzdem ein bißchen beunruhigt.« Ihre Stimme und ihr Blick lassen mich wieder innen zerfließen; ich trete einen Schritt zurück, um ein Minimum an Übersicht zu behalten; ich schaffe es nicht, trete wieder vor.

Ich sage tröstend: »Mußt du nicht«, aber mir scheint, es klingt nicht sehr überzeugend. Ich lege ihr einen Arm um die Schultern und ziehe ihn sofort wieder zurück, weil meine Gedanken sich zu sehr verwirren. Ich blicke zum Tisch, auf die leeren Teller. Berühre sanft ihren Arm und sage nochmal: »Mußt du nicht, mußt du nicht.« In Wirklichkeit bin ich genauso erschrocken wie sie; mir zittern die Hände.

Ich lasse sie einen Moment allein, trete hinaus auf den Flur und sage: »Ich komme gleich wieder.« Ich gehe ins Telefonzimmer und starre ein paar Minuten lang auf den schweigenden Apparat. Ich gehe auf Zehenspitzen zum Eingang und lege das Ohr an die Wohnungstür: nichts zu hören. Ich drehe den Schlüssel viermal im Schloß, schiebe den Riegel vor und hänge die Türkette ein. Mir scheint die Tür nicht besonders robust, trotz all dieser parallelen Verschlüsse. Ich gehe ins Schlafzimmer, öffne ein Fenster und lehne mich raus, um die Fassade zu mustern: nirgendwo ein Gesims oder Regenrohr oder Balkon oder sonst der geringste Vorsprung. Es ist so eine von diesen öden modernen Fassaden, glatt von oben bis unten, mit plan eingefügten Fenstern in Stahlrahmen, die matt in der Dunkelheit schimmern. Die Luft ist diesig und lau, fast warm in Wirklichkeit, ganze Jahreszeiten entfernt von der Luft in den Bergen.

Malaidina kommt ins Zimmer, sieht mich am Fenster stehen und fragt: »Was guckst du denn da?«

»Nichts, ich hab nur mal rausgesehen«, sage ich, schließe das Fenster und trete zu ihr. »Vielleicht ist es besser, wir gehen jetzt schlafen.«

Ich gehe ins Bad, um mir die Zähne zu putzen, bin aber

gleich wieder draußen, weil ich fürchte, das Rauschen des Wassers könnte womöglich ein Rumoren an der Wohnungstür übertönen. Malaidina nimmt eine Dusche; ich laufe zum Eingang und horche: nichts, kein Rumoren, kein Mucks.

Ich gehe zurück ins Schlafzimmer, lege mich lang auf das Bett, verschränke die Arme unter dem Kopf und betrachte die Zimmerdecke. Bilder gehen mir durch den Kopf: Bilder von Sue am Küchenbord, wie sie Rosmarinzweige in das Kaninchen tut und mich ansieht mit großen Augen; mehrmals dieselbe Szene aus verschiedenen Blickwinkeln; dann die Straße ins Tal, die rasch aufeinanderfolgenden Kurven im Scheinwerferlicht. Mir ist, als hörte ich ein Geräusch an der Tür. Ich setze mich auf. Nichts. Ich lege mich wieder hin.

Malaidina kommt aus dem Bad, ein blaues Handtuch wie einen Turban um den Kopf gebunden. Lächelt ein bißchen, tritt leichtfüßig näher und reibt sich die Haare. Setzt sich auf den Rand der Matratze. Bindet das Handtuch auf, schüttelt den Kopf, und Wasser tropft ihr auf das lila T-Shirt. Sie hat nur ihre schwarzen Cordhosen und dieses T-Shirt an, das Hals und Arme freiläßt und die Umrisse ihrer kleinen Brüste zeigt. Sie rubbelt sich kräftig die Haare, wirft das Handtuch in eine Ecke und sieht mich an.

»Vielleicht ist es besser, wir schlafen angezogen«, sage ich und deute auf ihre nackten Füße, die sich hellrosa vom grauen Teppichboden abheben.

»Wieso?« fragt sie alarmiert.

»Weiß nicht, vielleicht ist es besser.«

Sie steht auf und geht aus dem Zimmer.

Ich springe hoch und laufe zum Eingang und horche, das Ohr an der Wohnungstür. Fahrstuhlgeräusche! Der

Fahrstuhl kommt! Unglaublich, wie viele Geräusche so ein aufsteigender Fahrstuhl hervorbringt: wieviel Scharren von Kabeln und Gegengewichten und Knacken von Federn und unklaren Mechanismen, wieviel Knarren und Knirschen und metallisches Klicken, das sich mit unterschiedlicher Lautstärke an den Schachtwänden bricht. Die Geräusche verstummen, ich glaube im Stockwerk unter uns. Ich horche mit angehaltenem Atem; eine Tür fällt ins Schloß.

Ich gehe zurück ins Schlafzimmer. Malaidina liegt schon im Bett, das Laken hochgezogen bis unter die Nase, und sieht mir entgegen. Ich schließe die Tür, betrachte die Lampe unter der Decke und sage: »Tut mir leid, daß hier so ein kaltes Licht ist.« Ich sage das nur, um etwas zu sagen.

»Ist doch gar nicht so kalt«, sagt Malaidina, und ihre Stimme klingt etwas gedämpft durch das Laken vor ihrem Mund. Unglaublich, wie sie da liegt, das feuchte Haar rings um den Kopf auf dem Kissen.

»Findest du?« sage ich. Ziehe die Schuhe aus und stelle sie neben die Tür, gehe zum Fenster und lasse den Rolladen runter, lege mich unter das Laken, angezogen wie ich bin, und sofort kommt's mir lächerlich vor. Mir ist warm, das Hemd und die Hose stören mich. Ich drehe mich auf die Seite und sehe zu Malaidina.

Sie sieht mir entgegen, das Gesicht noch immer halb unter dem Laken, und lacht. Lacht ein kleines helles Lachen aus Glucksern und kreisend aufsteigenden Noten. Ihre Augen blitzen lebhaft und fröhlich. »Mir jucken die Beine«, sagt sie und lacht erneut, läßt weitere Ketten von kristallinen Noten aufsteigen, zappelt unter dem Laken und strampelt es frei.

»Du zerwühlst das Bett«, sage ich und lache jetzt auch,

in einer Tonlage, die sich recht gut mit der ihren verbindet. Ich setze mich aufrecht, ziehe mir rasch das Hemd aus und lasse es quer durch den Raum segeln.

»Hast du nicht gemeint«, sagt Malaidina, »es wäre besser, wir schliefen angezogen?«

»Ja, aber ich komme um vor Hitze.« Ich schlüpfe mit verrenkten Bewegungen aus den Socken und werfe sie zu dem Hemd, aber sie landen dicht vor dem Fußende der Matratze.

Malaidina schlägt das Laken beiseite, schnallt sich die schwarze Cordhose auf, stemmt sich auf den Schultern zu einer Brücke hoch und schiebt sich das enge Kleidungsstück mühsam über Hüften und Beine, schlenkert es sich von den Füßen und lacht. Setzt sich auf den Rand der Matratze, streift sich die grauen Söckchen ab, knüllt sie zu kleinen Bällchen zusammen und schleudert sie quer durch den Raum. Zieht sich das lila T-Shirt über den Kopf und wirft es zu meinem Hemd. Läßt sich rücklings fallen und zerrt im Fall einen Streifen zerknittertes Laken über sich.

Ich rolle zu ihr hinüber, lege ihr eine Hand auf die Hüfte und schiebe die andere flach unter ihren feuchten Nacken. Wir rollen nach links und nach rechts: Lichtjahre entfernt von allem, was wir vorher gesagt und gedacht hatten.

Eigenartig, ich hatte mir diesen Moment sehr klar vorgestellt, deutlich bis in die kleinsten Details, und jetzt, wo er da ist, wird alles ganz wirr. Ich begreife nicht, in welchem Verhältnis meine Gesten zu meinen Gefühlen stehen, ob sie an ihrem Ursprung sind oder sie abschließen oder sie nur begleiten. Ich begreife nicht recht, in welcher Weise Malaidinas Gesten meinen Gedanken folgen oder ihnen vorausgehen, in welcher Weise ihre Fingerkuppen über meine Vorstellungsbilder gleiten und sie nach hinten umkippen lassen, eins über das andere wie Dominosteine, bis zurück zu den Ursprüngen meiner Lust. Ich bleibe ein Weilchen halb über Wasser, dann tauche ich ein und schwimme und lasse mich treiben in diesem Zustand, der die Konturen verwischt und die Bewegungen ineinander aufgehen läßt.

Ich falle vornüber, und unsere Lippen sind aufeinander und unsere Augen so nah und verschwommen, daß wir uns kaum noch erkennen. Wir rollen uns auf die Seite, fest an den Hüften umklammert, damit wir nicht auseinanderfallen. Ich rolle mich auf den Rücken, und sie ist über mir, aufrecht, zurückgebogen, die Augen halb zu, die Haare in losen Wellen auf Schultern und Stirn, und krümmt sich ein wenig, um den Punkt zu beobachten, wo wir uns treffen.

Wir rollen uns längs und quer und in der Diagonale. Das Gewebe der Laken und die Konsistenz der Matratze und die Temperatur der Luft sind abwechselnd näher und ferner. Ich liege in der Bettmitte flach auf dem Rücken, und meine Hände folgen den weichen Linien von Malaidinas Schenkeln im gleichen Rhythmus wie meine Blicke, mit der gleichen ungenauen Aufmerksamkeit. Meine Gefühle verdichten sich auf ein paar Quadratzentimeter und erweitern sich dann ins Unendliche, werden dichter und dichter und weiter und weiter, bis sie auf einmal ganz ineinanderfließen.

Wir liegen reglos, Arme und Beine verflochten, schweißgebadet und keuchend und überrascht. Ich lache, und der Klang meiner Stimme hallt von der Decke wider.

Ich bin jetzt so ungeheuer gelöst und heiter, daß mir Dutzende von Bildern durch den Kopf gehen: Bilder von mir, wie ich angenehme Tätigkeiten ausübe, zum Beispiel eine komplexe Voliere zusammenbaue, oder vielleicht etwas zeichne, oder ein leichtes und delikates Musikinstrument konstruiere und ausprobiere. Eigenartig, immer sind es Bilder, die sich mit der Idee verbinden, etwas zu machen, aber vor allem mit der Idee, es *gut* zu machen. Das erfüllt mich mit großer Freude: mit dem Wunsch, aufzustehen und zusammen mit Malaidina an zehn verschiedenen Orten gleichzeitig zu sein.

Ich sehe sie an und sage: »Ich wüßte mindestens zehn verschiedene Situationen, in denen ich gern mit dir wäre.« Aber was ich im Sinn hatte, war viel weniger simpel und platt.

»Wirklich?« sagt sie mit träger Stimme und mattglänzenden Augen.

»Ja«, sage ich und überlege, was ich sonst noch sagen könnte, aber die Wörter erscheinen mir in diesem Augenblick starr und begrenzt wie kleine Käfige, Käfige mit so eng geflochtenen Gitterstäben, daß man nur schwer erkennen kann, was sie enthalten, wenn man sie nicht aus großer Nähe und gegen das Licht betrachtet. Ja, mir scheint, im Grunde sind *alle* Gefühle oder Wünsche oder Vorstellungen und Ideen in Käfige eingeschlossen, in Käfige von verschiedener Größe und Form, je nachdem, was sie enthalten. Es gibt schmale und hohe Käfige für lineare Wünsche, kubische Käfige für genau umrissene Vorstellungsbilder, kegelförmige für Handlungsweisen, zylindrische für Seinsweisen, winzige für vorüberhuschende flüchtige Impressionen. Aber im Augenblick denke ich eher an jene noch kleineren Käfige, deren Inhalt so flüchtig und schwer zu fassen ist, daß sie unverzichtbar sind für jeden, der sich nicht auf lange und oft ergebnislose Verfolgungsjagden einlassen will oder kann. Wer sich so einen Käfig verschafft, oder besser noch eine komplette Serie in verschiedenen Größen wie die Gewichte einer Goldwaage, der ist sicher, daß er jederzeit alles mit ihnen definieren kann. Er kann seine Käfige in einem Buch lesen oder im Fernsehen betrachten oder mit anderen verbinden, während sie reden oder gestikulieren oder einfach nur dastehen. Wenn er zum Beispiel sagen will: »Ich berühre die Haare«, nimmt er einfach vier kleine Käfige aus seinem Sortiment und reiht sie ohne Schwierigkeit aneinander. Und sicher liegt es nicht in der Natur dieser vier kleinen Käfige, Informationen über die Konsistenz der Haare zu geben, oder über die Art und Weise, wie sie das Licht reflektieren, oder wie sie auseinanderfallen bei der Berührung durch die Finger; auch nicht die Bewegung dessen, der sie berührt, in ihrem Verlauf und ihrer Entwicklung darzustellen; und ganz bestimmt nicht, eine Vorstellung von den Gründen des Haareberührens zu geben, oder von den Nichtgründen, oder jedenfalls von dem, was unter und hinter dem Haareberühren steckt, hinter *diesem* Berühren der Haare als einer bestimmten Geste, unterschieden von ähnlichen anderen, die ihr vorausgegangen sind oder ihr folgen werden.

Jedenfalls, ich berühre Malaidinas Haare, zerwühle sie mit der Hand. Sie dreht den Kopf auf dem Kissen und lächelt: ein langsames, schläfriges Lächeln.

Ich sage: »Bald gehen wir zusammen weg.«

»Meinst du?« Sie schließt die Augen, dreht sich auf die Seite, zieht sich das Laken über den Kopf und läßt nur einen winzigen Spalt zum Atmen frei.

Neunzehn

Ich stehe auf und ziehe mich an. Malaidina schläft noch, zusammengerollt in einer Ecke, die Hände unter dem Kopfkissen. Ich öffne die Tür, sie schlägt die Augen auf und sieht mich verwundert an. Auch ich bin ziemlich verwundert, ich kann's noch immer nicht richtig glauben, daß sie da ist. Ich sage: »Schlaf weiter.« Sie dreht sich auf die andere Seite und rollt sich wieder zusammen.

Ich gehe ins Bad, rasiere mich, und als ich zurückkomme, steht sie bereits in Hemd und Hose am Fenster. Ich trete näher, bleibe wenige Schritte vor ihr stehen und betrachte sie, während sie ihre grauen Söckchen anzieht. Sie schaut zu mir auf, während ich sie betrachte, und ihre Augen sind schon wieder voll Angst.

»Ich geh rasch mal runter was einkaufen«, sage ich. »Bin gleich wieder da.«

»Okay«, sagt sie, mit einem Söckchen in der Hand. Ich gebe ihr einen Kuß auf die Haare, zwei. Ich gehe.

Auf der Straße ist die Luft überraschend warm, zu warm für meine Cordjacke. Ich muß einen Jahreszeitenwechsel verpaßt haben, als ich in den Bergen oben war, und merke es jetzt im nachhinein. Aber ich denke nicht lange darüber nach, ich bin viel zu sehr damit beschäftigt, mich umzusehen. Ich sehe mich um, nach hinten, zur Seite, nach vorn. Scharen von Angestellten streben in ihre Büros, die Schritte nur wenig verlangsamt durch die neue Temperatur. Ich trete in einen Laden und kaufe Milch und Zwieback und Kaffee und Käse und Joghurt und Crackers und was ich sonst noch so finde. Ich gehe vor bis zur Ecke und kaufe mir eine Zeitung. Überquere ein paar Kreuzungen in der Technik von Parchi, als ich ihm folgte, wechsle drei- oder viermal die Straßenseite und Richtung.

Ich komme zurück vor die Haustür, sehe mich um und flitze mit einem plötzlichen Seitensprung rein, leicht behindert von meinen Einkaufstüten. Klopfe beim Pförtner an die Scheibe und sage, als er erscheint: »Wenn jemand nach mir fragt, ich bin nicht da.« Er sieht auf meine Einkaufstüten und sagt »In Ordnung«.

Ich fahre hinauf, schlüpfe in die Wohnung und schließe die Tür hinter mir gut zu. Malaidina erscheint im Flur mit einem Glas Wasser in der Hand. »Ich hab was zu essen geholt«, sage ich und halte die Plastiktüten hoch. Wir gehen in die Küche, ich stelle die Tüten auf den Tisch. Sie schaut auf die Zeitung in meiner Jackentasche. Ich sage: »Keine Angst, über dich ist nichts drin« und reiche sie ihr. Sie nimmt sie nervös, breitet sie auf dem Küchentisch aus und beugt sich darüber. Blättert sie durch, von vorne bis hinten, kehrt zur Titelseite zurück und beißt sich auf den Daumen.

»Na, hast du gesehen?« sage ich. »Kein Wort über dich.« Ich nehme ein Sägemesser und säge ein Eckchen vom Milchkarton ab.

Sie studiert weiter die Titelseite, liest jede Zeile langsam und gründlich. Sieht mich an und sagt: »Das heißt überhaupt nichts. Wenn sie jemand suchen, gehen sie nicht hin und verkünden es groß in der Zeitung!« Es ist klar, daß der Gedanke an den erschossenen Parchi sie wieder trübsinnig macht. Sie beugt sich erneut über die Zeitung, liest jedes einzelne Wort mindestens vier- oder fünfmal, schüttelt den Kopf und sagt: »Einen Quatsch verzapfen die!«

Ich packe die Tüten aus, stelle Zwieback und Butter und

Marmelade und Cornflakes auf den Tisch gleich neben die Zeitung, neben Schalen und Löffel und Messer und Brettchen, und sage: »Jetzt iß erstmal was.«

Sie faltet die Zeitung zusammen und wirft sie auf ein Regal. Schiebt die Schale weg, die ich ihr hingestellt habe, und sagt: »Ich hab keinen Hunger.«

Auch ich habe nicht viel Hunger, jetzt wo all das Zeug auf dem Tisch steht. Ich mache mir eine Schale Cornflakes zurecht, esse zwei Löffel davon und schiebe sie weg. Malaidina ißt ein Stück Zwieback mit kleinen lustlosen Bissen. Wir sitzen beide stumm da, und die Angst von heute nacht steigt wieder rasch an die Oberfläche.

Schließlich sage ich: »Hör zu, ich glaube, wir sollten sofort aus Mailand verschwinden.«

Sie schaut mich ratlos an. »Aber wie?« Ihre Stimme zittert jetzt.

Ich greife über den Tisch und drücke ihr Handgelenk. »Paß auf. Wir nehmen einen Zug und fahren nach Melavio. Ich hab meinen Wagen dort zum Reparieren gelassen. Wir verkaufen ihn, nehmen das Geld und fahren gleich weiter nach Frankreich. Melavio liegt praktisch an der Grenze, ich glaube, man fährt bloß noch eine halbe Stunde oder weniger. Mit dem Geld für den Wagen kommen wir mindestens drei bis vier Monate hin, und in der Zwischenzeit überlegen wir uns, was wir weiter machen und wohin wir gehen wollen. Hab keine Angst, du wirst sehen, das klappt, da ist keine Gefahr!« Ich werde ganz aufgeregt, kann nicht mehr sitzen, springe vom Stuhl, laufe um den Tisch und dränge sie: »Komm, laß uns gleich los!« Sie steht auf, ohne etwas zu sagen, folgt mir.

Ich ziehe sie an der Hand ins Schlafzimmer, öffne einen eingebauten Wandschrank und hole meinen Koffer heraus. Malaidina sagt: »Ich hab meinen ganzen Kram zu

Hause gelassen vor lauter Angst und bin losgerannt, ohne was mitzunehmen.«

Ich sehe sie an. »Das macht nichts, ich lasse auch alles hier, was brauch ich das Zeug!« Ich werfe den Koffer in eine Ecke, greife mir eine leichte Baumwolljacke, stopfe die Brieftasche und die Papiere rein, die ich in der schwereren hatte, und ziehe sie an. Ich sage: »Draußen ist es inzwischen warm.« Ich bin so aufgeregt, daß auch dies wie eine bedrohliche Feststellung klingt.

Wir gehen zur Tür, ich sage »Warte mal«, laufe zurück zu dem Wandschrank, wühle in ein paar Fächern zwischen Hemden, Socken und Unterhosen, ziehe eine Sonnenbrille hervor und gebe sie Malaidina. Sie setzt sie auf und tritt vor den Spiegel an der Innenseite der Schranktür. Betrachtet sich und sagt: »So sehe ich noch viel verdächtiger aus.« Nimmt sich die Brille ab und gibt sie mir wieder mit einer gestreckten Bewegung. Ich werfe sie auf das ungemachte Bett und sage: »Komm, beeilen wir uns!« Fasse mir in die Taschen, um zu sehen, ob ich alles habe. Wir gehen zur Wohnungstür.

Ich ziehe den Riegel weg, löse die Kette und drehe den Schlüssel im Schloß. Malaidina tritt dicht vor mich hin und sagt: »Fjodor, ich hab solche Angst. Der Bahnhof wird mit Sicherheit überwacht!« Ihr Blick ist so verstört und ihr Gesicht so bleich und ihre Stimme so zittrig, daß mir beim besten Willen keine beruhigende Antwort einfällt.

Ich schließe die Tür wieder zu. Wir stehen im Flur und sehen uns an. Wir gehen zurück in die Küche, aber die Luft im Raum ist so angstgesättigt, daß wir uns wie gelähmt bewegen. Wir bleiben stehen und sehen uns schweigend an, vielleicht fünf Minuten lang.

Schließlich sage ich: »Malaidina, ich fahre allein. Ich fahre hin, verkaufe den Wagen, laufe zum Bahnhof und komme gleich wieder zurück. Wenn wir das Geld erstmal haben, ist alles einfacher. Wir können im Taxi wegfahren oder mit einem Schiff oder sonst irgendwie.« Ich fasse sie an den Schultern und schüttle sie leicht. »Und du machst dir hier keine Sorgen, he? Du schließt dich ein und gehst nicht ans Telefon und ißt was und liest was, und heute abend bin ich mit dem Geld wieder da, und wir fahren weg, wie und wohin wir wollen.« Ich sage noch zwei- oder dreimal »He?« und schüttle sie an den Schultern und sehe ihr voller Angst in die Augen.

Endlich sagt sie »Na gut«, und ich bin schon im Flur und hab schon die Tür aufgeschlossen und den Fahrstuhl geholt und bin schon unten und draußen und laufe und wechsle die Straßenseiten und renne diagonal über die Kreuzungen.

In Melavio steige ich aus dem Zug, und die Luft und der Himmel sind dieselben wie gestern. Die Temperatur ist dieselbe: auf der Kippe zwischen frostigem Schatten und blendender Sonne, weit entfernt von jeder erkennbaren Jahreszeit. Ich laufe über den Bahnhofsplatz, haste durch eine Allee mit grotesk beschnittenen Ulmen, bleibe zwei- oder dreimal stehen, um nach dem Weg zu fragen.

Die Werkstatt ist im Parterre eines neuen Gebäudes an der Hauptstraße. Ein Mechaniker liegt unter einem Land Rover, streckt den Kopf hervor und richtet sich halb auf dem Ellbogen auf, kaum daß er mich eintreten hört. Mein blauer Fiat steht in einer Ecke: die Haube zu einem U verformt wie das letzte Mal, als ich ihn sah, damals am Straßenrand hinter der Kurve. Ich zeige ihn dem Mechaniker. »Der blaue Fiat da. Ist der noch nicht repariert?« Ich bin so außer Atem, daß meine Worte ziemlich rauh und verwirrt klingen.

Der Mechaniker sieht mich kurz an, rutscht wieder unter den Land Rover und sagt: »Nein.« Hantiert eine Weile mit einem großen verstellbaren Schraubenschlüssel, streckt nochmal den Kopf hervor, betrachtet mich durch ein Paar dicke Brillengläser, die seine Pupillen zu konzentrischen Kreisen verkleinern, fragt: »Ist das denn Ihrer?« und zieht den Kopf wieder zurück.

»Sicher ist das meiner.« Ich trete näher und bücke mich, um ihn besser mit der Stimme zu erreichen.

Er lockert anscheinend irgendeinen verklemmten Bolzen, drückt heftig und ächzt: »Maa-donna!« Dreht und schraubt und sagt: »Es ist nur, weil, ich hatte mit so einem Großen und Schweren gesprochen.« Er streckt eine Hand hervor und deutet knapp an, wie groß und schwer.

»Das war ein Freund von mir«, sage ich. »Aber der Wagen ist meiner.« Ich wühle in meiner Jackentasche, ziehe den Zulassungsschein heraus, lasse ihn auf den öligen schwarzen Boden fallen, hebe ihn auf und bücke mich, um ihn dem Mechaniker unter dem Land Rover zu zeigen.

Er wirft einen kurzen Blick darauf und sagt: »Schon gut, schon gut. Jedenfalls ist er nicht fertig.«

»Das sehe ich«, sage ich. Richte mich auf, gehe zu dem Fiat hinüber, berühre die zerknautschte Haube, und mir scheint die Idee, ihn zu verkaufen und mit dem Geld nach Mailand zurückzufahren, auf einmal fern und verloren in einem Wust von sekundären Problemen. »Und was wird nun damit?«

Der Mechaniker werkelt ein paar Minuten mit seinem Schraubenschlüssel. Dann sagt er: »Das dauert mindestens noch drei Wochen. Ich brauche Ersatzteile aus Turin.«

Ich betrachte den Wagen von hinten bis vorn. Seine

sonderbare Natur: ein glänzender und opulenter Gegenstand, verendet als Wrack. Kaum vorzustellen, wie er je dazu beitragen soll, meine und Malaidinas Schwierigkeiten zu lösen! Ich frage den Mechaniker: »Sie hätten nicht zufällig Lust, ihn zu kaufen, so wie er ist?« Meine Stimme klingt jetzt, glaube ich, ziemlich niedergeschlagen.

Er antwortet unter dem Land Rover hervor: »Nein, nein, ich kaufe keine Gebrauchtwagen.« Ein sehr magerer und sehr asymmetrischer Schäferhund kommt aus einem verglasten Kabäuschen geschlichen und schnuppert an meinen Beinen.

»Aber ich würde ihn auch für wenig verkaufen«, sage ich. Der Öl- und Benzingeruch und die ganze Situation hier fangen allmählich an, mich zu würgen. Ich möchte raus: auf den Bahnhofsplatz, in den Zug nach Mailand.

Der Mechaniker kriecht unter dem Land Rover hervor, steht auf, wischt sich die Hände mit Putzwolle ab, reibt einen Bolzen an seinem blauen Overallärmel, hält ihn sich dicht vor die Brillengläser und sagt nochmal: »Ich kaufe keine Gebrauchtwagen.« Seine Bewegungen und seine Sprechweise sind so träge, daß ich ihm einen Stoß geben möchte, um ihn aus seiner Lethargie aufzurütteln.

»Ich würd ihn ja auch schon für vier Millionen verkaufen«, sage ich. »Vor drei Monaten hab ich noch sieben dafür bezahlt.« Ich überschlage im Kopf die möglichen Kosten für Flugtickets, Bahnen, Busse, Hotels, Pensionen und so weiter, aber ich summiere die Zahlen so unpräzise und fahrig, daß ich kein klares Gesamtbild gewinne.

Der Mechaniker macht ein paar Schritte zu dem Fiat,

zeigt mit dem Fuß auf die Kühlerhaube und sagt: »Sehen Sie doch mal, was da alles gemacht werden muß.«

»Für drei Millionen«, sage ich und versuche, die vorgestellte Summe zu komprimieren, unbestimmt wie sie ist. »Für weniger kann ich nicht.«

Er sieht mich an, und ein vages Interesse flackert in seinen Augen auf, bricht sich an den Brillengläsern und zuckt hinab bis zu seinen Mundwinkeln. »Für zwei Millionen ließe sich eventuell was machen«, sagt er und wendet sich wieder dem Land Rover zu.

»Okay, okay«, sage ich und laufe ihm nach, den Zulassungsschein vorgestreckt.

Er nimmt ihn mir aus der Hand, studiert ihn im Licht einer Klemmlampe und sagt schließlich: »Na gut.«

»Aber ich brauche das Geld *sofort*, weil ich gleich wieder weg muß!« Mir kribbeln die Arme und Beine, ich halte es hier nicht mehr aus.

Er legt den Schein auf eine Werkbank und wählt bedächtig einen Schraubenschlüssel aus einem Set an der Wand. »Sofort geht's nicht. Wir müssen erst nach Sorlego wegen der Unterschriften und der Beglaubigung vom Notar und dann zur Bank und so weiter.« Er schiebt mit einer sanften Fußbewegung den Hund beiseite, der ihm auf Schritt und Tritt folgt. »Jetzt ist alles zu. Morgen früh.«

»Aber ich kann nicht bis morgen bleiben. Ich muß unbedingt gleich nach Mailand zurück!« Panische Angst steigt mir in den Kopf, verwirrt mir die Gesten und Worte und Blicke.

Der Mechaniker zuckt die Achseln, macht »Eh!« und kriecht wieder unter den Land Rover.

Ich warte vier oder fünf Minuten, daß er wieder hervorkommt oder wenigstens noch was sagt. Betrachte einen

Wandkalender mit Fotos von nackten Mädchen, die bunte Dosen mit Motorenöl in der Hand halten.

Ich öffne die Riffelglastür und gehe hinaus.

Ich telefoniere nach Mailand aus einem blaßgrün gestrichenen Café wenige Schritte neben der Werkstatt. Vom Band im automatischen Anrufbeantworter tönt meine Stimme: dümmer und unsicherer, als ich sie mir vorgestellt hatte. Ich rufe sechsmal hintereinander an, jedesmal mehr konzentriert auf das Klingeln am anderen Ende, als könnte ich's dadurch erkennbarer machen, so erkennbar, daß Malaidina hingeht und abnimmt. Ich hänge mit klopfendem Herzen und angehaltenem Atem am Telefon und höre meine Stimme sagen, ich solle eine Nachricht hinterlassen.

Am nächsten Morgen um zwanzig nach sieben bin ich vor der Werkstatt, auf dem Gehsteig neben der Straße. Schwere Laster mit Anhängern donnern vorbei und lassen die Häuserwände erzittern. Ich gehe ein kurzes Stück auf und ab, die Zunge verbrannt von einem zu heißen Kaffee, die rechte Seite zerschlagen von einer zu harten Bank im Wartesaal auf dem Bahnhof. Ich suche mit den Augen die langgestreckten Apartmenthäuser auf der Alm hoch über dem Dorf.

Der Mechaniker kommt gegen acht in einem silbergrauen Alfa, bekleidet mit einer hellen Wildlederjacke, umgeben von Rasierwasserduft, ausgestattet mit Sonnenbrille und Schal und dem ganzen übrigen Zeug. Er läßt mich einsteigen, braust durch das Dorf und fragt mich ein paarmal: »Na, wie geht's?« Trällert und drückt auf die Tube und schaut zur Seite, trommelt mit den Fingern im Rhythmus eines jaulenden Schlagers aus dem Radio.

In Sorlego setzen wir uns in ein kleines verglastes und

völlig verqualmtes Büro und warten gut eine halbe Stunde, bis der Notar erscheint und den Mechaniker wortreich begrüßt und ihn lang und breit über sein und seiner Familie Wohlergehen und ähnliche irrelevante Dinge befragt. Schließlich bittet uns eine Sekretärin an einen Schalter, wo wir Dokumente und Formulare und grüne Karteikarten unterschreiben; der Notar überträgt Zahlen und Namen und Daten von einem Zulassungsschein auf den anderen und von einem Steuernachweis auf den anderen. Ich sehe alle zwei Minuten auf die Uhr: Die Zeit für den Zug nach Mailand rückt näher und näher und ist gekommen und geht vorbei und ist längst vorüber, als wir in den Alfa steigen und nach Melavio zurückfahren.

Der Mechaniker hält vor der Bank und geht das Geld holen. Kommt zurück in den Wagen und zählt es mir dreimal vor, Schein für Schein. Gibt es mir und sagt: »Zählen Sie nach.« Ich sage: »Ich muß laufen, um nicht auch noch den zweiten Zug zu verpassen.« Er legt mir eine Hand auf die Schulter und sagt: »Zählen Sie erst nach.« Läßt nicht locker, bis ich ein viertes Mal zähle. Sagt dann, wir sollten noch einen Kaffee zusammen trinken, und ist beleidigt, als ich die Wagentür aufreiße und hinausstürze und zum Bahnhof renne, ohne mich zu verabschieden.

Das Taxi hält vor der Haustür, ich zahle, steige aus, stolpere, stürme ins Vestibül. Der Pförtner macht mir ein Zeichen, das ich nicht verstehe, denn ich bin schon am anderen Ende: vor der Fahrstuhltür, die sich öffnet, im Fahrstuhl, der hinauffährt.

Oben stürze ich atemlos raus, als wär ich die Treppen rauf- und runter- und gleich wieder raufgelaufen. Ich sehe das Holz der Tür, das glänzende Messing des Knaufs. Ich sehe die Fußmatte, und da sind meine Schlüssel, da liegt ein Umschlag mit meinem Namen in zierlicher Handschrift, und mit einem Schlag ist die Situation so *voraussehbar*, daß mir scheint, ich stelle sie mir bloß vor aus einer gewissen Entfernung, statt mittendrin zu sein. Mir scheint, ich sehe den Umschlag aus einer gewissen Entfernung und öffne ihn aus einer gewissen Entfernung und lese aus einer gewissen Entfernung den Zettel, der darin steckt: *Meine Angst ist zu groß, und außerdem kann ich dir nicht dein Leben so durcheinanderbringen, wirklich,* steht da in zierlicher Handschrift, aber es könnte genausogut etwas anderes sein, einer der zehn oder fünfzehn ähnlichen Sätze, und würde den gleichen akustischen Eindruck erzeugen: ein scharfes hohes und fernes Pfeifen.

Ich stehe vier oder fünf Minuten lang da, die Fußspitzen auf der Matte, die Augen starr auf dem Messingknauf, und wage nicht, ihn zu berühren. Dann packt mich eine mechanische Raserei und treibt mich in wilder Hast die Treppe hinunter und auf die Straße und über den Gehsteig mitten durch den Verkehr.

Ich laufe kreuz und quer durch die Straßen der Innenstadt, atemlos und neurotisch wie ein verlassener belgischer Hirtenhund. Drehe den Kopf nach rechts und links und spähe suchend umher auf die Leute vor den Geschäften, die Leute auf den Kreuzungen, die Leute in den Trambahnen und die Leute hinter den Fensterscheiben der vorüberfahrenden Autos.

Am späten Abend kehre ich heim, mit schmerzenden Füßen und dröhnendem Kopf und nicht der geringsten Idee, wohin ich sonst gehen sollte. Ich klingle beim Pförtner, er kommt aus seinem von lauten Stimmen und bläulichem Licht aus dem Fernseher überfluteten Zimmer und begrüßt mich ohne Anzeichen eines Bewußtseins von der Leere in meiner Wohnung und in dem ganzen seiner Obhut anvertrauten Gebäude. Ich frage ihn, ob jemand für mich eine Nachricht hinterlassen hat oder vielleicht ihn gebeten, mir irgendwas auszurichten oder so. Er sagt nein.

Ich fahre hinauf und öffne die Tür und schlüpfe wie ein Dieb in die Wohnung. Bemühe mich, in der Mitte des Flurs zu gehen, ohne nach rechts und links zu schauen oder die Luft zu schnuppern oder gar zu versuchen, auch nur die kleinste Bewegung Malaidinas zu rekonstruieren. Hole zwei Laken aus einem Wandschrank, lege sie auf den Boden neben das Telefon, strecke mich aus und wünschte, ich wäre nicht so todmüde.

Zwanzig

Ich erwache vom Licht, das durchs Fenster hereinfällt. Sitze am Boden mitten im Zimmer, vielleicht eine halbe Stunde lang oder auch eine ganze. Habe nicht die geringste Lust aufzustehen, weder mir ein Frühstück zu machen noch ins Bad zu gehen noch die Kleider zu wechseln. Die Leere im Raum ist so dicht, daß sie mir die Lungen zusammenpreßt wie die Atmosphäre auf einem fremden Planeten.

Ich bin im Gitarrenzimmer, schalte den Verstärker an, schalte ihn wieder aus. Wieder an, wieder aus. Das Telefon klingelt. Ich rase hin wie ein Irrer, und es ist Leo aus New York. Ich knalle den Hörer auf die Gabel, reiße den Stecker raus.

Ich gehe hinunter. Laufe durch die gleichen Straßen wie gestern abend, spähe in gleicher Weise umher. Komme nach Hause und setze mich wieder auf den Boden neben das Telefon.

Ich stehe im Flur vor der Schlafzimmertür. Öffne sie langsam, schlage sie gleich wieder zu. Reiße sie auf und stürme hinein, gleite an einer Wand entlang und bemühe mich, nicht zu atmen, aber es geht nicht: Da ist ein zarter, hauchdünner Duft, der mir die Beine weghaut. Ich lasse den Blick dicht über den Boden gleiten, über die Falten und Wellen des ungemachten Bettes. Öffne den Wandschrank, durchwühle die Fächer, reiße alles heraus. Schüttle die Jacken und Hosen aus, kehre die Taschen um, entfalte die Tücher. Nirgendwo ein versteckter Zettel, eine heimliche Nachricht, nichts. Nur das Visitenkärtchen von Elvio fällt aus einer Tasche der Cordjacke. Ich durchwühle die Laken, die Überziehdecke, sehe in alle vier Winkel der Matratze. Sehe zur Deckenlampe hinauf, aber dies Licht ist jetzt unerträglich. Ich stürze raus auf den Flur, knalle die Tür zu, lehne mich an die Wand und atme tief durch.

Einundzwanzig

Ich gehe ins Telefonzimmer und wähle die Nummer von Elvio. Warte zehn Sekunden lang, zwanzig. Eine Frauenstimme, sehr alt und zittrig, sagt »Pronto?« Ich stelle mir Elvios Mutter vor: gebeugt und runzlig, ganz in Schwarz, mit schwarzem Kopftuch.

»Könnte ich bitte mit Elvio sprechen?«

»Was? Wer ist denn da?«

»Ich bin ein Freund von ihm. Ein Freund von Elvio«, sage ich laut und deutlich. »Ich möchte mit Elvio sprechen.« Ich fürchte schon, daß sie zu alt und klapprig ist, um mich zu verstehen.

»Elvio ist in der Sportschule unten«, sagt sie wie aus großer Ferne.

»In welcher Sportschule?« schreie ich.

»Was?«

»In welcher Sportschule? Wo?«

»In der Sportschule«, sagt die alte Mutter. »Unten in der Via Cebato.« Ihre Stimme krächzt.

»In der Via Cebato? Welche Nummer?«

»Wer ist denn da?« fragt sie, und die Leitung ist unterbrochen.

Ich wähle die Nummer erneut, aber sie ist besetzt. Ich laufe in die Küche, nehme einen roten Filzstift und schreibe mir auf die Handfläche *Via Cebato*. Laufe zurück ins Telefonzimmer und versuche es wieder: noch immer besetzt. Ich nehme das Telefonbuch, blättere es hastig durch, bis ich den Plan des Stadtteils mit der Via Cebato finde, reiße die gelbe Seite heraus und stürme aus der Wohnung, ohne die Tür hinter mir zu verschließen.

Ich renne die Straße hinunter, biege um eine Ecke, laufe vier Blöcke weit. Trete in ein Café, ziehe die zusammengefaltete gelbe Seite aus der Tasche, zeige sie, ohne sie ganz zu entfalten, dem Mann an der Theke und frage ihn, wie man von hier aus zur Via Cebato kommt. Er fängt an, mir den Weg zu erklären, aber es fällt mir schwer, mich auf seine Erklärung zu konzentrieren: Meine Aufmerksamkeit kriegt die Konturen seiner Worte nicht recht zu fassen, gleitet an seinen Gesten vorbei und heftet sich auf das Weiß seiner Schürze. Nach einer halben Minute sage ich: »Entschuldigen Sie, aber ich verstehe nicht.« Er sieht mich verwundert an, sieht auf das gelbe Blatt in meiner Hand. Ich laufe raus, laufe vor bis zum Ende der Straße. Bleibe an einer Ampel stehen und frage einen Schutzmann.

Nach etwa zwanzig Minuten bin ich in der Via Cebato. Mir brennen die Augen, die Kehle, die Lunge vom staubigen Smog. Die Straße und die Häuser auf beiden Seiten sind grau wie Tauben: die gleiche Skala von Grautönen, schuppenartig übereinander. Ich trotte erschöpft den Gehweg entlang und suche jede Haustür nach einem Hinweis auf eine Sportschule ab. Trotte vor bis zu der Kreuzung, wo die Straße den Namen wechselt, gehe auf die andere Seite hinüber und trotte zurück bis zu einer breiten Allee, an der die Via Cebato endet. Nirgendwo ein Hinweis auf eine Sportschule.

Ich trete in den erstbesten Eingang und klopfe ans Fenster einer Art großer Kiste aus dunklem Holz zu Füßen der Treppe. Mir klopft das Herz vom Laufen, ich schnappe nach Luft. Der Pförtner öffnet die Scheibe gerade so weit, daß er meine Stimme hören kann; er guckt mißtrauisch. Ich frage ihn atemlos: »Wissen Sie, wo die Sportschule ist?«

»Hier ist keine Sportschule«, sagt er und zieht sich zurück wie ein Dachs in seinem Bau, die Hand an der Scheibe, um sie wieder zu schließen.

»Gibt's denn in dieser ganzen verdammten Scheißstraße keine verdammte Sportschule?« frage ich dicht vor dem Fenster.

»In Nummer fünfundzwanzig«, sagt er, ohne die Stimme zu heben.

Ich stürze raus, biege nach links, laufe an fünf, sechs Nummern vorbei und komme zur 25. Gehe durch einen dunklen tuffsteingepflasterten Torweg in einen kiesbelegten Hof. An einer Wand steht in gelber Lackfarbe SPORTSCHULE ELECTA. Ein Pfeil weist schräg nach unten auf eine Tür. Ich steige eine schmale Treppe hinunter.

Unten komme ich in einen großen niedrigen Raum mit grünem Linoleumboden, wo vier Typen in halblangen weißen Jacken und Hosen einem fünften robusteren Typ zusehen, wie er mit langsamen Bewegungen Karategriffe vorführt. Ich sehe ihm zu und schöpfe Atem, bis er den Kopf zu mir dreht. Ich frage ihn: »Ist Elvio Speziani da?« Meine Stimme bricht sich an den fernen Wänden und an der niedrigen grauen Decke. Der Typ zeigt auf eine Tür zu meiner Rechten.

Ich öffne die Tür, gehe ein paar Meter durch einen Gang und gelange in einen Umkleideraum mit einer langen Bank in der Mitte und metallischen Spinden an den Schmalseiten. Auf dem Rand der Bank, mir gegenüber, sitzt Elvio und zieht sich gerade die Schuhe an. Ich atme erleichtert auf.

Er dreht sich um, sieht mich überrascht an. Beugt sich ein wenig zurück, steht auf und sagt: »Hallo!« Ich gehe hin und gebe ihm die Hand. Er drückt sie kräftig und schüttelt sie lange. »Wie geht's? Wie geht's?«

»Danke gut«, sage ich und finde die Antwort gleich darauf ziemlich albern.

Er deutet mit einer vagen Geste umher und sagt: »Ich muß halt ab und zu hierherkommen.« Wir sehen uns einen Moment lang an, getrennt durch die lange Bank.

»Ich bin in einer ziemlich beschissenen Situation«, sage ich und versuche, entspannt zu wirken, aber ich glaube, es gelingt mir nicht ganz. »In einer gräßlichen, ehrlich gesagt.«

Er kratzt sich im Nacken, sieht mich schräg an und fragt: »Inwiefern?« Stellt erst den einen, dann den anderen Fuß auf die Bank und bindet sich rasch die Schuhe zu.

»Ich hoffe, ich störe dich nicht zu sehr, aber ich wußte nicht, mit wem ich sonst reden soll.«

Er schiebt sich die Hände in die Taschen, lehnt sich mit den Schultern an einen Spind und sagt: »Du störst mich gar nicht, aber erzähl doch mal.«

Ich erzähle ihm alles seit unserer Abfahrt aus Melavio, seit vor meiner Fahrt nach Melavio. Bemühe mich, die Elemente der Situation vernünftig und klar aneinanderzureihen, aber dauernd kommen mir irgendwelche Details in den Sinn und ziehen mich in kleine Strudel von marginalen Gedanken hinein; außerdem habe ich diese schwankende, bange Stimme, die ich nicht so zusammenhalten kann, wie ich möchte.

Als ich fertig bin, zupft er sich am Ohr und sagt: »Laß uns erstmal hier rausgehen.« Legt einen blauen Trainingsanzug zusammen, verstaut ihn in einem Segeltuchbeutel und schließt ihn in einen der Spinde ein. Steigt dann über die Bank und führt mich aus dem Umkleideraum. Wir gehen durch die niedrige Turnhalle, wo uns die Typen, die dem Karatelehrer zusehen, gar nicht bemerken. »Diese Idioten«, brummt Elvio. Wir steigen die schmale Treppe hinauf und treten in den Hof. Er zeigt auf ein altes rotlackiertes Motorrad, das mit einer Kette an ein Regenrohr angeschlossen ist. »Das da.«

Wir fahren sehr schnell durch den dichten Verkehr. Elvio kalkuliert die Zwischenräume zwischen den Autos, die Verengungen und Erweiterungen der Lücken und Winkel, stellt sich Passagen vor und flitzt zielsicher hindurch. An jeder Kreuzung überholen wir mindestens zwanzig wartende Autos, schlängeln uns vor und preschen los, kaum daß es grün wird. Ich lege mich in den Kurven nach rechts und nach links, um mich der Maschine anzuschmiegen. Vor einer roten Ampel sagt Elvio: »Wenn du Lust hast, können wir bei mir zu Hause etwas essen.« Ich sage okay.

Wir fahren durch eine schmale Straße an einem ausgetrockneten Kanal entlang, aus dessen Schlammgrund weiße und gelbe Plastiktüten, Flaschen, Blechdosen, Drähte, Autoreifen, Kistenbretter und ganze Sesselruinen ragen. Wir biegen in den Hof eines ockergelben Hauses ein, halten und steigen ab. Elvio bockt das Motorrad auf, streicht sich über die Haare und sagt: »Da wären wir.« Eine steinerne Treppe führt zu fünf galeriebewehrten Stockwerken hinauf. Wir steigen rasch, immer zwei Stufen auf einmal, bis zum vierten.

Elvio öffnet eine leuchtend rotlackierte Tür und führt mich in einen niedrigen Wohnraum. Von irgendwoher tönt eine Frauenstimme: »Bist du's?« Er sagt: »Na sicher bin ich's« und führt mich in eine Küche, wo eine Blondine so um die achtunddreißig gerade dabei ist, die restlichen Federn eines Hühnchens über dem Herd abzusengen.

Sie hebt den Kopf, sieht mich an und sagt: »Guten Tag.«

Sie ist sehr elegant gekleidet, trägt ein Kostüm aus schieferfarbener Rohseide. Elvio sagt: »Das ist Fjodor.« Sie sagt: »Ah, Fjodor.« Ich sage: »Guten Tag.« Sie dreht das Hühnchen, hält es in verschiedenen Winkeln über die Flammen, hebt und senkt es je nach der Konsistenz der Federn. Sieht mich mit raschen Augen noch einmal an.

»Ich hab Fjodor zum Essen eingeladen«, sagt Elvio, greift sich eine Karotte aus einer Gemüseschale und kaut sie geräuschvoll. »Dieb«, sagt die Blondine. »Ich decke den Tisch«, sagt er und zieht eine Schublade auf.

Ich stehe in der Küche, nahe am Fenster, das auf den Hof geht, wo jemand ein abgesoffenes Moped in Gang zu bringen versucht, und weiß nicht recht, was ich sagen soll. Die Blondine sagt: »Setzen Sie sich doch. Nehmen Sie sich einen Stuhl.« Ich ziehe mir einen Stuhl unter dem Tisch hervor, setze mich und strecke die Beine lang. Elvio deckt den Tisch, die Blondine kippt eine Packung Spaghetti in einen Topf mit kochendem Wasser.

Wir essen drei große Teller Spaghetti mit Sugo, reden kaum. Die Blondine holt eine Schüssel Makrelen mit Rosmarin aus dem Bratrohr, stellt sie auf den Tisch und sagt: »Ich hoffe, sie sind noch frisch genug, ich kann das nie richtig einschätzen.« Wir essen die Makrelen und das Gemüse.

Als die Früchte auf dem Tisch stehen, frage ich Elvio: »Deine Mutter ist wohl nicht da?«

»Meine Mutter lebt in der Nähe von Treviso«, sagt er und schält einen Apfel. »Wieso?«

»Na ich meine die alte Frau, die heute morgen am Telefon war.« Ich mache eine vage Geste zur Tür.

Die Blondine beugt sich vor und lacht, eine Hand vor dem Mund. »Das war ich.«

»Aber es war eine alte und zittrige Stimme!«

Die Blondine lacht weiter, Elvio lacht ebenfalls, in der Hand eine Apfelscheibe.

»So alt, daß ich schon gefürchtet habe, sie würde mich gar nicht verstehen.«

»Das ist bloß«, erklärt die Blondine, »weil alle naselang jemand für Elvio anruft, meist jemand von der Agentur, und da hab ich mir angewöhnt, die alte klapprige Mutter zu spielen. Ich denk schon gar nicht mehr dran, es kommt mir ganz von allein.« Sie lacht und stützt sich mit dem Ellbogen auf die Rücklehne ihres Stuhls.

»Gelingt ihr das wirklich so gut?« fragt mich Elvio. Betrachtet sie mit großem Interesse quer über den Tisch und reicht ihr die Apfelscheibe, aber sie lehnt kopfschüttelnd ab.

»Es gelingt ihr *sehr* gut«, sage ich und betrachte sie ebenfalls, ohne recht zu begreifen, wie sie hierhergekommen sein mag, um am Telefon die alte Mutter zu spielen.

Wir gehen hinüber in das kleine Wohnzimmer, wo es dunkler ist als in der Küche. »Hier sieht man ja gar nichts«, sagt Elvio, öffnet ein Fenster und läßt die Hofgeräusche lauter herein. Setzt sich dann auf einen alten grünbezogenen Sessel und schlägt die Beine übereinander.

Ich setze mich auf ein Sofa, das zusammen mit dem Sessel und einem niedrigen Tisch fast den ganzen verfügbaren Raum einnimmt, und betrachte den unregelmäßigen roten Ziegelfußboden.

Die Blondine lehnt im Türrahmen und betrachtet mich mit einem forschenden, leicht verwunderten Ausdruck. Nach einer Weile sagt sie: »Ich frag mich nur, was Ihnen wohl durch den Kopf gehen mag. Vorhin, als Sie in die Küche kamen, waren Sie so bleich und verstört, daß ich mich richtig erschrocken hab, und jetzt sitzen Sie da und scheinen an was ganz anderes zu denken.«

»Stimmt aber nicht«, sage ich ohne zu überlegen. »Warum sagen Sie das?«

»Nur so. Aus Neugier.«

»Wie wär's, könnten wir uns nicht duzen«, sage ich. »Wenn mich jemand siezt, hab ich immer das Gefühl, er meint jemand anderen und ich müßte mich umgucken.«

Sie lacht: »Ja ja, das stimmt.« Geht in die Küche und ruft von hinter der Tür: »Ich mach einen Kaffee.«

Elvio sieht ihr bewundernd nach, schüttelt den Kopf und sagt leise: »Paola ist eine unglaubliche Type.«

Paola kommt ins Zimmer zurück. Elvio überläßt ihr den Sessel und setzt sich auf den Fußboden. Wir sitzen fünf Minuten lang schweigend. Aus dem Hof dringt das Geschrei von spielenden oder vielleicht auch zankenden Kindern herauf. Elvio geht in die Küche, kommt wieder herein mit der Kaffeekanne und Täßchen auf einem kleinen rotlackierten Tablett.

Wir trinken den Kaffee. Elvio sagt zu Paola: »Fjodor ist in einer ziemlich schlimmen Situation.« Er beschreibt ihr die Situation in groben Zügen, aber sehr viel verständlicher, als ich sie ihm beschrieben hatte.

Am Ende sagt Paola: »O je, das tut mir aber leid.« Es tut ihr offenbar wirklich leid.

Ich seufze. Jetzt denke ich ganz bestimmt nicht an irgendwas anderes: Die Unruhe packt mich wieder und treibt mich um. Ich springe auf, mache zwei, drei Schritte durch den kleinen Raum.

Paola fragt Elvio: »Und was kann man da machen?«

»Weiß nicht«, sagt er und sieht auf den Boden. »Was man machen könnte, wär vielleicht erstmal Sergio fragen, ob überhaupt was gegen Malaidina vorliegt. Ja, das können wir wenigstens rauskriegen.« Er dreht sich zu mir und sagt: »Ich hab einen Vetter im Präsidium, der ist zwar ein

Idiot, aber manchmal ganz nützlich.« Steht auf, holt seine Motorradjacke und zieht sie an. Gibt Paola einen Kuß auf die Haare, winkt mir zu und verschwindet.

Ich frage Paola, ob ich ihr beim Abwaschen helfen kann; sie sagt, das komme gar nicht in Frage. Ich setze mich wieder aufs Sofa, reibe mir ein Knie und sage: »Tut mir leid, daß ich Elvio soviel Mühe mache.«

»Da mach dir mal keine Sorgen«, sagt sie. »Wenn er's nicht wollte, würd er's bestimmt nicht tun. Ich weiß nicht, ob du kapiert hast, was für ein Typ er ist. Wenn ihm einer nicht gefällt, sagt er ihm nicht mal guten Tag.« Sie lacht. »Anfangs dachte er ja, du wärst ein Ekel. Wirklich!« Sie lacht und streicht sich die Haare zurück. »Er dachte, du wärst einer von diesen reichen Idioten, die er gewöhnlich bewachen muß. Aber dann nach eurer Rückkehr aus den Bergen sagte er mir, das wär gar nicht so und du wärst ihm sympathisch. Und das passiert nicht oft, daß ihm jemand sympathisch ist, schon gar nicht bei denen, die er durch seine Arbeit kennenlernt.« Sie schaut nachdenklich vor sich hin, vielleicht mit einem oder mehreren Bildern von Elvio im Kopf.

Ich sehe auf meine Schuhspitzen, drehe mich um und betrachte die Bücher auf einem kleinen Bücherbord hinter mir. Da steht ein Atlas, ein Buch über Karate, eins über Jiu-Jitsu, ein Handbuch der Vogelzucht, ein großer Bildband über Australien und ein Leitfaden durch die Welt der italienischen Bäume.

»Lach nicht«, sagt Paola.

»Ich lache kein bißchen«, sage ich, ziehe den Leitfaden durch die Welt der italienischen Bäume heraus und betrachte den Umschlag.

»Mir macht's nichts aus, wenn Elvio kein Intellektueller ist«, sagt sie. »Er liest keine dicken Bücher, er protzt nicht mitten im Satz mit Zitaten anderer Leute, er hat nicht mal die mittlere Reife, aber er ist ganz bestimmt nicht dumm. Er ist einer, der *handelt*, statt zu reden, und ich finde ihn toll.« Sie blitzt mich an mit funkelnden Augen.

Ich lasse die Seiten des Buches von hinten nach vorn durch die Finger gleiten, verweile hier und da auf einer Illustration.

»Du findest es wohl komisch, daß zwei so verschiedene Typen wie wir zusammenleben?« fragt sie.

»Nein.«

»Du lügst.«

»Das stimmt nicht! Das heißt, ich frag mich vielleicht ein bißchen, wie das gekommen ist.«

»Ja, aber das ist ganz einfach: Elvio kam, um den Leibwächter für meinen Mann zu spielen, und nach zehn Tagen sind wir zusammen auf und davon.« Sie lacht und bewegt die Hände, um mir eine bildliche Vorstellung ihres plötzlichen Interesses füreinander zu geben.

»Toll!« sage ich.

»Ja, aber mein Mann war so wütend, daß er nicht lockergelassen hat, bis Elvio rausgeschmissen wurde aus seiner Agentur. Es gibt da anscheinend sowas wie 'ne berufliche Standesregel, und Geschichten mit den Frauen der Auftraggeber anzufangen, ist völlig indiskutabel. So mußte sich Elvio 'ne neue Agentur suchen, aber die jetzige ist noch schlimmer als die vorige. Die einzige gute Arbeit, die sie ihm beschafft haben, war die mit dir.« Sie nimmt eine Zigarette aus einer Dose auf dem niedrigen Tisch, zündet sie an und zieht den Rauch tief ein.

»Was war dein Mann denn so für ein Typ?«

Sie stößt den Rauch aus und lächelt. »Den müßtest du sehen. Das ist der Typ, der an den Strand geht und keinen Fuß ins Wasser setzt und sich aus der Ferne über die

Badenden lustig macht.« Sie streckt die Hand vor, um die Asche in eine blaue Keramikschale zu schnippen. »Aber komisch, jetzt ist er mir nicht mal mehr unsympathisch. Ich meine, er *ist* mir schon unsympathisch, aber nicht mehr besonders. Als wir zusammenlebten, fand ich ihn den widerwärtigsten Kerl der Welt, und kaum war ich mit Elvio durchgebrannt, merkte ich, daß es mir gar nichts mehr ausmachte, wie er war. Das gibt's ja so oft, diese Situation: Ständig beguckst du einen und beobachtest ihn und wartest, daß er sich anders zeigt, als er ist, und je länger du wartest, ohne daß er es tut, desto größer wird deine Abneigung. Ich war fünfzehn Jahre mit meinem Mann zusammen, und die ganze Zeit hab ich ihm die Schuld dafür gegeben, daß mir mein Leben nicht gefiel und daß er mir nicht gefiel, und dann sah ich die Situation auf einmal von außen und fand sie ziemlich lächerlich. Anfangs, nachdem ich durchgebrannt war, war ich ganz schön verunsichert, weil ich jetzt plötzlich keinen mehr hatte, dem ich die Schuld geben konnte.« Sie lacht und sieht mich an.

Ich stehe auf und gehe zum Fenster, betrachte die Galerie zum Hof und sage: »Nicht schlecht hier.«

»Gräßlich finde ich's hier«, sagt sie. »Aber in zwei Wochen gehen wir sowieso weg, und dann macht's mir nichts mehr aus. Es ist wohl ein bißchen so wie die Geschichte mit meinem Mann.«

»Was, ihr geht weg?« frage ich. Jetzt habe ich keine Lust mehr, hierzubleiben wie ein Idiot und zuzusehen, wie alle weggehen.

»Elvio hat keine Lust mehr, diese Arbeit zu machen, und wir haben beide die Nase voll von Mailand. Das ist doch keine Stadt, das ist doch mehr eine Art Gefängnis.«

»Aber auch hier gibt's sympathische Leute.«

»Gott ja, ich glaub, wie in jedem Gefängnis.«

Ich beuge mich aus dem Fenster, sehe hinunter und frage: »Und wohin geht ihr?« Genau besehen ist auch dieser Hof ziemlich trostlos.

»Nach Australien«, sagt sie und zeigt auf das Bücherbord. »Ich hab keine Vorstellung, wie es da wirklich ist.« Sie drückt ihre Zigarette in der blauen Schale aus. »Zusammen haben wir grad genug Geld, um hinzufahren und ein Haus zu mieten und ein kleines Grundstück für diese Zucht.«

»Was für eine Zucht?« frage ich und trete einen Schritt vor zu ihr.

»Ich dachte, Elvio hätte dir davon erzählt. Er redet doch dauernd davon, seit drei Monaten. Wir wollen 'ne Vogelzucht aufbauen, mit Wellensittichen, um sie an die Vogelhändler der ganzen Welt zu verkaufen. Elvio meint, das müßte gehen. Wellensittiche sind immer gefragt, und da sie aus Australien stammen, müßte man sie dort leicht züchten können.

»Beschäftigt ihr euch denn mit Vögeln?« frage ich. »Wie seid ihr darauf gekommen?«

»Na ja, vor allem hatten wir Lust, hier wegzugehen, aber wir wußten nicht, wohin und was wir machen sollten, und da kam Elvio auf diese Idee mit Australien. Ich weiß nicht, es scheint, als gäb's da viel Licht und freies Land.« Sie nimmt das Buch über Bäume und blättert darin. »Ich hoffe nur, es endet nicht mit einem Desaster, weil wir ja beide nicht viel Ahnung haben von Wellensittichen. Das Höchste, was ich mal hatte, war ein Kanarienvogel, als ich klein war, und Elvio hatte, glaube ich, nicht mal das.«

Ich stecke eine Hand in die Tasche, kratze mir mit der anderen im Nacken und sage: »Von Vögeln versteh ich was. Genaugenommen sind sie das einzige, was ich gut kenne.«

Sie lehnt sich auf einen Ellbogen, sieht mich neugierig an. »Und was hältst du von dieser Idee?«

»Ich weiß nicht«, sage ich. »Kann schon sein, daß es geht. Aber Wellensittiche sind nicht sehr interessant. Ich meine, sie sind leicht zu züchten und zu verkaufen und so, aber sie geben dir keine große Befriedigung. Und wenn du sie verkauft hast, landen sie in engen Käfigen bei irgendwelchen Leuten im Wohnzimmer, und das ist kein schöner Gedanke. Es ist beinahe, als würdest du Hühner züchten.« Ich gehe mit kurzen Schritten umher und sehe zu Boden. »Wenn ich in Australien wär, würd ich tropische Vögel züchten, seltene Arten wie Linden-Kolibris, Chimborassos, Paradieslieste und so. Ich müßte nur mal überlegen. Und verkaufen würd ich sie nur an Zoos und seriöse Liebhaber, um wenigstens sicher zu sein, daß sie in große Volieren kommen.« Ich sehe aus dem Fenster, drehe mich zu ihr um.

Sie sieht mich interessiert an. »Sind die denn schwer zu züchten, diese tropischen Vögel?«

»Na ja, schon schwerer als Wellensittiche«, sage ich. »Aber das kann man gar nicht vergleichen.«

Sie legt das Buch auf den Tisch und sagt: »Wir sind durchaus nicht fixiert auf Wellensittiche. Wir dachten nur, es wär das einfachste, wo wir doch nichts von Vögeln verstehen.« Zündet sich eine neue Zigarette an und sagt: »Sobald ich in Australien bin, hör ich auf zu rauchen.« Sieht mich an und sagt: »Warum kommst du nicht mit?«

Wir sehen uns eine Minute lang schweigend an. Ich streiche mir über eine Augenbraue.

»Das wär doch wunderbar«, sagt sie. »Womöglich könntest du uns was über tropische Vögel beibringen, und wir könnten versuchen, zusammen so eine Zucht aufzuziehen, wie du sagst. Auch mir scheint das viel interessanter. Und Elvio wäre auch einverstanden, da bin ich ganz sicher.« Sie zieht an ihrer Zigarette, stößt den Rauch aus. »Im Ernst, warum kommst du nicht mit?«

»Ich kann nicht«, sage ich. Mir ist auf einmal kalt, ich atme schwer.

»Warum nicht?«

»Weil ich Malaidina wiederfinden muß«, sage ich mit geradezu lächerlich spröder Stimme.

Elvio kommt zurück, zieht die Jacke aus, hustet und schimpft: »Eine *Luft* ist in dieser Stadt!« Hustet noch einmal, klopft sich mit der Hand auf die Brust und sagt zu mir: »Fjodor, es liegt überhaupt nichts vor gegen deine Malaidina. Sergio hat zehnmal nachgeprüft, weil ich nicht lockergelassen habe, und er hat alle gefragt, aber sie wird gar nicht gesucht.« Er geht in die Küche, kommt mit einem Glas Wasser zurück, trinkt es in einem Zug leer und sagt: »Scheint, daß dieser Parchi sehr vorsichtig war.«

Ich gehe vom Fenster zum Sofa, vom Sofa zum Fenster.

Paola folgt mir mit den Augen, sieht zu Elvio und wieder zu mir. »Fjodor, dann mußt du dir nicht zuviel Sorgen machen, wenn sie doch gar nicht gesucht wird.«

»Und *wie* ich mir Sorgen machen muß!« sage ich. »Weil sie nichts davon weiß und sich inzwischen weiß Gott wo versteckt hält!«

Wir schweigen alle drei. Horchen auf die Geräusche im Hof und blicken jeder in eine andere Richtung.

Schließlich sage ich zu Elvio: »Klingt interessant, diese Geschichte mit der Vogelzucht in Australien.«

Zweiundzwanzig

Am nächsten Morgen um neun bin ich wieder bei Elvio und Paola. Trinke einen Kaffee mit ihnen und setze mich dann aufs Sofa, um zuzusehen, wie sie von einem Zimmer ins andere laufen und Landkarten auf dem Fußboden ausbreiten und darauf Orte suchen, von denen sie Fotos und Beschreibungen in Prospekten der Quantas und des australischen Konsulats gefunden haben. Ihre Erwartungen pulsieren dicht unter der Oberfläche, brechen immer wieder hervor in Gesten und Blicken und einzelnen Worten, beeinflussen ihre Art zu gehen und zu sitzen. Mir scheint, die beiden haben ein bemerkenswert unpossessives Verhältnis zum Raum: halten sich nicht damit auf, ihn alle paar Minuten durch Besitzansprüche zu definieren. Laufen in der kleinen Wohnung umher, gedrängt und gezogen von Vorstellungsbildern, überlassen sich Stimmungen und Gefühlslagen, die sie dann jederzeit zwanglos verlängern können.

Ich bleibe den ganzen Vormittag an den Rändern dieser Atmosphäre und gehe erst weg, als mir scheint, daß ich drauf und dran bin, selbst reinzugleiten.

Leo ruft an; ich lege rasch auf, kaum daß ich seine Stimme erkenne.

Nachmittags gehe ich wieder zu Elvio und Paola, sitze nach zehn Minuten wieder auf ihrem Sofa und rede mit ihnen über Vogelarten, die man in Australien züchten könnte, und wie man sie züchten müßte und wo und so weiter. Wir reden und reden, nehmen einfachere Ideen unter die Lupe, lassen kompliziertere hinter uns und kehren dann plötzlich im Sturzflug auf sie zurück, um sie aus flacheren Perspektiven, eingebettet in die Umgebung zu prüfen. Wir gestikulieren, springen auf und setzen uns wieder, wechseln die Positionen, die Haltungen und die Tonlagen. Unsere Worte bestärken einander oder treten einander entgegen, erzeugen Seitengedanken, die in andere Wortfolgen einmünden, die dann ihrerseits neue Bilder hervorbringen statt die Ausgangsbilder zu klären. Und eigenartig, diese Kommunikation ist so fließend und natürlich, daß mir scheint, ich kenne die beiden schon ewig, während ich andererseits, je mehr ich mit ihnen spreche, um so sicherer bin, sie niemals vorher getroffen zu haben.

Wir bleiben bis zwei Uhr nachts in dem kleinen Wohnzimmer, Tür und Fenster weit offen zur Galerie über dem Hof, und definieren die Einzelheiten einer australischen Ideal-Voliere: bis hin zu den Bäumen, in deren Schatten sie stehen müßte.

Ich gehe jeden Morgen zu Elvio und Paola. Kaufe unterwegs Kuchen und Brioches und frühstücke mit ihnen in der Küche. Dann verbringen wir Stunden mit Diskussionen und Kalkulationen und allgemeinen Betrachtungen, oder wir gehen in Buchläden, wälzen Bände und notieren uns Einzelheiten oder Fragmente von Einzelheiten in kleine chinesische Hefte mit Spiraldrahtbindung.

Mir ist nicht ganz klar, wie das weitergehen soll: ob Malaidina sich melden wird und mit mir nach Australien geht, oder ob diese ganze Atmosphäre plötzlich von einem Moment auf den anderen zerspringen wird und in Stücke reißt wie ein zu straff gespanntes Blatt Zellophan. Ich versuche, möglichst wenig daran zu denken. Kontrolliere jeden Morgen den Briefkasten und jede Nacht den automatischen Anrufbeantworter, aber da ist nie irgend etwas, nichts, rein gar nichts, außer der Stimme von Leo, die sagt, ich solle sofort zurückrufen.

Die Luft wird jeden Tag wärmer und verdichtet sich, bis man kaum noch atmen kann. Wir bewegen uns langsam, trinken Mineralwasser und Zitronensaft und trocknen uns alle paar Minuten die Stirn. Gehen durch die Stadt wie auf dem Grund eines Sees, mit einem Auge auf den Schaufenstern und dem anderen auf den Leuten, die an den Häuserwänden entlanggleiten. Schlucken literweise staubige, in der Hitze süßlich schmeckende Abgase. Elvio verkauft sein Motorrad an einen Nachbarn.

Ich höre nicht auf, ihre Pläne um neue Details zu ergänzen, Einzelheiten zu ändern und gegen andere auszutauschen. Ich höre nicht auf, mich in ihre Vorstellungsbilder einzumischen, und inzwischen sind es nur noch sechs Tage bis zu ihrem Abflug.

Elvio annonciert in einem kostenlosen Anzeigenblättchen, daß er alles verkauft, was er in der Wohnung hat. Zwanzig bis dreißig Leute rufen an, kaum daß die Zeitung erschienen ist, kommen sich umsehen, laufen in der kleinen Wohnung umher, studieren aus großer Nähe den Eisschrank und die Küchenstühle, die Schuhe, die Winterjacken. Elvio feilscht ein paar Minuten lang, dann verliert er die Lust und verkauft den ganzen Kram für die Hälfte dessen, was er ursprünglich haben wollte. Verschenkt auch Sachen: greift sich einzelne Gegenstände heraus, drückt sie jemandem in die Hand und sagt: »Da, nehmen Sie das, wo wir doch jetzt nach Australien gehen.« Die Käufer sehen ihn verwundert an, mustern ihn fassungslos von oben bis unten. Manchmal, wenn sie gegangen sind, imitiert Paola ihre Gesten.

Ich laufe nach Hause und komme im Taxi zurück mit der Stratocaster und dem Verstärker und dem Plattenspieler und den Platten. Elvio hilft mir, sie raufzutragen, verkauft alles in knapp einer Stunde. Verschenkt zwei Platten von Rickie Lee Jones an eine ältere Dame, die eine graue Pelzjacke von Paola erwirbt. Verkauft die Schränke und den Küchentisch und das Sofa und den Sessel und das Bett. Der Wohnzimmerboden bedeckt sich mit Tellern und Schüsseln und Kleidungsstücken, kommt wieder Ziegel für Ziegel zum Vorschein, als auch diese Sachen allmählich verkauft werden oder verschenkt. Am Ende sitzen wir in dem leeren Zimmer am Boden, und Paola zählt unsere Einnahmen.

Elvio gibt dem Hausverwalter die Schlüssel zurück, wir gehen zu mir.

Es wird noch wärmer. Ich laufe durch die glühende Wohnung und spreche mit den beiden immer erregter über Siebenfarben-Tangare und Blaunacken-Mausvögel und Grünjakamare und Rotbrust-Honigfresser.

Ich bleibe wach bis um vier Uhr morgens, sitze auf dem Fußboden meines ehemaligen Gitarrenzimmers, in der Hand ein Glas Tamarindensaft und im Kopf einen Haufen unbestimmte Ideen.

Dreiundzwanzig

Gegen neun, als ich grad beim Rasieren bin, klingelt das Telefon. Paola geht hin, um abzunehmen. Ich rufe: »Wenn's Leo ist, bin ich nicht da.« Trotzdem tut mein Herz einen Sprung, denn es könnte ja auch jemand anders sein. Paola geht ran, kommt sofort zurück, klopft an die Tür und sagt: »Fjodor, da ist ein Mädchen für dich.«

Ich lasse den Rasierer fallen, stürze mit eingeseiftem Gesicht aus dem Bad ins Telefonzimmer, presse den Hörer ans Ohr und schreie: »Ja? Hallo? Ja?«, und die Stimme am anderen Ende ist überhaupt nicht die Stimme von Malaidina. Die Aufregung schlägt mir um in Enttäuschung, die Enttäuschung fährt mir lähmend ins Blut. Die Stimme sagt: »Bist du Fjodor?«

»Ja«, grunze ich böse. »Und wer bist du?«

»Ich muß dich sprechen, aber wir sollten uns lieber treffen«, sagt sie mit einer gewissen Vorsicht, die mein Herz wieder heftiger schlagen läßt.

»Hast du mir was auszurichten von jemand?«

»Entschuldige, aber ich kann jetzt nicht weiterreden, ich muß weg. Wenn du willst, können wir uns heute abend um sieben im Stadtpark treffen, am Südostufer des kleinen Sees.« Sie legt auf.

Ich gehe in die Küche, wo Paola gerade einen Schuß Sahne in eine Tasse Kaffee gießt, und sage ihr: »Das war nicht Malaidina. Das war eine Fremde, die gesagt hat, sie müßte mich sprechen, aber dann hat sie gleich wieder aufgelegt.«

Paola sieht mich an und sagt: »Na also, das ist doch vielleicht schon was.«

Mir wär's lieber, sie hätte das nicht gesagt.

Um sechs komme ich in den Stadtpark, zusammen mit Scharen von Leuten, die Schutz vor der stickigen Hitze suchen und vor der gelblichen Smogluft in den verstopften Straßen. Ich gehe einen breiten Kiesweg entlang und sehe alle drei Minuten auf die Uhr. Sehe Pärchen engumschlungen im Schatten liegen, Mütter mit Kindern an der Leine, magere Typen, die Hunde zusammenführen, Rentner, die Tauben anzulocken versuchen mit Maiskörnern auf der flachen Hand. Der Weg ist staubig und macht die Leute staubig, die auf ihm gehen, und die Bänke an seinen Rändern und die müden jungen Frauen auf den Bänken und die Kinder, die vor den müden jungen Frauen auf den Bänken im Kies scharren.

Ich komme zum See und gehe ein Stück am Ufer entlang. Bleibe stehen und beobachte einen Schwarm Enten, Stock- und Hausenten und ihre Mischlinge, die nahe am Ufer schwimmen auf der Jagd nach Salatblättern und durchweichten Brotkrümeln. Setze mich auf einen niedrigen Pfahlzaun und beobachte sie vielleicht zwanzig Minuten lang. Schwärme von Mücken tanzen über dem Wasser und nutzen den feuchten Schatten, um mich in die Arme zu stechen.

Ich stehe auf, gehe rasch einmal ganz um den See und gleich noch ein zweites Mal andersherum. Ich setze zu einer dritten Umkreisung an, da fällt mir ein, daß ich keine Ahnung habe, wo hier Südosten ist. Ich frage einen grünuniformierten Wärter, er schüttelt den Kopf, ohne auch nur stehenzubleiben. Ich frage eine Mutter mit Kind, sie dreht sich rasch weg. Ich schaue zum Himmel, um nach der Sonne zu sehen, aber es scheint, als käme das Licht aus einer Art Milchglasscheibe unmittelbar über den Wipfeln der Bäume, viel zu diffus, um als Bezugspunkt zu dienen. Ich sehe auf die Uhr: es ist fünf vor sieben.

Ich gehe erneut um den See, diesmal sehr eilig, um meine Gegenwart ringsum deutlich zu machen. Verlangsame jedesmal etwas den Gang, wenn ich ein Mädchen oder eine junge Frau am Ufer sehe, und bemühe mich, lange genug in ihrem Gesichtsfeld zu bleiben, um erkennbar zu sein anhand einer eventuellen Personenbeschreibung.

Ein schmächtiges Mädchen führt einen Welschterrier an der Leine, und mir ist, als ob sie mich irgendwie besonders ansieht. Ich versuche, ihr Äußeres mit der Stimme am Telefon zu vergleichen, aber das ist ziemlich sinnlos. Ich trete auf sie zu und frage: »'Tschuldigung, bist du's?«

Sie errötet bis über beide Ohren, sagt: »Was bin ich?«, dreht sich zum Wasser und zieht den Hund an sich.

Ich trete zurück, sage »'Tschuldigung« und gehe rasch weiter. Eine Dunkelblonde in hellem T-Shirt stoppt mich mit einer kurzen Handbewegung. Kommt auf mich zu und sagt: »Du bist Fjodor, stimmt's?« Ich sage ja, sie winkt mir zu folgen.

Ich folge ihr bis zu der Stelle, wo ich vorhin die Enten beobachtet hatte. Sie bleibt am Wasser stehen, blickt flüchtig zu mir herüber, dann wieder aufs Wasser. Steht vielleicht eine Minute lang da, ziemlich verlegen. Sagt dann: »Malaidina hat mich gebeten, dir das hier zu geben.« Macht ihre hellbraune Handtasche auf, zieht einen kleinen bernsteinfarbenen Umschlag heraus und gibt ihn mir.

Ich reiße ihn auf, ziehe ein Kärtchen heraus, drehe mich weg, um es anzusehen, und es erscheint mir unglaublich klein und spärlich beschrieben. Ich halte es mir vor die Augen und lese: *Fjodor, ich wollte dir nur noch sagen, es tut mir sehr leid, das Ganze, aber ich bin trotzdem sehr froh, dich kennengelernt zu haben. Ciao, M.*

Ich stehe ein paar Minuten lang da, im Schatten einer großen Roßkastanie, das bernsteinfarbene Kärtchen zwischen den Fingern, und kann nicht begreifen, was diese Worte heißen, die da in feiner Handschrift stehen. Mir klebt das Hemd am Rücken.

»Was soll das heißen?« frage ich. »Ich begreife nicht, was das heißen soll. Erklär mir das!«

Sie weicht ein paar Zentimeter zurück, sichtlich erschreckt von meiner Stimme und meinem Blick und meiner Art, mich zu ihr vorzubeugen. »Wie soll ich das wissen?«

»Aber du kannst doch nicht einfach nichts wissen!« schreie ich fast. »Du kannst doch nicht hergekommen sein, ohne die geringste Ahnung zu haben, worum es geht!« Ich trete einen Schritt auf sie zu, aber sie weicht zwei Schritte zurück. Ich versuche, sie wenigstens mit dem Blick festzuhalten.

»Malaidina hat mich nur gebeten«, sagt sie, »dir einen Gruß auszurichten und dir diesen Brief zu geben.« Sie bemüht sich, ruhig zu sein, aber sie ist ebenfalls ziemlich erregt und hütet sich weiter, mir in die Augen zu sehen. Zwei Rentner auf dem Rasen am Ufer beobachten uns. »Tut mir leid, aber so ist es.«

»Ja, aber du kannst mir doch nicht diesen Brief bringen und mir dann nicht mal erklären, was er bedeutet!« sage ich und greife nach ihrem Arm. »Was soll denn das heißen: Sie ist sehr froh, mich kennengelernt zu haben? Soll das ein Abschied sein oder was? Praktisch schreibt Malaidina hier, daß wir uns nie mehr wiedersehen, und mir bleibt nichts anderes übrig, als diesen Brief zu lesen in diesem beschissenen Park, mit diesen Idioten, die mich beobachten, und dir, die mir nichts erklären will?« Ich schüttle sie und versuche, ihr in die Augen zu sehen, aber sie dreht den Kopf zur Seite. Ich sage zwei- oder dreimal »He!«, und meine Stimme klingt immer verzerrter.

»Laß mich!« faucht sie und wehrt sich, tritt mit den Füßen. Ich halte sie fest, sie stößt mir den Ellbogen in die Seite, versucht sich loszureißen.

Wir stehen halb umklammert, halb raufend, unter den Augen der Rentner und Babysitter und Kinder, und plötzlich scheint mir die Situation ganz verfahren. Ich lasse sie los.

Sie weicht ein paar Schritte zurück, massiert sich den Arm und sagt: »Bist du verrückt geworden?« Sie hat eine sonderbare Frisur, das Haar zusammengeflochten zu einem seitlichen Zopf; ihre Augen sind rund, kaum verlängert durch einen grauen Lidstrich. Sie dreht vorsichtig den Arm, als fürchte sie, er wäre gebrochen oder verstaucht.

Jetzt habe ich Angst, daß sie wegläuft. Ich sage: »Beruhige dich, bitte beruhige dich!«

»Beruhige *du* dich erstmal!« faucht sie mich an. Sie ist wütend, aber sie läuft nicht weg. Sieht auf ihren Arm, sieht zur Seite und sagt: »Verdammte Scheiße!«

Wir umkreisen einander in der stickigen feuchten Abendluft, sehen uns verlegen an.

»Hör mal«, sage ich schließlich. »Entschuldige bitte, aber diese Geschichte bringt mich ganz schön in Rage.«

»Das hab ich gesehen«, sagt sie. Geht langsam über den Rasen zu einem Kiesweg, auf dem schlaffe Paare spazieren. Ich folge ihr dicht auf den Fersen und überlege mir einen Satz, der sie wieder versöhnen könnte.

Wir gehen wortlos bis zum Tiergarten. In der Ferne

hört man die Robben schreien. Ich sage zu dem Mädchen: »Hör mal, warte doch mal!« Versuche erneut, ihren Arm zu fassen, aber diesmal zieht sie ihn rechtzeitig weg. »Setzen wir uns einen Moment!« Ich deute auf eine Bank mit einem Rentner, der einen Zwergschnauzer an der Leine hält. Sie tut, als dächte sie gar nicht daran, den Vorschlag anzunehmen, setzt sich dann aber doch. Der Rentner rückt ein bißchen zur Seite, um ihr Platz zu machen, sie rückt ein bißchen zur Seite, um die Distanz zu wahren, kaum daß ich mich neben sie setze. Schnaubt und sieht geradeaus.

»Du brauchst dich nicht so anzustellen, als müßtest du ein Geheimnis hüten«, sage ich. »Malaidina ist nämlich überhaupt nicht in Gefahr.«

»Wie bitte? Nicht in Gefahr?«

»Genau. Ein Freund von mir hat sich im Präsidium erkundigt. Es liegt nichts gegen sie vor, überhaupt nichts. Er hat sich zehnmal vergewissert.«

Sie steht auf, ich stehe ebenfalls auf. Der Rentner rückt wieder in die Mitte der Bank, der Zwergschnauzer kläfft. Wir gehen langsam bis zum Entengehege, kicken Kieselsteinchen vom Weg. »Bist du sicher?« fragt sie.

»Na klar bin ich sicher. Wenn ich nicht sicher wär, würde ich's dir doch nicht sagen!« Ich sehe sie an, so nah wie möglich. »Bestimmt. Ehrenwort!«

Sie beißt sich auf die Lippen und schweigt. Stützt eine Hand aufs Geländer und betrachtet die Mandarin- und Kragenenten, die Brand- und Löffel- und Reiher- und Scheck- und Kolbenenten, die sich auf dem festgetretenen Lehmboden drängen, unter Strohdächern und an den Ufern eines kleinen künstlichen Baches.

Auch ich betrachte die Enten, wie sie da staubig und lahm in der Abendluft hocken. Sage dann zu dem Mädchen: »Hör zu, wenn du mir nicht sagen willst, wo Malaidina ist, dann geh doch zum Teufel!«

Sie fährt herum und sieht mir verblüfft in die Augen. Ich konzentriere mich auf ihre Lippen. Sehe, wie ihre Lippen sich öffnen, und höre sie sagen: »Aber sie ist nicht hier. Sie ist in Korinth.«

Ich starre sie an, erst von der einen Seite, dann von der anderen, laufe um sie herum und schnappe nach Luft. »Was? In Korinth? Wo?«

»Bei meiner Kusine«, sagt sie, faßt sich an ihren Zopf und sieht auf die Enten. »Sie ist zu mir gekommen und hat gesagt, sie hätte nicht die geringste Idee, wo sie hingehen soll, und da hab ich's bei meiner Kusine versucht, in Korinth. Die lebt da seit vier Jahren, ihr Mann ist da Wasserbauingenieur.«

»Aber die Adresse?« sage ich, und die Beine tun mir jetzt weh vor Anstrengung, sie nicht entkommen zu lassen. »Wie ist die Adresse?«

Sie guckt einen Augenblick zögernd, klappt dann ihre Handtasche auf und holt ein Notizbuch heraus.

Ich bin vor ihr und schreibe die Adresse auf die Rückseite von Malaidinas Karte; bin schon halb aus dem Park, schon halb in meiner Straße, schon halb im Fahrstuhl.

Elvio und Paola sitzen auf der Matratze in meinem ehemaligen Schlafzimmer, halten einen bunten Prospekt in der Hand und sehen auf, als ich hereingestürzt komme.

»Ich hab Malaidinas Adresse!« keuche ich atemlos, laufe durchs Zimmer, ziehe das Kärtchen aus der Tasche und zeige es ihnen. »Sie ist in Korinth!«

Sie sehen auf das Kärtchen, heben die Köpfe und sehen zu mir. »Und was machst du jetzt?« fragt Paola, und mir scheint, es klingt eher besorgt als erfreut. Auch Elvio macht einen eher besorgten Eindruck, wie er da auf der Matratze hockt, die Knie hochgezogen und die Hände davor verschränkt.

»Ich fliege hin«, sage ich. »Mit dem ersten Flugzeug, das ich kriegen kann.« Mir scheint, ich halte es nicht mehr aus, wie *träge* sie reagieren, wie sie mich ansehen mit diesen zähen und zögernden Blicken! Ich laufe kreuz und quer durch das Zimmer, verkünde: »Ich rufe sofort den Flughafen an«, aber meine Gedanken wirbeln so rasend durch meinen Kopf, daß ich mir eine ruhige Handlung wie das Abnehmen eines Telefonhörers und das Wählen einer Telefonnummer kaum vorstellen kann.

»Wär's nicht besser, du rufst erstmal *sie* an?« fragt Paola, aber unter der Frage verbergen sich Schichten und Schichten von Zweifeln, ob Malaidina wirklich in Korinth ist und ob die Adresse auch wirklich stimmt und ob sie rangehen wird, wenn ich sie anrufe, und ob sie froh sein wird, meine Stimme zu hören, und ob sie Lust haben wird, mich irgendwo zu treffen, und ob sie's nicht kindisch und lächerlich finden wird, was ich vorhabe, und ob sie bereit sein wird, mit mir nach Australien zu gehen.

»Nein, nein, das wär gar nicht besser«, antworte ich fast schreiend. »Das wär überhaupt nicht besser, weil, Telefonate ins Ausland sind gräßlich, die Stimmen werden so ausgedünnt und verzerrt, daß du nie kapierst, was der andere denkt, während er mit dir spricht, und die Hälfte von dem, was du selber sagst, verliert sich in Echos und Nebengeräuschen, und am Ende hast du jedesmal lauter ganz falsche Eindrücke und bist wahnsinnig deprimiert und frustriert und niedergeschlagen!« Ich laufe gestikulierend umher.

»Fjodor, bitte«, sagt Paola, »reg dich doch nicht so auf! Beruhige dich!«

»Ich reg mich überhaupt nicht auf!« sage ich. »Es ist nur, ich muß sofort nach Griechenland.« Ich schnappe mir das Telefonbuch, blättere es mit fliegenden Fingern durch, wähle mit fliegenden Fingern die Flughafennummer: besetzt. Ich wähle nochmal: wieder besetzt. Ich schreie: »Herrgottnochmal!« und schlage flach auf das Telefon. Bin schweißgebadet und weiß nicht mehr weiter.

»Laß mich mal«, sagt Elvio. Nimmt mir den Hörer aus der Hand, liest die Nummer im Telefonbuch und wählt sie bedächtig. Sagt: »Hallo? Ich wüßte gern, wann der nächste Flug nach Athen geht. Ja.« Wartet einen Moment und sieht mir zu, wie ich ihn umkreise. Sagt dann: »Neun Uhr null fünf? Und heute abend geht keiner mehr?«

Ich gestikuliere wild vor seinem Gesicht und sage: »Jetzt gleich! Frag, ob jetzt gleich einer geht!«

Er sagt »Danke« und legt auf. Sieht mich an und sagt: »Mein Gott, beruhige dich einen Moment! Sie wissen nicht mal, ob morgen früh noch was frei ist. Sie sagen, du sollst es probieren und morgen früh direkt hinkommen, vielleicht sagt jemand ab.«

»Und wenn keiner absagt. Wenn kein einziger Platz frei ist?«

»Dann sehen wir weiter. Fürs erste genügt's, wenn du jetzt endlich Ruhe gibst.«

»Hach ja!« sage ich, schöpfe Atem und kratze mir leicht den Hals.

Paola steht auf und sagt: »Gehen wir jetzt erstmal was essen.«

»Ich hab keinen Hunger«, sage ich.

»Egal, gehen wir trotzdem«, sagt sie und nimmt mich unter den Arm.

Vierundzwanzig

Früh um halb sieben stehe ich auf und ziehe mich an. Verzichte auf eine Rasur, um keine Zeit zu verlieren, gehe in die Küche, und da ist Paola schon auf, nimmt gerade die eiserne Kaffeekanne vom Herd. Ich schnappe mir einen Hocker und setze mich an den Tisch. Sie stellt die brodelnde Kanne vor mich hin, nimmt zwei Tassen aus einem Schrank und sagt: »Sehr ausgeschlafen siehst du ja nicht grad aus.«

»Du auch nicht«, sage ich, und wir lachen.

»Das kommt daher, daß du mich angesteckt hast mit deiner Aufregung. Vor dem Einschlafen mußte ich dauernd an deine Begegnung mit Malaidina in Korinth denken, und das Ergebnis war dann so eine Art Alptraum, in dem auch Australien und die Polizei vorkamen: Die Polizei wollte Elvio auf dem Flugplatz in Sydney verhaften oder sowas.« Sie schüttelt sich die Haare zurück. Gießt Kaffee in die Tassen und nimmt sich das Honigglas vom Regal.

»Madonna!« sage ich. »Tut mir leid, wenn das meine Schuld war.« Trinke einen Schluck bitteren Kaffee.

»Das war doch nicht deine Schuld«, sagt sie und fährt mit dem Löffelchen in den Honig. »Es war, weil ich mir nicht so recht klargemacht hatte, daß wir ja schon *morgen* abfliegen. Bis gestern war mir das Ganze noch so fern vorgekommen, und jetzt sind wir auf einmal mittendrin. Mamma mia! Du wirst lachen, aber mir macht das wahnsinnig Eindruck. Es ist das erste Mal in meinem Leben, daß ich in dieser Weise irgendwohin wegfahre: so mit der Idee, alle Brücken hinter mir abzubrechen, auch wenn ich ja kaum behaupten kann, daß ich noch viele hätte.«

»Du wirst sehen, das geht ganz leicht. Bestimmt!« sage ich. Aber mir macht es auch Angst zu sehen, wie jetzt die *ganze* Situation so schräg liegt, so kurz vor dem Kippen und definitiv Zuendegehen, kaum daß wir weg sind. Ich trinke den Kaffee aus und fahre mir mit dem Handrücken über den Mund.

Paola sieht mich an. Sagt langsam: »Fjodor. Falls du Malaidina zufällig nicht treffen solltest, versprichst du mir, daß du dann trotzdem zu uns nach Australien kommst?«

»Aber es ist unmöglich, daß ich sie nicht treffe«, sage ich, und das Herz fängt mir wieder zu schlagen an wie gestern abend.

»Ja, aber angenommen.«

»Wenn's unmöglich ist, brauchen wir's auch nicht anzunehmen.«

»Mein Gott, was bist du doch für ein Dickschädel!«

»Ich verspreche dir, daß ich Malaidina treffe und daß wir alle beide zu euch nach Australien kommen.« Vielleicht hätte ich diesen Kaffee lieber nicht trinken sollen, mir wird ein bißchen übel.

Elvio kommt in die Küche, streckt sich und gähnt mit weit offenem Mund. Sagt: »Verdammt früh steht ihr auf!«, fischt sich eine Kaffeetasse aus dem Spülbecken und setzt sich zu uns an den Tisch. Wir sehen uns alle drei an.

»Ich muß los«, sage ich, sehe auf die Uhr und stehe auf. Mir ist schlecht, die Augen tun mir weh.

Elvio sagt: »Ich zieh mir rasch Schuhe an und bringe dich hin.«

Ich sage: »Nein danke, ich gehe allein.« Er insistiert, ich

sage: »Nein, wirklich, es macht mich weniger nervös, wenn ich allein bin.« Ich gehe zur Tür, bleibe stehen, überlege einen Moment, ob ich irgendwelches Gepäck mitnehmen soll. Nein. Ich kehre um, gehe zu Paola und nehme sie in die Arme. Sie drückt mich sehr fest, ich drücke sie auch sehr fest, und nach einer Sekunde ist mir, als hätte ich ein paar Tränen in den Augen oder sowas in der Art. Ich reiße mich los und sehe, daß auch sie ein paar Tränen in den Augen hat. Sie schaut weg.

Ich renne hinaus. Elvio folgt mir zur Wohnungstür, folgt mir zum Fahrstuhl. Ich drücke den Knopf und sehe zu, wie er aufleuchtet. Drehe mich um und gebe Elvio die Hand, ohne ihm voll ins Gesicht zu sehen wegen der Tränen in den Augen. Er drückt sie mir kräftig, drückt mir den Arm, gibt mir einen Klaps auf die Schulter und sagt: »Fjodor, Mensch, denk dran, verdammt! Du weißt doch, wie sehr uns inzwischen dran liegt, an dieser Geschichte mit den tropischen Vögeln!«

Ich bin im Fahrstuhl, der Fahrstuhl ist zu und geschlossen, fährt rasch ins Erdgeschoß runter.

Fünfundzwanzig

Kaum trete ich aus der Flughafenhalle, überfällt mich diese flimmernde, licht- und hitzegesättigte Luft, die den Frauen die Röcke bläht und den Männern die Hosenbeine flattern läßt. Ich nehme einen Bus ins Zentrum, stehe eingezwängt zwischen rucksack- und kofferbeladenen Touristen und Athenern, die sich recken und bücken und seitwärts beugen, um aus den Fenstern zu spähen.

Der Bus hält am Rand eines weiten Platzes voller chaotisch kreuz und quer tosendem Verkehr. Ich steige aus und dränge mich auf einem Gehsteig zwischen Strömen von Menschen hindurch. Frage an einem Zeitungsstand, wo man hier telefonieren kann, und werde auf ein großes graues Gebäude ungefähr fünfzig Schritte weiter verwiesen.

Die Halle ist voller Lärm und Qualm, voller Leute, die auf Bänken und an den Wänden ringsum warten, daß sie zu den Kabinen geschickt werden von ein paar Angestellten hinter einem Schalter aus dunkelgebeiztem Holz. Es wimmelt von amerikanischen Jugendlichen in Jeans, die lässig herumstehen oder am Boden hocken in Erwartung ihrer angemeldeten R-Gespräche; von deutschen Paaren in Shorts mit nackten bleichen und schwammigen Beinen, die eifrig auf kleinen Notizblöcken Preise von Drachmen in D-Mark umrechnen; von Griechen mit Stoppelbärten und Zigaretten zwischen den Fingern, die stoßweise reden und stoßweise gestikulieren und grimmige Blicke tauschen.

Ich kaufe mir eine Handvoll Telefonmünzen und warte ungefähr zehn Minuten, bis eine dicke Angestellte mir winkt, daß ich an der Reihe bin, und mir mit den Fingern die Nummer meiner Kabine anzeigt. Ich gehe in die Kabine, schließe die Tür hinter mir, schlage sie zwei- oder dreimal kräftig zu, weil sich das Dichtungsgummi ausgedehnt oder abgelöst hat, so daß sie nicht richtig zugehen will, und ziehe das Kärtchen mit Malaidinas Zeilen und ihrer Adresse auf der Rückseite aus der Tasche. Mir schlägt das Herz so heftig, daß ich die Ziffern nicht richtig erkennen kann und sie mir dicht vor die Augen halten muß, um sicher zu sein.

Ich stecke ein paar Münzen in den Schlitz, drehe die Vorwahl und begleite die Scheibe bei ihrem automatischen Rücklauf. Wähle die Nummer und bemühe mich, die Ziffern nicht zu rasch aufeinanderfolgen zu lassen, konzentriere mich auf das kurze Rucken nach jeder Ziffer und auf das Geräusch der Scheibe, bevor sie zum Stehen kommt. Nach einer Weile ertönt das Freizeichen, aber mir scheint viel zu fern. Ich hänge ein und wähle erneut mit noch größerer Sorgfalt, drehe die Scheibe, als wäre sie ein hochdelikater Mechanismus. Diesmal klingt das Tuten ein bißchen näher, wenn auch nicht viel. Mir pocht das Blut in den Schläfen so laut, daß ich fürchte, dieses Pochen könnte die schwachen Signale irgendwie stören, verzerren und noch unverständlicher machen.

Eine Stimme meldet sich auf griechisch.

»Hallo?« sage ich auf englisch.

»Pronto?« sagt die Stimme auf italienisch.

»Pronto«, sage ich. »Könnte ich bitte Malaidina sprechen?« Jetzt wär's mir lieber, die Leitung bräche sofort zusammen; ich will nicht so abhängig sein von diesem

Empfänger, so angespannt horchen auf die Stimme am anderen Ende.

»Wer ist denn da?« fragt die Stimme.

»Ein Freund von Malaidina«, schreie ich. Die Verbindung ist schlecht, von jedem Wort, das ich sage, hallt das Ende zurück wie eine Art Echo oder Rückkoppelung; ich lasse mich ablenken von diesem Widerhall, horche ihm nach, fast ohne zu überlegen, was ich sage.

»Malaidina ist nicht da«, sagt die Stimme. »Sie ist heute morgen abgefahren.«

Jetzt stockt mir wirklich das Blut: gefriert mir zu Eis und hört auf zu fließen, scheint mir, oder fließt jedenfalls sehr viel langsamer, als es müßte. Ich halte den Hörer ans Ohr und weiß nicht mehr, was ich sagen soll.

»Hallo?« fragt die Stimme.

»Wie abgefahren? Wohin?« schreie ich und möchte den Hörer schütteln, damit er wenigstens noch ein Bild von Malaidina hergibt, wie sie abfährt.

»Sie ist nach Athen gefahren«, sagt die Stimme.

»Waaas?«

»Hallo?«

»Ist das sicher? Sind Sie sicher, daß sie nach Athen gefahren ist?«

»Ja, sie ist heute morgen nach Athen gefahren.«

»Und wie ist sie gefahren? Mit welchem Zug oder Schiff?« Ich schreie so laut, daß die Leute draußen vor der Kabine mich erschrocken anstarren.

»Mit dem Bus, aber ich weiß nicht, mit welchem.«

»Wie? Nicht mit welchem?«

»Ich weiß nicht, mit welchem Bus sie gefahren ist. Ich weiß nicht, welchen Bus sie genommen hat!« Mir scheint, sie klingt allmählich etwas gereizt, aber das ist mir ziemlich egal. Ich gleite fieberhaft über ihre Worte wie eine hungrige Robbe über Eisschollen, möchte mich auf sie stürzen.

»Aber wissen Sie wenigstens, wann genau? Um welche Uhrzeit?«

»Nein, das habe ich Ihnen doch gesagt! Ich weiß es nicht!« Jetzt klingt sie wirklich verärgert. »Ich kann Ihnen leider nicht helfen. Auf Wiedersehen.«

»Warten Sie!« schreie ich, aber zu spät, die Verbindung ist abgerissen.

Ich wähle die Nummer rasch neu, aber jetzt habe ich keine Leitung mehr. Ich öffne die Tür und versuche, der Angestellten am Schalter ein Zeichen zu geben, aber sie wird von einer Mauer wartender Leute verdeckt. Die Leute vor meiner Kabine sehen mich böse an, schimpfen, heben die Arme und zeigen mit den Fingern auf ihre Uhren. Ich stehe ein paar Sekunden lang in der Tür, eine Hand am Griff; ich werfe sie zu und haste durch das Gewimmel.

Ich stürze hinaus auf die Straße, laufe den Gehsteig entlang, schlüpfe im Zickzack durch das Gedränge, zwischen den Zeitungs- und Obstständen und Cafétischen auf dem Asphalt hindurch. Stürme dahin in der glühenden Hitze, getrieben von einer Welle blanker Panik.

Rechts neben mir ist ein Reisebüro. Ich stürze hinein, gelange vor einen weißen Tisch, hinter dem eine junge Frau sitzt; stütze die Hände auf die Platte, beuge mich zu ihr nieder und sage atemlos: »Bitte geben Sie mir den Fahrplan der Busse aus Korinth.«

Sie hebt sehr langsam den Kopf und sieht mich an. »Aus Korinth?«

»Ja, aus Korinth!« Mir zittern die Arme, von den Schultern bis hinab zu den Fingerspitzen, die den Tisch berühren.

Sie dreht sich zur Seite und langt mit einer unendlich

trägen Bewegung hinter sich. Zieht ein weißes Aktenschränkchen auf Rollen heran, öffnet ein Schubfach, kramt bedächtig mit schlaffen Händen und weichen Fingern und hellrot lackierten Nägeln zwischen Prospekten und Heften. Fördert ein schmales Faltblatt zutage und legt es vor sich auf den Tisch. Nimmt die Kappe von einem blauen Kuli ab, faßt sich mit einer Hand an die Stirn, dreht die länglichen Glanzpapierseiten von der ersten zur vierten Seite und von der vierten zur zweiten. Studiert die winzigen Zahlenreihen und malt schließlich zögernd, ohne von der Richtigkeit ihrer Wahl sehr überzeugt zu wirken, um eine davon einen blauen Kreis.

»Sind das die Zeiten? Sind das die Ankunftszeiten?« frage ich vorgeneigt über ihre Hand, die immer noch zögernd mit dem Kuli über den Zahlen schwebt.

Sie reicht mir das Faltblatt, ohne auch nur den Kopf zu heben.

»Gibt's nur diese eine Möglichkeit? Gibt's keine andere? Sind Sie sicher?«

»Yes, Sir«, schnaubt sie und sieht mich ärgerlich an. »Bestimmt!«

Ich stürze mit dem Faltblatt hinaus und bahne mir einen Weg durch die Menge. Flitze zwischen den Leuten hindurch, die mir entgegenkommen, überhole die vor mir Gehenden, gleite an den Häuserwänden entlang oder außen am Rand des Gehsteigs. Biege um eine Ecke und pralle voll gegen einen dicken Deutschen, der mitsamt seiner ganzen Familie vor einem Schaufenster steht. Mein Ellbogen trifft ihn hart in die Seite, weil ich so schnell gerannt komme. Er fährt wütend herum, stößt einen unartikulierten Schrei aus, der sich mit den Stimmen der Leute auf dem Gehsteig vermischt und mit dem Lärm der Autos und Busse und Lastwagen auf der Straße. Fuchtelt wild mit den Armen und holt gerade aus, um mir einen Fausthieb zu geben oder vielleicht einen Schlag auf die Schulter, aber da hat uns der Strom der Passanten schon auseinandergetrieben, der Hieb geht ins Leere. Ich renne weiter, drehe im Rennen den Kopf und sehe ihn blöde hinter mir herstarren; dann sind zu viele Leute zwischen uns und wir zu weit auseinander.

Ich nehme einen Bus und brauche die Fahrzeit zwischen zwei Haltestellen, um mich mit Schultern und Ellenbogen zum Ausgang durchzudrängen. Steige aus, laufe bei Rot über eine Kreuzung, mitten zwischen wild hupenden Autos hindurch, und laufe auf der anderen Straßenseite zurück. Halte kurz an, um einen Hotelportier zu fragen, wo die Endstation der Busse aus Korinth ist, folge seinen Angaben, laufe an der syrischen Botschaft vorbei, wo zwei Leibwächter rechts und links neben einem blauen Cadillac warten. Spurte und renne, so schnell ich kann, mit schweren Füßen und Seitenstechen.

Endlich kommt der Ort, den mir der Portier genannt hat: ein weiter Platz an einer großen verkehrsreichen Einfallstraße, hinter der ein Park beginnt. Mitten auf dem Platz steht ein silbergrauer Bus mit roten Streifen: steht da mit offenen Türen, und Leute steigen noch aus. Drei skandinavische Mädchen zerren orangefarbene Rucksäcke aus einem tiefen Kofferraum an der Seite. Eine Frau mit dunkler Sonnenbrille erscheint in der Tür und sieht sich um, bevor sie langsam die Stufen hinuntersteigt. Ganze Familien mit den gleichen ängstlichen blassen Gesichtern schleppen Koffer und Taschen zu einer verglasten Schalterhalle.

Ich trete ebenfalls in die Halle und sehe mich um, aber Malaidina ist nicht da. Ich brauche nicht alle Gesichter der Reihe nach anzusehen: Sie ist nicht da. Ich drängle mich in eine Warteschlange zwischen verschwitzte Reisende und schreie laut über ihre Köpfe hinweg zu dem Angestellten hinter dem Schalter: »Können Sie mir eine Liste der Fahrgäste dieses Busses geben?«

»Die sind alle hier, die Fahrgäste dieses Busses«, sagt er, ohne den Kopf zu heben, vermutlich um nicht den Zorn der Wartenden noch zu steigern, die schon zu schimpfen beginnen über mein Drängeln und Schreien.

Ich laufe hinaus, laufe über den Platz zu dem Bus, springe die Stufen hinauf und sehe hinein. Da ist niemand mehr, nur noch der Fahrer, der irgendwelche Papiere in einem Handköfferchen aus Lederimitation verstaut. Ich frage ihn: »Gibt's außer diesem keine anderen Busse aus Korinth?«

Er klappt sein Köfferchen zu, sieht mich durch eine Spiegelglasbrille an und sagt: »Sicher gibt's noch andere. Die Strecke fahren fünf oder sechs Unternehmen.« Sein Englisch ist sehr schlecht, er sagt vielleicht »fünf oder sechs« nur deshalb, weil ihm grad keine anderen Zahlen einfallen.

»Und wo kommen die anderen an? Wo?« Meine Stimme klingt, glaube ich, ziemlich verzweifelt.

Er fischt sich einen Kugelschreiber aus einem Hohlraum unter dem Armaturenbrett, nimmt mir das Faltblatt aus der Hand, dreht es um und macht mir auf der Rückseite eine grobe Skizze, um mir zu erklären, wo die Endstationen von zwei anderen Busunternehmen sind, die er kennt. Schreibt die Straßennamen in Druckbuchstaben daneben, aber seine Schrift ist so schräg, daß ich ihn bitten muß, sie mir zu entziffern. Er gibt mir an, welcher der beiden Busse eher ankommen müßte, sagt: »Um fünf oder sechs« und macht dazu eine vage Geste, um anzudeuten, daß er nicht ganz sicher ist. Nimmt dann sein Köfferchen, wartet, daß ich aussteige, steigt hinter mir aus und geht in die Schalterhalle.

Ich gehe über den Platz zu der großen Straße, überquere sie und folge dem Eisengitter des Parks bis zum ersten Tor. Gehe hinein und schlendere über die Parkwege, folge den Linien der Grünanlagen, die Hände tief in den Taschen, die Augen achtlos. Laufe vielleicht eine halbe Stunde im Park umher. Komme zu einem Café auf einer kleinen Anhöhe, setze mich an einen Tisch und warte, aber nirgendwo ist ein Kellner zu sehen. Vier Tische weiter wartet eine französische Kleinfamilie, die Eltern erschöpft und schwitzend, die Kinder noch hinreichend voller Negativenergie, um den Eltern mit Fragen und Bemerkungen auf die Nerven zu fallen.

Der Kellner erscheint, aber ich habe keine Lust mehr, noch länger hier sitzenzubleiben. Ich sage »Macht nichts« und stehe auf, verlasse die kleine Anhöhe und verlasse den Park. Gehe eine leicht abfallende Straße hinunter, wieder umgeben von lautem Verkehr. Mir tun die Füße weh und die Augen, die Bartstoppeln jucken. Ich trete in einen Kramladen, wo es alles mögliche gibt, kaufe mir einen Rasierer aus Plastik und stecke ihn ein ohne die mindeste Vorstellung, wann ich ihn je benutzen werde. Ich gehe jetzt ziemlich langsam.

Die Straße führt mich direkt zum Museum. Auf dem weiten Platz stehen Busse, die mich nicht interessieren; auf der Freitreppe sitzen Jugendliche in Grüppchen, andere lungern unter den Säulen herum. Ich komme an einem Laubencafé vorbei, wo die Leute an schattigen Tischen eisgekühlten Zitronensaft oder türkischen Kaffee trinken, oder Retsina oder Bier. Ich gehe ein paar Blocks weiter, biege dann rechts in die Straße ein, die mir der Busfahrer auf dem Faltblatt skizziert hat, und gelange zu einem Reisebüro mit einer großen Schalterhalle, die der anderen weitgehend ähnelt: breite Glasfront zur Straße und an den Wänden Plakate mit Fotos von weißen Inseln und weißen Kirchen und weißen Tempeln vor blauem oder grellgelbrotem Hintergrund. Ich trete ein und frage eine blauuniformierte Angestellte, wann der Bus aus Korinth ankommt; sie sagt in zwei Stunden. Ich werfe einen Blick auf die Prospekte am Schalter, betrachte die Plakate an den Wänden, gehe ein bißchen auf und ab. Frage die Blauuniformierte, ob ich vielleicht die Liste der Fahrgäste aus Korinth mal sehen könnte; sie sagt, es gäbe keine.

Ich gehe hinaus und stehe ein paar Minuten vor der Tür, den Arm erhoben, um auf die Uhr zu sehen. Gehe zurück zum Museum, überquere den Vorplatz, wo zwei der Busse, die mich nicht interessieren, Parkmanöver vollführen, und steige die Treppe zu den Säulen hinauf. Da liegen sie wieder, diese amerikanischen Mädchen in weiten, breitärschigen Hosen, liegen schlaff auf den Stufen, die Knie nach außen gedreht, die Füße in hochgeschlossenen Joggingschuhen, die viel zu warm sind, oder in ausgelatschten Sandalen, die nicht vor dem Straßenstaub schützen. Mein Blick ruht im Vorbeigehen auf ihren hochgereckten fleischigen Nasen, ihren knochigen Kinnladen, ihren Froschaugen.

Ich trete in die Halle, kaufe mir eine Karte und folge Gruppen von Museumsbesuchern, die über den Marmorfußboden schlurfen. Folge ihnen durch ein paar Säle, ohne die Gegenstände in den Vitrinen und auf den Sockeln auch nur flüchtig anzusehen. Ich betrachte die Leute, von hinten und im Profil, während sie langsam weiterziehen oder in den Ecken verschnaufen, sich zu Gruppen zusammenschließen oder zerstreuen auf der Suche nach frischerer Luft. In einem Saal steht ein italienisches Ehepaar um die dreißig: er mit einem Reiseführer in der Hand, aus dem er mit säuselnder Stimme eine Beschreibung der ausgestellten Gegenstände vorliest, die Augen abwechselnd auf der Seite und auf der Vitrine. Alle paar Sätze unterbricht er die Vorlesung, reckt sich zu seiner Frau, drückt ihr mit albern gespitzten Lippen ein Küßchen auf die Backe, tritt einen Schritt zurück, um sie anzusehen, und saugt ihr Lächeln auf wie ein trockener Schwamm. Ich beobachte das Getue der beiden ein paar Minuten lang aus geringer Entfernung, dann will ich auf einmal raus hier, nichts wie raus.

Ich laufe durch das Museum, so schnell ich kann, die Augen am Boden, auf den Füßen der Leute, durchquere Saal um Saal, ohne zu verschnaufen. Trete ins Licht unter die Kolonnade, schaue hinunter und habe nicht das Gefühl, an einem sehr angenehmen Ort zu sein oder sehr positive Gedanken im Kopf zu haben. Ich fühle mich wie geblendet vom gleißenden Licht hier draußen, vom Gewimmel der Leute und vom Verkehrslärm, der aus der Straße über den weiten Platz heraufdringt. Ich stehe reglos am Rand einer Stufe.

Ich steige die Treppe hinunter, gehe zu dem Laubencafé und setze mich an einen Tisch; blicke hinauf zu den hellgrünen Blättern, die das Licht der Nachmittagssonne durchschimmern lassen. Es ist kurz vor halb fünf. Ich bestelle mir einen Zitronensaft bei einem Kellner, der Dutzende von Bestellungen gleichzeitig annimmt, ohne sich irgendwelche Notizen zu machen, aber mit vielen Beschwichtigungsgesten nach allen Seiten. Ein paar Tische weiter versuchen zwei griechische Jungen, mit zwei deutschen Mädchen am Nebentisch anzubändeln: drehen ständig die Köpfe und ändern die Haltungen und benutzen stur immer wieder dieselben paar Worte. Die Mädchen horchen hinüber und sehen sich an, verengen die Augen zu Schlitzen und zeigen den Griechen ihre Profile. Werfen andauernd die Haare zurück, vibrieren in kurzen Anfällen von nervösem Gekicher, stecken die Köpfe zusammen und tauschen halblaute Bemerkungen aus. Die beiden Griechen haben sehr schwarze Augenbrauen und sehr dichtes schwarzes Brusthaar unter den hellblauen, bis zum dritten Knopf offenen Hemden. Beraten sich mit Blicken und halbem Lächeln, was sie noch sagen könnten, versuchen auf alle mögliche Weise, die Gesten und das Gekicher und die Tischnachbarschaft in eine einzige Richtung zu lenken. Haben auch Mühe damit und ermüden ein bißchen, denn die Worte kommen nur schwer über ihre Lippen und ihre Gesten erfordern mehr Energie, als es scheint, und einfach so dazusitzen muß sie ganz schön zermürben: so lange so ausschließlich konzentriert auf ein einziges Interesse.

Der Kellner bringt mir den Zitronensaft und ein Glas eisgekühltes Wasser. Ich verdünne den Saft bis zum Rand des Glases und trinke die Hälfte mit einem einzigen langen Zug. Gieße den Rest des Wassers hinein, der sich mit dem restlichen Saft vermischt und ihm eine hellere Tönung gibt. Trinke ihn aus und lutsche die Eisstückchen, die noch im Glas liegen; strecke die Beine unter den Tisch, beuge den Kopf zurück und verschränke die Arme im Nacken.

Kaum kommt der Kellner wieder vorbei, bestelle ich nochmal dasselbe. Eine Frau um die dreißig an einem Tisch in der Nähe sieht mich unverwandt an, während ich bestelle. Bestellt dann ebenfalls, nimmt sich die Sonnenbrille ab, legt sie auf den Tisch, entfaltet mit schlaffer Hand ein Magazin, schaut kurz auf die Titelseite. Dem

Kleid nach könnte sie Italienerin sein, den Augen nach auch.

Ich trinke den zweiten Zitronensaft und betrachte die Blätter des Laubdachs, die ein immer satteres Grün annehmen, je weiter die Sonne zum Meer hin rückt. Der Saft hat nicht den gleichen Geschmack wie vorhin, aber das ist normal. Alle naselang blicke ich zu der Frau um die dreißig hinüber, die meinen Blick für Zehntelsekunden erwidert.

Ich bestelle mir einen türkischen Kaffee. Ein graumelierter Typ mit Kamera um den Hals tritt an den Tisch der Frau um die dreißig und spricht sie an in der Haltung des Ehemanns. Sie setzt sich die Sonnenbrille auf, faltet das Magazin zusammen, klappt ihre Handtasche zu, steht auf und winkt dem Kellner. Der Ehemann zahlt, die beiden gehen.

Ich trinke den türkischen Kaffee, ohne darauf irgendwie besondere Lust zu haben. Sehe alle dreißig Sekunden auf die Uhr aus Angst, ich könnte das Zeitgefühl verlieren. Winke dem Kellner, zahle und gehe.

Nach ein paar Minuten komme ich wieder zu dem verglasten Reisebüro, trete ein und frage. Die blauuniformierte Angestellte sagt: »Jetzt kommt er gleich.« Ich gehe hinaus. Ein kleiner Alter ist gerade dabei, die beiden weißrotgestreiften Böcke wegzuräumen, die bisher den Platz für den Bus markiert haben. Ich frage ihn gestikulierend: »Hält er hier? Hier?«, obwohl das ja ziemlich klar ist. Er sagt nur »Ja, ja«, ohne sich weiter ablenken zu lassen.

Nach einer Viertelstunde erscheint der Bus am unteren Ende der Straße. Der kleine Alte neben mir stellt sich auf die Zehenspitzen, um besser sehen zu können, sagt etwas über die Ankunft und läuft in die Halle, um sie zu melden;

kommt eilig wieder herausgelaufen, als der Bus gerade in die Lücke einbiegt, die er ihm bis zu diesem Moment freigehalten hat.

Ich stehe vor dem einparkenden Bus, vor dem haltenden Bus, der fauchend und schnaubend Druckluft ausstößt. Mein Blick ist ziemlich verwirrt vor Erregung und Müdigkeit, mein Herz schlägt ziemlich hoch.

Die Türen gehen auf, die Stufen klappen herunter, und mit einem Schlag sind alle Fahrgäste draußen. Ich sehe sie nicht der Reihe nach in den Türen erscheinen und langsam die Stufen herunterklettern und sich umsehen, kaum daß sie den Boden betreten haben. Nein, sie sind alle auf einmal draußen: drängen sich auf dem Gehsteig als ein einziger wimmelnder, gestikulierender, lärmender Haufen. Ich starre sie an, starre ein paar Minuten lang hin, aber es ist nur allzu klar, daß Malaidina nicht unter ihnen ist und daß mich keiner von ihnen interessiert und daß ich keinen Grund auf der Welt habe, hier noch länger herumzustehen und sie anzustarren und weiter Erregung und Vorstellungsbilder in ihre Ankunft zu investieren.

Trotzdem folge ich ihnen hinein und beobachte sie, während sie hektisch am Schalter drängeln und sich gegenseitig Hotelzimmer streitig machen und die uniformierte Angestellte mit Fragen und Reklamationen und Panikausbrüchen bestürmen. Ich beobachte sie vielleicht eine halbe Stunde lang, bis alle schließlich, einzeln oder in Grüppchen, hinausgegangen sind, um in Taxis und Busse zu steigen und in der Abenddämmerung zu verschwinden.

Ich nähere mich der Angestellten, die sichtlich erschöpft, einen Ellbogen auf den Schalter gestützt und die Hand im Haar, ein letztes Formular auszufüllen versucht. Ich warte, bis sie den Kopf hebt und mich ansieht mit müden gereizten Augen. Ich sage: »Ich warte auf eine Person, die mit dem Bus aus Korinth kommen soll.«

Sie mustert mich kurz, sagt rasch: »Wenn sie jetzt nicht gekommen ist, kommt sie nicht mehr.« Sagt es und beugt sich wieder über ihr Formular.

Ich fauche sie an: »Was zum Teufel wissen denn Sie? Woher zum Teufel wollen Sie so genau wissen, daß sie nicht kommt?« Ich lehne mich über den Schalter, beuge mich weit zu ihr vor. »Sie kommt vielleicht nicht mit Ihrem beschissenen Bus, aber kommen tut sie!«

Die Angestellte hebt nicht einmal den Kopf, so daß mir ist, als hätte ich gar nichts gesagt, oder als hätte meine Stimme schon alle Konsistenz verloren. Ich schlage mit der Hand auf einen Stapel Prospekte, der umkippt und sich über den Rand des Schalters ergießt und auf dem Boden verteilt. Die Angestellte reagiert überhaupt nicht, ignoriert mich einfach, jagt mich aus ihrem Blickfeld.

Ich stürze hinaus in die laue Abendluft. Gehe den Weg zurück, den ich gekommen bin, vorbei an dem Laubencafé, vorbei am Museum, das hinten am Ende des weiten Platzes zurückbleibt. Ich habe Hunger, aber keine Lust zu essen; ich habe keine Lust zu denken, daß ich Hunger habe. Ich gehe, ohne die Füße sehr weit vom Boden zu heben, folge mit den Augen der Bordsteinkante. Ich gehe mechanisch, und meine Gedanken sind eingeschlossen in eine Art Käfig aus kondensierter Unruhe und Erregung, der mich hindert, weite Gesten oder Gesichtsausdrücke zu machen, auch wenn ich es wollte. Ich gehe vielleicht zwei Stunden so, und mir scheint, daß meine Perspektiven immer mehr schwinden.

Ich komme an einem schmalen verstaubten Schaufenster in einer Seitenstraße vorbei, auf dem in grüner Schrift REISEN steht. Die bloße Schrift kommt mir jetzt schon trostlos vor. Ich gehe weiter; ich kehre um und gehe zurück, um die Trostlosigkeit besser auszukosten. Stehe und starre zehn Minuten lang auf die Schrift, die Augen dicht vor der Scheibe.

Dann trete ich ein und sehe mich um. Auch innen ist hier alles viel schäbiger als bei den anderen beiden Reisebüros; die Angestellten sind nicht uniformiert, die Schaltertische sind mit Papieren und allerlei Kram überladen. Ein Typ mit Bart ist gerade dabei, ein selbstklebendes Plastikschiffchen mit irgend einer Reklame auf eine große Wandkarte der Kykladen zu heften. Er steht mit dem Ding in der Hand vor der Karte und schaut hinauf und kann sich nicht recht entscheiden, wo er's am besten hinkleben soll; schaut suchend von rechts nach links und schüttelt den Kopf. Ich frage ihn: »Verkaufen Sie Tickets nach Australien?«

Er macht »Hä?«, stellt sich auf die Zehenspitzen und reckt den Arm hoch, traut sich aber nicht, das Ding anzudrücken. Tritt drei Schritte zurück, betrachtet die Karte mit zusammengekniffenen Augen und sagt: »Fragen Sie dort mal«, ohne sich umzudrehen oder irgendwohin zu zeigen. Rückt dann einen Stuhl vor die Karte, steigt darauf und dreht kreisend den Arm, um sich eine Vorstellung von den neuen Möglichkeiten zu machen, die aber seine Unschlüssigkeit offenbar nur noch steigern.

Ich frage: »Sie haben hier wohl keinen Bus aus Korinth?« Eigentlich wär's mir lieber, nicht mehr von dieser Korinth-Geschichte zu reden, sie nicht mehr hervorzuziehen.

Er dreht den Arm von Westen nach Norden nach Osten, legt den Kopf in den Nacken, um sich etwas mehr Übersicht zu verschaffen, und sagt: »Der hätte schon vor einer Stunde ankommen müssen, ist aber noch nicht aufgetaucht.«

»Die Strecke fahren wohl viele?« frage ich.

»O ja, sehr viele, glaube ich«, sagt er und fährt mit der Hand an zwanzig verschiedene Stellen der Karte, jetzt sehr hektisch. Hält plötzlich inne, setzt das Schiffchen mit einer impulsiven Bewegung auf das Papier und drückt es mit dem Daumen fest, direkt unter der Insel Milos. Bereut fast im gleichen Moment seine Wahl und versucht, es wieder zu entfernen, aber es geht nicht mehr ab. Anscheinend betrachtet er mich als mitschuldig an dem Malheur, denn jetzt dreht er sich um und sieht mit grimmigem Blick auf mich nieder.

»Da sitzt es doch prima«, sage ich.

»Nein, tut es nicht«, schimpft er, steigt vom Stuhl, tritt neben mich und betrachtet die Karte mit verschränkten Armen. »Eigentlich wollte ich's woandershin kleben.«

»Wenn Sie's woandershin kleben wollten, hätten Sie's nicht dahin geklebt«, sage ich, ohne im geringsten zu wissen, warum. Mir ist, als hätte ich die Szene schon mal irgendwo gesehen: die ganze Szene, mitsamt dem Gesicht des Bärtigen und seiner Art, mich anzusehen und seinen verschränkten Armen.

»Meinen Sie?« sagt er.

»Ja«, sage ich.

Er geht ein Stück rückwärts und lehnt sich an die Wand gegenüber, um einen besseren Gesamteindruck zu gewinnen. Ich frage ihn, wo hier die Toilette ist. Er zeigt mir die Tür.

Ich gehe hinein. Es ist ein winziger Raum mit Kloschüssel und Waschbecken und einem ovalen Spiegel über dem Waschbecken. Im Seifenhalter liegt ein Stück Seife. Ich halte es unter den Hahn und reibe es zwischen den

Händen, bis es schäumt. Ich streiche mir den Schaum ins Gesicht, nehme den Plastikrasierer aus der Tasche, setze ihn an die Backe und ziehe ihn langsam hoch.

Ich rasiere mich in der kleinen Toilette des schäbigen Reisebüros, müde und durcheinander und deprimiert wie ich bin, und auf einmal scheint mir, als kosten meine Bewegungen mich überhaupt keine Mühe. Ja, praktisch stehe ich hier vor dem kleinen Spiegel und *sehe zu*, wie der Rasierer da über meine Wangen gleitet und den Zustand meines Gesichts verändert, ohne auf den geringsten Widerstand zu treffen. Ich bewege den Arm und lege den Kopf in den Nacken, und jede einzelne Bewegung geht so flüssig und ausgewogen und sicher vonstatten, daß meine Unruhe und Erregung mehr und mehr nachlassen und verschwinden. Im gleichen Maß treten meine Gedanken einer nach dem anderen ins Freie, breiten sich aus in viele Richtungen, weit hinaus über den engen Raum, in dem sie bisher gefangen waren, und nach ein paar Minuten scheint mir, daß auch mein Hiersein in diesem Moment mich keinerlei Mühe mehr kostet, mich weder beunruhigt noch irgendwie nervös oder fahrig macht. Ich atme tief durch und muß lachen. Ich lache und huste.

Ich halte das Gesicht unter den dünnen Wasserstrahl aus dem Hahn und wasche mir alle Schaumspuren ab. Trockne mir das Gesicht mit dem Ärmel des Hemdes und klopfe mir ein paarmal kurz auf die Wangen. Draußen ertönt eine Hupe.

Ich trete hinaus in die dunkle Nacht, und der Bus aus Korinth steht schon da und hat die Türen schon offen. Ich trete sehr langsam näher und mustere die Gestalten der Fahrgäste, während sie hinter den Fensterscheiben vorbeigleiten und in der Tür erscheinen, ins Licht treten und der Reihe nach langsam die Stufen hinuntersteigen, zusammengehalten durch ein Band von milder Gemeinsamkeit, das die Erschöpfung in ihren Gesichtern löst.

Ich stehe unmittelbar vor der Tür, und Malaidina erscheint und sieht hinunter zu mir, und unsere Blicke begegnen einander so plötzlich, daß ich einen Schritt zurücktreten muß, um nicht nach hinten zu fallen.

Wir umarmen uns inmitten der wimmelnden Menge von Reisenden, und ich bin überrascht von der Konsistenz ihrer Haare in meinen Fingern und ihrer Lippen auf meinen Lippen. Und jetzt bin ich *sicher*, daß ich diese Szene schon mal gesehen habe, und nicht nur diese, sondern alle, die ihr vorausgegangen sind, auch wenn ich weiß, daß es lächerlich ist, so etwas zu sagen, wenn alles vorbei ist.

Die Luft ist lau, und Malaidinas Haar ist leicht und duftend, und ich muß lachen, wenn ich denke, wie leicht es doch ist, Arm in Arm die Straße entlang zu gehen und alle zehn Schritte stehenzubleiben, um sich in die Augen zu schauen und zurückzuschauen und nach oben.

Andrea De Carlo im Diogenes Verlag

Zwei von zwei

Roman. Aus dem Italienischen von Renate Heimbucher. Leinen

Ich dachte, wie verschieden und zugleich wie ähnlich doch im Grunde unsere beiden Lebensläufe in diesen Jahren gewesen waren, zwei von zwei möglichen Wegen, die an der gleichen Gabelung begonnen hatten.

Mario, der Ich-Erzähler, und Guido, beide aus mehr oder weniger kleinbürgerlichen Verhältnissen, lernen sich in der Schule kennen, 1968 in Mailand. Guido ist der aggressivere, frühreif, voller Ideen und Utopien, antiautoritär, Mario ist von ihm fasziniert, hängt sich an ihn an. Sie erleben zusammen die politische Revolte jener Jahre, aber auch die erste Liebe. Dann trennen sich ihre Wege...

»Der ironische Blick, der den Kern einer Situation erfaßt, ist De Carlos herausragende Qualität, und war es seit je. Das bedeutet nicht, daß er ein literarischer Clown ist. Ohne tiefschürfende Introspektion rückt er psychologisch äüßerst komplexe Zusammenhänge ins Licht, indem er sie an ihren sichtbaren Zeichen erkennt.« *Neue Zürcher Zeitung*

Macno

Roman. Deutsch von Renate Heimbucher-Bengs. detebe 21754

»Macno, einst Talkmaster im staatlichen Fernsehen, hat sich über Einschaltquoten zum Diktator befördert. Ausgehend von einer konventionellen Kritik an der Allmacht des Fernsehens nimmt der Autor die Idee auf und überdreht sie ohne Hemmungen, bis am Ende eine schrille Geschichte steht, die dennoch verblüffend wirklich klingt. Die gedankliche Abenteuerlust De

Carlos hat eine Geschichte hervorgebracht, an die sich deutsche Autoren selbst in zehn Jahren noch nicht herangetraut hätten.« *Tempo, Hamburg*

Yucatan

Roman. Deutsch von
Jürgen Bauer. detebe 21911

»Der Roman spielt auf mehreren Ebenen: der topographischen Ebene einer Reise nach Mexiko, der psychologischen einer Selbstfindung des Helden, der ideologischen einer Gegenüberstellung verschiedener Lebenshaltungen. Obwohl das Magische immer wieder in die Geschichte hineinspielt, dominiert es sie nicht. Man kann *Yucatan* auch als Reisebericht lesen. Dies um so mehr, als sich der gleichsam photographische Blick, mit dem der Verfasser gewisse Aspekte des amerikanischen Lebens wahrnimmt, seit der Veröffentlichung seiner Erzählungen *Creamtrain* (1985) und *Macno* (1987) womöglich noch geschärft hat. Bemerkenswert ist nicht nur die Präzision, sondern auch die Wertfreiheit seiner Beschreibungen. Der Verzicht auf die Attitüden eines schöngeistigen Antiamerikanismus versetzt De Carlo in die Lage, ohne Zorn und Eifer bestimmte zeitgenössische Phänomene zu registrieren, die ihren Ursprung auf der anderen Seite des Atlantik gehabt haben mögen, aber nicht auf Amerika beschränkt geblieben sind. Dank seiner Fähigkeit zur Nuancierung erkennt man jedenfalls in *Yucatan* überall die Wirklichkeit wieder, in der wir leben.«
Frankfurter Allgemeine Zeitung

Creamtrain

Roman. Deutsch von
Burkhart Kroeber. detebe 21563

»Kritisch äußert sich Andrea De Carlo über seine Erfahrungen in Amerika, die er sich in seinem ersten Roman *Creamtrain* vom Leibe geschrieben hat. Mit diesem Buch, dessen Manuskript sein Sponsor und Lektor Italo Calvino betreute, wurde Andrea De Carlo auf Anhieb zum meistversprechenden literarischen Debütanten.« *Sender Freies Berlin*

»*Creamtrain* ist ein perfektes Buch, sehr gut geschrieben, sehr gut zu lesen. Macht Spaß. Unterhält. Ist cool. Stimmig. Kein Wunsch bleibt offen.«
Der Falter, Wien

Vögel in Käfigen und Volieren

Roman. Deutsch von
Burkhart Kroeber. detebe 21386

»Was Andrea De Carlo in seinem Roman *Vögel in Käfigen und Volieren* unternommen hat, ist nichts weniger als die erzählerische Bearbeitung eines der zentralen politischen Themen der zweiten Jahrhunderthälfte, jener merkwürdig imaginäre Krieg, den insbesondere junge Menschen gegen die ›Macht‹, gegen ›das System‹ anzuzetteln versuchten...«
Michael Rutschky

»Atemlos gelebt, atemlos gelesen. Ein Italiener macht deutschen Romanciers Tempovorgaben. Dabei entstand eine neue Gattung: der Liebeskrimi. Das alles in einer Sprache, die nicht lange in sich verweilt, aber dennoch fotografisch genau ist. Ein wildes Buch.«
Szene Hamburg

»Eines Tages wird Fjodor Barna, der Held des Romans, aus seiner Ich-Befangenheit herausgerissen, in seinem scheinbaren Stoizismus irritiert durch die Liebe zu dem ebenso schönen wie unberechenbaren Mädchen Malaidina, dessen Anblick ihm das ›Blut verkehrt herum kreisen‹ läßt; und wenn man in Fjodor einen späten Nachfahren von J.D. Salingers Holden Caulfield sehen zu können meint, könnte Malaidina eine Nachfahrin von Holly Golightly aus Truman Capotes *Frühstück bei Tiffany* sein.«
Frankfurter Allgemeine Zeitung

Pino Cacucci
Outland Rock

5 starke Thriller. Aus dem Italienischen von Jürgen Bauer. detebe 21973

»Cacuccis Sätze frieren die Dinge ein, und seine Sprache ist so kalt und ungerührt wie der Blick einer Kamera. Seine Helden sind die Urenkel Kafkas, sie fühlen sich als Verlorene, und sie haben sich damit abgefunden. Sie wissen, daß ihr Leben sinnlos ist, und sie tragen dieses Wissen so selbstverständlich mit sich herum wie eine Sonnenbrille oder einen Regenschirm.« *Süddeutsche Zeitung, München*

»Den photographischen Blick auf die Wirklichkeit, den Cacucci auf Umberto Ecos Kunstschule trainierte, gibt der junge Autor allen Helden seiner fünf Kurzgeschichten mit auf den Weg.«
Der Spiegel, Hamburg

»Dieses Buch hat mich so gefreut wie ein unerwartetes Geschenk, es war, als hätte ich einen Freund getroffen, der mir ein Bedürfnis, das ich selbst nicht genau kannte, zugleich weckte und befriedigte, jemand, der mir Gesellschaft leistet. Cacucci füllt eine große Lücke in der italienischen Literatur: Endlich einer, der das Erbe von Hammett und Chandler antritt, die mich so viele Jahre begleitet haben. Ich war sofort von den Personen und Situationen gefesselt, die da einer erzählt, der weiß, wie man fesselt. Dann hat mich vor allem auch der künstlerisch sehr gekonnte Aufbau der Erzählungen verführt und die düstere Entschlossenheit, mit der dieser Cacucci die Ereignisse vorantreibt. Er weiß, wie's gemacht wird, und ich habe großen Respekt vor jemandem, der weiß, wie's gemacht wird, vor allem, wenn er es mit so viel Tempo, so kraftvoll und doch so bescheiden macht. Cacucci will sich nicht als Literat produzieren, er will erzählen, unterhalten. Und das tut er auch.« *Federico Fellini*

Bernard Mac Laverty
Cal

Roman. Aus dem Englischen
von Nikolaus Stingl

Die Geschichte von Cal und Marcella, im heutigen Nordirland; sie könnte seine Retterin sein, und als er sie zum Lachen bringt, kann er sein Glück kaum fassen. Von Liebe zu sprechen, das weiß er, erfordert Ehrlichkeit und Aufrichtigkeit, aber das hat Zeit.

»Bernard Mac Lavertys Roman hat in Großbritannien Aufsehen und Anteilnahme hervorgerufen. Der Autor versteht es, die menschlichen Ursachen und Konsequenzen der irischen Malaise ins Blickfeld zu rücken, die in den Medienberichten oft zu kurz kommen. Ein Buch, dem viele Leser zu wünschen sind.«
Die Furche, Wien

»Mit *Cal*, gedreht nach dem Roman von Bernard Mac Laverty, zwingt der junge irische Regisseur Pat O'Connor seine Zuschauer in die Tristesse des nordirischen Bürgerkrieg-Alltags hinein, läßt sie dessen Ausweglosigkeit erleiden. Dieser Film macht frösteln und deprimiert. Aber das ist nicht die Schuld seiner Autoren.« *Stern, Hamburg*

Philippe Djian im Diogenes Verlag

Rückgrat

Roman. Aus dem Französischen
von Michael Mosblech. Leinen

Dieser Roman ist eine Liebeserklärung an die Poesie des Alltags, der durch die Magie von Djians Sprache Literatur wird, eine Mischung aus tiefer Zärtlichkeit und Gewalt, Hoffnung und Verzweiflung. Sein poetischster Roman, ein Buch von überschäumender Vitalität und Sprachlust, das flirrende Orgien des Lebens feiert.

»Djian ging das denkbar größte Risiko ein: er tat, was man von ihm erwartete – er schrieb einen ›Djian‹!«
Pierre Lepape/Le Monde, Paris

»*Rückgrat* wird für Wirbel sorgen. Einzigartig, wie intensiv und eindringlich hier die Schatten- und Glücksmomente, die Ängste, die Wut, die Verrücktheiten derer geschildert werden, die versuchen, ihr Leben zu leben und nicht nur zu ertragen.« *Le Monde, Paris*

»Djian streut literarisches Nitroglyzerin unter die Leser, daß es nur so kracht.« *buch aktuell*

Blau wie die Hölle

Roman. Deutsch von
Michael Mosblech. Leinen

Ned ist ein Outlaw, einer der Autos klaut, Kneipen leerräumt, der sich nimmt, was er will. Franck ist ein Bulle, besessen und gewalttätig. Nichts haßt er mehr als Typen vom Schlage Neds. Lili ist Francks Frau, Carol seine Tochter. Als Lili Franck verlassen will, begegnet sie Ned. Lili und Carol hauen mit Ned und dessen Freund Henri ab…

»Djians Sprache und Rhythmus verschlagen einem den Atem und ziehen einen in die Geschichten, als wäre Literatur nicht Folge, sondern Strudel.«
Göttinger Woche

»Djian ist ein Stilist. Und Stil ist es, worauf es ihm ankommt... Und alle Stilisten sind Musiker. Musik der Worte, der Sätze, der Abschnitte, der Kapitel...«
Pflasterstrand, Frankfurt

Verraten und verkauft

Roman. Deutsch von
Michael Mosblech. detebe 21851

»Djian sieht ganz genau hin, seine Bilder sind nur scheinbar so simple, so einfach. Indem er das banale, das scheinbar triviale, das alltägliche Leben respektlos in die Literatur bringt, führt er das gekünstelte Wort ad absurdum. Dabei ist sein Stil so rein wie das kristallklare Wasser jenes kleinen Waldsees, auf dem er tagelang erfolglos angelt, um die Forelle dann mit einer gutherzigen Geste wieder ins Wasser zu werfen, die Hemingway hätte erstarren lassen. Sein Stil ist so rein wie der Schoß der Frau, die er liebt, und wenn er sich ihr hingibt, würde Henry Miller, so er noch könnte, mit seinen großen, roten Ohren schlackern. Zorc ist die Personifikation einer neuen nachmodernen, reinen Minne, und Philippe Djian ist sein Meister. Deshalb ist *Verraten und verkauft* mein Buch des Jahres.«
mid-nachrichten, Frankfurt

Betty Blue

37,2° am Morgen

Roman. Deutsch von
Michael Mosblech. detebe 21671

Die Geschichte einer buchstäblich wahnsinnigen Liebe.

»Wirklich bemerkenswert ist, mit welch stilistischer Sicherheit Philippe Djian diese Story vor dem Absturz

in Gefühlskitsch oder Beziehungskisten-Knatsch bewahrt. Alles geschieht wie selbstverständlich, vorwärtsgetrieben von einer Atmosphäre nervöser Spannung, die Djian ganz konzentriert und doch wie beiläufig aufbaut. Ein Roman wie flirrende Saxophon-Klänge in der Nacht.«
Hessischer Rundfunk, Frankfurt

»Der Rolls-Royce unter den Neuerscheinungen der letzten Zeit, zumindest für Leute, die was von Literatur verstehen. So berauschend kann der Alltag sein in seiner ganzen Tristesse.« *Pin Board, Düsseldorf*

»Betty Blue als Film in den Kinos: auch wenn Beineix die Regie führt, kein Bild kann dieses Buch ersetzen.«
Szene Hamburg

»Für jemanden, der verrückte und besessene Liebesgeschichten mag, eine Pflichtlektüre.« *Wienerin*

Erogene Zone

Roman. Deutsch von
Michael Mosblech. detebe 21776

Niemand kann eine Frau lieben und gleichzeitig einen Roman schreiben. Soll heißen: einen *wirklichen* Roman schreiben, eine Frau *wirklich* lieben. Djian hat es versucht und ist um ein paar Illusionen ärmer geworden. Er ist einem leicht perversen, ziemlich intelligenten Mädchen begegnet. Er hat (wenig) gegessen. Er hat (viel, vor allem Bier) getrunken. Sich Joints gedreht. Musik gehört. Gelesen und gelesen. Er ist dem Geld nachgerannt, den Frauen, den Wörtern. Er hat sein Bestes gegeben. Er hat ein Buch geschrieben. Ungekünstelt, unprätentiös hat er das Unbeschreibliche beschrieben. Das Leben. In all seiner Derbheit, Schlichtheit und Hoffnungslosigkeit. Einfach großartig.

»Djian schreibt glasklar und in einem Tempo, dem ältere Herren wie Grass und Walser schon längst durch Herzinfarkt erlegen wären.« *Plärrer, Nürnberg*

Ian McEwan im Diogenes Verlag

Unschuldige

Eine Berliner Liebesgeschichte

Roman. Aus dem Englischen von Hans-Christian Oeser. Leinen

»Es beginnt wie ein Spionage-Thriller von John Le Carré: unterkühlt, sachlich, kompetent. Aber Ian McEwan ist nicht John Le Carré. Der englische Spezialist sexueller Schockeffekte hat anderes im Sinne. Aus einem Spionagethriller wird die Einweihungsgeschichte einer männlichen Jungfrau: Leonard Marnham, der junge Londoner Fernmeldetechniker bei der ›Operation Gold‹, verliert in Berlin seine Unschuld – politisch, moralisch, sexuell. Er steigt – faktisch und metaphorisch – hinab in die Unterwelt: in die Eingeweide der Erde, in die verborgenen Reservate des Sexus, in die Labyrinthe der Geheimdienstwelt, in die Innereien des Blutverbrechens.
Unschuldige – Eine Berliner Liebesgeschichte ist auf mehreren Ebenen zu lesen: als Spionage- und Kalte-Kriegs-Story, als Heraufbeschwörung einer politischen Wahnwelt, deren Zusammenbruch wir eben erlebten, als moralisches Puzzle, als panische Blut-Oper, als vertrackte Education sentimentale. Und natürlich auch als eine Art Liebesgeschichte.« *profil, Wien*

»Eine meisterlich aufgebaute Geschichte, für die Georg Büchners Wort zutreffen könnte: ›Jeder Mensch ist ein Abgrund: es schwindelt einem, wenn man hinabsieht.‹« *Welt am Sonntag, Hamburg*

Ein Kind zur Zeit

Roman. Deutsch von Otto Bayer
detebe 21929

McEwans dritter Roman ist eine politische Erzählung über eine Welt, in der Bettler Lizenzen haben und

Eltern darüber aufgeklärt werden, daß Kindsein eine Krankheit ist und mit größter Disziplin behandelt werden muß. Er ist aber auch eine subtile Ergründung von Zeit, Zeitlosigkeit, Veränderung und Alter.

»Ian McEwan bewältigt seine durchaus schwergewichtigen Themen mit Ernsthaftigkeit und gleichzeitig mit jener leichten Eleganz, die typisch für die englische Gegenwartsliteratur ist und der hiesigen leider so sehr abgeht. McEwan scheut sich nicht, dem Roman überraschend eine hoffnungsvolle Wendung zu geben, die die Rettung aus dem allgemeinen Leid in der Überwindung des persönlichen sieht: durch Mitteilen dieses Leids und Lebensbejahung.« *Zitty, Berlin*

»Kein Zweifel: McEwans bisher bester Roman.«
The Spectator, London

Der Zementgarten

Roman. Deutsch von Christian Enzensberger
detebe 20648

Ein Kindertraum wird Wirklichkeit: Papa ist tot, Mama stirbt und wird, damit keiner was merkt, einzementiert, und die vier Kinder haben das große Haus in den großen Ferien für sich. Im Laufe des drückend heißen, unwirklichen Sommers kapselt sich die Gemeinschaft mehr und mehr gegen die Außenwelt ab, und keiner merkt, daß etwas faul ist.

»Das ist McEwans Kunst: die sachliche Berichterstattung über Groteskes und Absurdes, die Fähigkeit, aus dem Rahmen Fallendes als Gewöhnliches erscheinen zu lassen durch die Gleichgültigkeit und Beiläufigkeit des Erzählens.« *The Times Literary Supplement*

Erste Liebe – letzte Riten

Erzählungen. Deutsch von Harry Rowohlt
detebe 20964

»Die Mehrzahl dieser Geschichten handelt von Jugendlichen und davon, wie sie von der Welt der

Erwachsenen verdorben werden. Die Unschuld der Pubertät wird weniger verloren als zerschmettert... Nichts für Zimperliche, aber dieser Stil hat eine lakonische Brillanz, die Bände – andeutet. Nichts wird ausgesprochen, alles wird angetippt.«
Peter Lewis/Daily Mail, London

»Das brillante Debüt des hoffnungsvollsten Autors weit und breit. *A. Alvarez/The Observer, London*

Zwischen den Laken

Erzählungen. Deutsch von Michael Walter
Christian Enzensberger und Wulf Teichmann
detebe 21084

»Noch in den erbärmlichsten, entfremdetsten Beziehung finden sich Spuren wirklicher Liebe und des wirklichen menschlichen Bedürfnisses, zu lieben und geliebt zu werden.«
Jörg Drews/Süddeutsche Zeitung, München

»Präzis, zärtlich, komisch, sinnlich – und beunruhigend.« *Myrna Blumenberg/The Times*

»Die sieben Erzählungen sind gegenwartsnah, ein wenig Beckett verpflichtet und etwas Nabokov, aber auch H. G. Wells und George Orwell.«
The New York Times Book Review

Der Trost von Fremden

Roman. Deutsch von Michael Walter
detebe 21266

Hochsommer, die alte Stadt ist von Touristen überschwemmt. Auch das Liebespaar Colin und Mary, das kein Liebespaar mehr ist, macht hier Urlaub. Sie machen sich sorgfältig zurecht für ihren Dinnerspaziergang durch die Stadt: sie parfümieren sich mit teurem Eau de Cologne, mit peinlicher Sorgfalt wählen sie ihre Garderobe... und dann lauert im

Labyrinth der beklemmend engen Gassen ein Minotaurus auf sie. Die Kanäle haben Gegenströmungen, die Lagune ungeahnte Tiefen.

»*Der Trost von Fremden* ist ein irritierendes, atmosphärisch dichtes kleines Meisterwerk.«
Neue Zürcher Zeitung

»Ein exzellenter, tückischer Roman.«
Die Weltwoche, Zürich